KB069223

스타일러

리턴
에이스 1

초판 1쇄 인쇄일 2016년 10월 22일 | **초판 1쇄 발행일** 2016년 10월 25일

지은이 신세로 | **펴낸이** 곽동현 | **담당편집 팀장** 이범수
편집부 신연제 이윤아 홍현주 김유진 임지혜

펴낸곳 (주)조은세상 | **출판등록** 제 2002-23호
주소 경기도 연천군 미산면 청정로 1355
TEL 편집부 02)587-2966 | FAX 02)587-2922
e-mail bukdu@comics21c.co.kr

신세로 ⓒ 2016
ISBN 979-11-5832-598-5 | ISBN 979-11-5832-597-8(set) | 값 8,000원

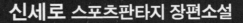

신세로 스포츠판타지 장편소설

SPORTS FANTASY STORY

CONTENTS

리턴
에이스
Return Ace

1. 프롤로그

1. 프롤로그

타율 0.289.

514홈런.

1695타점.

2719안타.

2014시즌 아메리칸리그 신인왕.

2014시즌 아메리칸리그 3루수 실버슬러거.

2016시즌 아메리칸리그 3루수 골드글러브.

2017시즌 아메리칸리그 MVP.

2017시즌 아메리칸리그 3루수 실버슬러거.

2017시즌 아메리칸리그 3루수 골드글러브.

2018시즌 아메리칸리그 3루수 실버슬러거.

2019시즌 아메리칸리그 3루수 실버슬러거.

2019시즌 아메리칸리그 3루수 골드글러브.

2020시즌 내셔널리그 3루수 실버슬러거.

2021시즌 내셔널리그 MVP.

2021시즌 내셔널리그 3루수 실버슬러거.

2021시즌 내셔널리그 3루수 골드글러브.

2023시즌 내셔널리그 3루수 실버슬러거.

2023시즌 내셔널리그 3루수 골드글러브.

2024시즌 내셔널리그 3루수 실버슬러거.

2026시즌 내셔널리그 3루수 실버슬러거.

한국 야구 역사 상 최고의 타자.

메이저리그 역사 상 아시아 최고의 거포.

메이저리그 역사 상 한 시즌 아시아 선수 최다 홈런(52),
최다 타점(149) 기록 보유자.

메이저리그 역사 상 아시아 선수 최다 MVP 수상(2회).

메이저리그 8시즌 연속 30홈런 이상 기록.

11경기 연속 홈런 세계 신기록(2021.08.06.~2021.08.17.).

2022 타임지 선정 "세계에서 가장 영향력 있는 100인"
(2022.04.17.).

대한민국을 빛낸 최고의 스포츠 스타 중 한 명이자, 메이저리그를 뜨겁게 달궜던 동양인 거포.

윤주혁.

오늘, 2037년 1월 14일.

2번만에 메이저리그 명예의 전당에 헌액되다.

◆

넓직한 연회장 안.

말끔한 정장을 차려입은 체구 좋은 사내들이 모두 한 사람을 향해 축하의 말들을 건네고 있었다.

"대단하십니다, 선배님."

"축하드립니다!"

"자랑스럽다, 주혁아."

그들의 시선을 한 몸에 받고 있는 한 사람, 윤주혁.

2번의 도전 끝에 80.75%의 득표율을 받아 메이저리그 명예의 전당에 헌액된 대한민국 최고의 타자.

이곳에 모인 사람들은 그의 입성을 축하해주기 위해 참석한 것이었다.

모두 한국프로야구에서 굵직한 활약들을 해낸 스타 선수들, 또는 야구계에 영향력이 있는 사람들이 대부분이었다.

"모두들 감사합니다."

너무도 많은 축하를 받고 있던 터라, 주혁은 짤막한 인사를 통해 감사함을 전했다.

친분이 있는 사람들과 샴페인이 든 잔을 기울이면서 수다를 떨고 싶었으나, 그럴 시간조차 없을 만큼 연회장 안은 사람들로 북적였다.

'하… 진짜 끝도 없이 많네.'

예의 상 이렇게 한 사람씩 악수를 하면서 애써 웃고 있지만, 이미 지칠 대로 지친 터라 피로만 쌓이고 있을 뿐이었다.

'굳이 이런 건 왜 열어가지고.'

한국야구위원회 측에서 주혁의 명예의 전당 헌액을 기리기 위해 마련한 오늘 이 자리.

그러나 주인공인 주혁의 표정은 점점 굳어져가고 있었다.

얼마나 시간이 흘렀을까.

겨우 자리에 모인 모든 사람들과 감사의 인사를 나눈 주혁은 그제야 겨우 숨을 돌릴 수 있었다.

'피곤하다….'

은퇴 이후 정말 오랜만에 이렇게 많은 사람들을 마주하다보니 이상하게 기운이 쭉 빠지는 듯한 기분이 드는 주혁이었다.

연회장 중앙에 마련된 테이블에 앉아 시시콜콜 농담을 섞으며 호탕하게 웃어대는 주위 지인들의 곁에서, 주혁은 천천히 눈을 감았다.

과거의 기억들이 파노라마처럼 지나가기 시작한다.

아는 사람 한 명 없는 낯선 타지에서, 그것도 언어도 안 통하는 사람들 틈에서 경쟁 끝에 우위에 서기까지.

서러움에 흘렸던 눈물들, 성공하기 위해 겪었던 자신과의 지독하고도 고독한 싸움, 그리고 훈련으로 인해 몇 번이고 겪었던 고통들.

'지금 생각해도 온 몸에 가시가 돋는다.'

누군가 지금 과거로 돌아가고 싶냐고 물어본다면 정말 개미 털 만큼도 그러고 싶지 않다고 말할 정도로, 주혁은 그 당시 죽을 듯이 피땀을 흘렸었다.

'그래도 투수는 여전히 미련이 남네.'

어렴풋이 고교 시절, 자신의 별명이 떠오른다.

괴물.

194cm의 큰 키, 최고 160km의 묵직한 강속구를 거침없이 뿌려대던 고교 투수.

메이저리그 스카우트들의 시선을 한 몸에 받으며 최고의 대우로 향했던 지난 날.

'빌어먹을 수술만 아니었더라면….'

메이저리그에 당당히 입성하자마자 그에게 찾아온 인생 최악의 시련.

어깨 부상.

수술대에 오른 이후 재활 치료에 전념하면서까지 투수의 꿈을 잃고 싶지는 않았으나, 희망은 칠흑 같은 어둠만을 보여줄 뿐이었다.

그렇게 어쩔 수 없이 선택한 다른 길.

타자.

살아남기 위해, 인정받기 위해, 남들에게 놀림거리가 되지 않기 위해, 스스로에게 창피하지 않기 위해.

모두가 훈련을 마치고 잘 때도 뒤쳐진다는 생각에 주혁은 미친 듯이 타격 훈련에 매진했었다.

그렇게 3년이라는 시간이 흐르고 나서야 비로소 찾아온 기회는 그의 인생에 빛을 보여주었다.

타율 0.294 22홈런 78타점 출루율 0.385 장타율 0.512.

아메리칸리그 신인왕 타이틀.

타자로서의 데뷔 첫 해만에 거둔 달콤한 성과.

그 이후부터 주혁은 승승장구하기 시작, 2017시즌에는 아메리칸리그 MVP(타율 0.339 52홈런 144타점)를, 2021 시즌에는 내셔널리그 MVP(타율 0.320 50홈런 149타점)를 수상하면서 메이저리그 최고의 타자로 우뚝 서게 되었다.

아시아 최고의 거포.

나아가 메이저리그 최고의 거포라는 칭호까지.

그가 밟아온 타자로서의 인생은 결코 조금도 아쉬울 게 없었다.

그러나 단 한 가지.

야구를 시작할 때부터 꿈꿔왔던 것이자, 가장 동경하던 꿈인 투수로서 메이저리그 무대를 밟아보지 못했다는 것.

'지금 생각해보면 참 아쉽다.'

고교 시절, 이틀에 걸쳐 완투를 했던 까닭에 어깨가 박살이 나고 만 걸 떠올리면 스스로에게 큰 화가 날 뿐만 아니라, 그렇게 혹사를 시켰던 그 당시 코칭스태프들에게도 화가 날 정도다.

미래를 생각해서라도 투수의 생명이나 다름없는 어깨를 관리해주었더라면….

'결국 스스로 챙겨야 한다.'

누군가가 도와줄 거라는 생각은 버려야 한다.

특히나 메이저리그는 더욱 그렇다.

실력 하나면 모든 게 통하는 곳.

그리고 그 실력을 보여주기 위해선 철저한 자신의 노력만이 필요하다는 걸 주혁은 뼈저리게 배울 수 있었다.

'다 지난 일이다.'

어차피 이제는 더 이상 뛸 수도 없다.

아쉬운 건 아쉬운 거고, 미련은 빨리 떨쳐내야 홀가분해진다.

깊은 생각에 잠겨 있다가 천천히 깨어나니 이내 귓가로 시끌벅적하던 사람들의 소리가 들려오기 시작한다.

찰칵! 찰칵!

유달리 기자들의 카메라 플래쉬 소리가 왜 이렇게도 잘 들리는 걸까.

흐릿하던 시야가 이내 뚜렷해지면서, 잠시 동안 숨죽이고 있던 오감들이 깨어난다.

이윽고 정신이 번쩍 들었을 때.

"윤, 탬파베이의 일원이 된 걸 환영해."

시곗바늘은 반대 방향으로 너무도 많이 돌아가 있었다.

2. 과거로 돌아오다

리턴
에이스
Return Ace

2. 과거로 돌아오다

　모든 상황에는 항상 원인 또는 이유가 있다.

　그러나 지금은 아니다.

　눈을 껌뻑이면서, 주혁은 자신이 왜 여기에 있는지에 대해 의문을 가지기 시작했다.

　'도대체 뭐가 어떻게 된 거야?'

　분명히 방금 전까지만 해도 명예의 전당 헌액 축하 연회장 중앙 테이블에 앉아 있었는데, 잠깐 눈을 감았다 뜨니 완전히 다른 공간에 있는 게 아닌가.

　더욱이 그의 눈을 의심케 하는 것이 하나 있었으니.

　「윤주혁, 탬파베이 레이스 입단식」

　큼지막한 글씨 아래 적혀 있는 오늘 날짜.

2009년 8월 16일.

'내가 꿈을 꾸고 있나?'

주혁은 고개를 절레절레 흔들었다. 저 날짜라면 지금으로부터 28년 전이라는 소린데, 이건 말이 안 되잖아!

그러나 무슨 이유에서인지 오감은 뚜렷하게 살아있었다. 볼을 꼬집는 멍청한 행동조차도 고통은 생생하게 느껴지고 있었다.

즉, 이건 꿈이 아니라는 뜻.

주혁이 기어가는 목소리로 중얼거렸다.

"말도 안 돼…."

그리고 이 중얼거림을 들은 누군가가 그의 어깨를 탁 치면서 호탕한 목소리로 말했다.

"그렇겠지. 말도 안 된다고 생각할거야. 메이저리그 입단하는 건 꿈만 같은 일이니까. 그런데 넌 해 냈어. 네 눈앞에 보이는 계약서가 그걸 증명하고 있고."

낯설지 않은 목소리.

주혁이 슬쩍 고개를 돌려 목소리의 주인을 확인했다. 그리고는 또 한 번 경악했다.

연분홍색의 잇몸을 과시하면서 활짝 웃고 있는 남자.

그는 바로 대림고등학교의 감독, 문창진이었다.

그러나 정작 문창진을 바라보는 주혁의 표정은 굳어져가고 있었다.

'살아있다?'

이미 10년 전, 간암으로 죽었던 문창진이 지금 자신의 눈 앞에 있다는 것은….

'정말 과거로 온 거구나.'

주혁은 체념했다.

부정할 수가 없다.

이 모든 상황은 현실이고, 자신은 그 잠깐 눈 붙인 사이에 과거로 돌아오고 말았다.

다시 그 고생길을 헤쳐 나가야 한다니.

이미 어깨는 망가질 대로 망가져 있을 테고, 결국 수술대에 올라 또 한 번 피눈물을 흘려가면서 재활 훈련에 전념하다 타자로 전향해서 다시 지옥 같은 개인 훈련을 해야 할게 분명했다.

너무도 훤히 보이는 자신의 미래.

'빌어먹을.'

그 당시만 해도 입단식 날 너무도 기뻐하며 해맑게 웃었으나, 지금은 그 때와 기분이 180도 달랐다.

명예의 전당에 헌액 되기 위해 다시 죽을 듯이 뛰어야 한다는 사실은 금방이라도 우울증을 앓게 만들 것만 같았다.

'이게 정말 과거로 돌아온 거고, 내가 현재로 돌아갈 수 없다면….'

차라리 처음부터 타자로 전향해서 수술대에 오르지 않는 게 나을지도 모른다.

"하아, 좆같다."

자신도 모르게 머릿속의 본심이 입 밖으로 튀어 나왔다.

그리고는 여기에 어디인지를 자각한 주혁은 그제야 입술을 깨물었다.

'여기 입단식이지….'

작게 중얼거려서 다행이지 크게 말했더라면 기사 제목이 대문짝만하게 나왔을 것이 분명했다.

'일단 이 자리부터 빨리 벗어나자.'

지금 뭘 생각한다고 상황이 달라질 것 같지는 않았다.

플래쉬가 터지고 비로소 입단식이 마무리 되자, 곧이어 사람들의 축하 말이 곳곳에서 들려오기 시작했다.

불과 조금 전까지만 해도 명예의 전당 헌액을 축하받고 있었는데, 지금은 메이저리그 입단을 축하받고 있다니. 어쩌다 이렇게 추락한 걸까.

다시 도전해야 한다는 사실에 주혁의 머릿속은 한동안 복잡하기만 했다.

'이제는 그 때만큼 열정적으로 하기가 힘들지도 모른다.'

은퇴를 한 것도 더 이상 야구에 흥미를 잃었기 때문이었다. 40대에 접어들면서 잦은 부상으로 인한 통증, 내 마음대로 되지 않는 야구, 점점 늙어가는 몸.

젊어지긴 했으나 열정이 식은 건 매한가지.

다만, 가슴 떨리는 것 하나가 있다면….

'지금 공을 던지면 160km는 나오겠군.'

그 때의 짜릿한 기억이 떠오르자마자 온 몸이 쭈뼛 서는 듯하다.

언제나 던져도 기분 좋은 그 공.

포심 패스트볼.

묵직하게 포수 미트에 꽂힐 때면, 스트레스가 휙 날아가는 듯한 기분이 들곤 했다.

모두들 강속구 앞에선 배트도 제대로 내밀지 못했고, 메이저리그도 사실 상 이 강속구 하나로 입단한 것이나 다름없었다.

'그래봤자 조만간 부상으로 수술대에 오르겠지.'

사실 이전부터 느낌은 왔었다.

조만간 탈이 날 것 같다는 직감이 말이다.

공을 던질 때마다 어깨에 통증이 고스란히 전해졌기 때문.

그러나 주혁은 그걸 무시한 채 공을 던졌다.

어린 시절, 야구를 시작하면서 단 한 번도 부상으로 시름을 앓았던 적이 없었기에 시간이 지나면 나을 거라고 착각했던 게 화근이었다.

게다가 입단을 앞두고 메디컬 테스트에서 이상 없음을 통보 받았기에 단순한 통증이라고 치부할 만 했다.

그러나 입단 첫 해만에 메이저리그 무대에서 불펜으로 활약하던 주혁은 점차 시간이 흐를수록 공략당하는 자신의 패스트볼로 인해 자칫 마이너리그로 내려갈수도 있겠다는 불안감에 휩싸인 주혁은 점차 무리를 하기 시작했다.

결국 점차 악화되어 가는 어깨 상태는 그를 수술대에 오르게 했고, 재활 치료를 통해 재기를 노렸으나 눈에 보이는 건 140km 언저리의 구속과 힘을 잃어버린 볼 끝이었다.

좌절하면서 유치원생처럼 목 놓아 펑펑 울었던 과거가 떠오른다. 그럴만 했다.

'그래도 그 공을 다시 던져볼 수 있다니!'

그건 솔직히 설레는 일이긴 했다.

뭐랄까.

마치 첫사랑을 다시 만나는 기분이랄까.

해가 뉘엿뉘엿 질 무렵.

모든 행사를 마친 주혁은 집이 아닌 야구부 훈련장으로 향했다.

밤이 되었지만 훈련의 열기는 식지 않은 이 곳.

'정말 오랜만이다.'

뭔가 풋풋한 냄새가 나는 듯하다. 괜스레 기분이 좋아진다.

"아! 선배님!"

저 만치서 멀찍이 서 있는 주혁을 발견한 2학년 야구부 선수이자 포수인 권창규가 부리나케 달려오기 시작했다.

"탬파베이 입단 정말 축하드립니다."

"응, 그래. 고맙다."

딱히 감흥은 없지만 그래도 그가 고교 시절 가장 아끼던 후배의 축하 말이었기에 웃으면서 고마움을 표현했다.

그러고보니 이런 얼굴로 다시 보니 반갑네.

"이런 말씀 드리긴 그렇지만… 계약금이 상당하시다고 하던데…."

뭔가 바라는 듯한 표정. 알어, 이 놈아.

"소고기 먹어야지."

어차피 부모님 계좌로 들어간 계약금이지만, 주머니에는 어머니께서 주신 카드가 있었다.

"와!"

활짝 웃는 권창규.

곧바로 이 소식을 쓸 데 없이 훈련장에 있던 모든 선수들에게 알리기 시작했다.

그리고 그 모습을 바라보는 주혁의 표정도 점점 어두워져갔다. 이거 큰일인데.

그렇다고 물릴 수는 없다.

남자가 한 번 한 말은 지켜야지.

"근데 조건이 있어."

"무엇입니까. 말씀만 하십시오!"

결의에 가득찬 모습. 마치 하늘에 떠 있는 달이라도 떼어올 것 같은 기세다.

'소고기에 환장을 했네.'

그 모습에 피식 웃음이 새어나왔다.

"포수석에 앉아라. 나 공 좀 던지게."

주혁의 말에 권창규가 순간 당황했다.

전혀 예상치 못한 조건이었기 때문.

매번 불펜 포수로서 주혁의 그 강속구를 받아냈던 권창규였기에 지금 이 조건은 너무도 쉬웠다.

"알겠습니다. 맘껏 던지십시오, 선배님! 손이 터질때까지 받아내겠습니다."

"오버 그만하고 가, 인마."

"대, 대신 소고기집이 문을 닫기 전까지만… 오늘 저녁 급식이 맛이 없어서 배가 고픕니다, 선배님."

"알겠으니까 준비해."

권창규가 고개를 끄덕이고는 후다닥 포수석으로 달려가서는 포수 글러브를 낀 채 자리를 잡았다.

주혁이 투수 글러브를 착용하고는 야구 공을 집어들었다.

몸과 어깨를 충분히 풀어준 후, 주혁이 포심 패스트볼 그립을 쥐었다.

본격적인 피칭을 던질 차례.

투수 플레이트 앞에 발을 갖다 대는 순간.

알 수 없는 전율이 온 몸을 휘감는 듯한 기분과 함께 설렘으로 두근거리는 심장 박동 소리가 귓전에 맴돌기 시작했다.

"후우."

심호흡을 크게 하고.

천천히 발을 뒤로 빼 본다.

이윽고 킥킹 동작에 이어 스트라이드 동작을 취한 후, 포수 미트를 향해 과감하게 공을 던졌다.

슈웅!

파앙!

바람을 가르는 듯한 소리와 함께 포구음이 들려왔다.

'그래, 이거야!'

그가 기억하던 바로 그 공.

묵직하면서도 빠른 자신의 강속구.

'살아생전 이 공을 다시 던져볼 수 있다니.'

너무도 감격스러웠다.

이내 다시 자세를 잡고 주혁이 연신 패스트볼을 던져대기 시작했다.

파앙!

파앙!

파앙!

…….

끝도 없이 들려오는 포구음.

훈련장에 있던 다른 선수들도 하나둘씩 모이기 시작했다.

"무슨 일 있으신가?"

"계약이 마음에 안드신 건가?"

그들이 보기에는 주혁이 뭔가에 단단히 화가 나서 분풀이를 하는 것처럼 보였다.

그러나 주혁은 그런 이유에서 이렇게 많은 공을 던지는
게 아니었다.

　　그가 이렇게 공을 던지는 이유는 바로….

　　'어깨가 안 아프다?'

　　아무리 공을 던져도 통증 하나 없었다.

　　'분명히 이때도 공 던질때마다 어깨가 아팠는데?'

　　벌써 30구도 넘게 전력투구를 하고 있지만, 그 어떤 고
통도 전해지지 않고 있었다.

　　'대충 이 정도만 해야겠다.'

　　뭔가 달라져 있다.

　　어깨가 결리는 듯한 느낌이 전혀 없었다.

　　확신하기는 이르지만, 그가 기억하던 그 때와는 어깨가
달랐다.

　　분명히 달랐다.

　　착각이 아니다.

　　'좀 더 알아봐야겠지만….'

　　어쩌면… 정말 어쩌면… 미래가 달라질 수도 있다.

　　그가 꿈꿔왔던 것. 투수로서의 성공.

　　아니, 도전이라도 가능할지 모른다.

　　혹사로 인한 어깨의 통증이 전혀 없는 지금.

　　주혁이 돌아온 과거는, 그가 기억하던 과거와는 뭔가 다
르게 흘러가고 있었다.

주혁은 책상에 앉아 머리를 싸맸다.

눈에 보이는 공책 하나를 펼친 후, 볼펜을 꺼내 지금 상황들을 써내려가기 시작했다. 정리해보자.

연회장에서 잠시 눈을 붙였다가 졸지에 28년 전으로 돌아왔다.

이유는 알 수 없지만, 이게 꿈이 아니라는 것만큼은 확실하다.

과거로 돌아오게 되었으나 일부 기억들은 삭제가 되어 있었다.

가령 어떤 해에 어떤 팀이 우승을 했는지, 누가 대통령이 되었는지 등….

그래서인지 과거로 돌아왔음에도 불구하고 전혀 어색하지가 않았다.

먼 미래는 분명히 발전되어 있지만, 그 모든 기억들이 사라져 있기 때문에 2009년의 지금이 전혀 이질적으로 느껴지지 않는 것.

그러나 인물에 대한 기억, 현재에 영향을 미칠 법한 게 아닌 기억들은 여전히 생생히 떠오르고 있었다.

무엇보다도 가장 충격적인 사실 한 가지는….

'어깨가 멀쩡하다.'

통증이 전혀 없다는 사실은 그가 기억하는 것과는 정

반대였다.

사실 탬파베이 입단 전, 어깨와 팔꿈치에 대한 정밀검사
가 사전에 이뤄지긴 했었다.

하지만 검사 결과는 이상이 없다고 나왔었고, 계속해서
느껴지는 통증들은 일시적인 고통이라는 병원 측의 소견을
받았었다.

그러나 되도록이면 무리를 하지 말라고 충고해 주긴 했
으나 주혁은 점차 자신의 공이 두들겨 맞는 것에 대해 불안
감을 느끼고 이전보다 더 힘을 쓰기 시작했다.

그러자 점차 시간이 흐를수록 이 고통들은 더욱 극대화
되었고 결국 1년 후 다시 찾은 병원에서는 어깨 상태가 급
속도로 많이 악화되어 있다고 말했다.

수술을 진행하는 게 우선이며, 수술 이후 구속이 예전보
다 하락할 수 있다는 전제 하에 주혁은 수술대에 올랐었다.

'그렇게 망했지.'

가망성이 없었던 수술 이후의 상황.

정밀 검사에서조차 제대로 찾아내지 못했던 그 통증의
원인은 결국 상태를 악화시키기에 이르렀고 주혁은 꿈을
포기할 수밖에 없는 지경까지 갔었다.

그런데 고통이 없다?

'다시 망가지지 않는다는 보장은 없지만….'

강속구를 거침없이 포수 미트에 꽂아 넣어도 전혀 부담
감이 없었다.

선수 시절 때를 떠올려도 이렇게 가볍게 느껴진 적은 처음이었다.

잃어버린 꿈을 다시 이뤄낼 수 있는 기회일지도 모른다는 생각이 문득 뇌리를 스치고 지나갔다.

'성급하게 결론짓지는 말자.'

아직 상황을 좀 더 지켜 볼 필요성은 충분하다.

그러나 떨리는 가슴을 주체하기는 힘들었다.

만약에 부상에 걸리지 않는다면?

'미래는 달라진다.'

정해진 수순대로 흘러갈 거라는 보장은 없다.

당장 여기서 죽는다면, 명예의 전당에 헌액되는 미래와는 달라지는 게 아닌가.

변할 수 있다는 믿음.

주혁은 이 날 밤, 뜬 눈으로 밤을 지새웠다.

◈

"못 뛰어?"

"예. 어깨에 통증이 있습니다. 구단 측에서도 당분간은 몸조심하라고 하더군요."

"허, 참. 공을 못 던질 정도로 아픈 거냐?"

"그건 아닙니다만 스피드가 잘 나오지 않습니다."

대회를 앞두고 등판할 수 없다는 팀의 에이스, 주혁의 말에 대림고등학교 야구부 감독 문창진은 이맛살을 잔뜩 찌푸렸다.

'봉황대기까지 우승하면 올해 대회는 싹쓸이인데….'

자신의 야구부 감독 커리어에 정점을 찍을 기회를 앞두고, 사실 상 우승을 이끈 에이스인 주혁이 경기를 뛰지 못하겠다고 하니 그저 답답할 수 밖에 없었다.

'원래 열정적이던 놈이 갑자기 왜 이래?'

어깨가 아파도 입을 꾹 닫고 마운드에 올라 결국 완투승을 따내는 녀석이 주혁이었다.

경기가 위기에 빠질 때면, 주혁을 마운드에 올리는 그 자체만으로도 상대 팀의 사기는 뚝 떨어졌고 심지어 타석에 서조차 빛을 발하는 게 주혁이었다.

그런 에이스가 대회에 나서지 못 한다니?

문창진이 냉수로 목을 축이고는 주혁을 향해 부드럽게 말했다.

"너 이번 대회에서까지 MVP 수상하면 고교 야구 역사에 이름을 남기는 거다."

그러나 주혁의 대답은 한결같았다.

"어깨 상태가 안 좋아서 이번 대회는 쉬는 게 나을 것 같습니다."

"하아."

한숨을 푹 내쉬는 문창진.

"일단 알았다."

리턴
에이스 1

의지가 너무도 확고하다. 도대체 얼마나 아픈거야, 젠장할.

'메이저리그 구단에 입단했다고 태도가 확 바뀌네.'

문창진이 주혁을 슬쩍 노려보았다. 크게는 못 클 녀석이었어.

'나태해 빠져가지고 말이야.'

마냥 순진하고 성실한 줄만 알았는데, 입단식 날부터 뭔가 느낌 자체가 틀려진 주혁이었다.

'그나저나 큰일이다.'

벌써부터 어떻게 대회를 이끌어갈지에 대한 고민으로 인해 문창진의 주름은 더욱 깊어져 갔다.

그런 모습을 바라보면서, 주혁은 꾸벅 인사를 하고는 자리를 나왔다.

'제자가 어깨가 아파서 못 뛰겠다는데 어디가 어떻게 아픈지 조차 안 물어보고 무작정 경기에 나서길 바라는 감독이라니.'

그의 기억 속에 문창진과 정확히 일치했다.

'내가 저런 감독 밑에서 있었다는 게 열이 받는다.'

고교 야구에서 기록을 쌓는 게 뭐 그리 대단한 일이라고.

자기 커리어만 신경 쓰느라 제자들의 몸 상태는 조금도 신경 쓰지 않는 감독이나, 그 감독 밑에서 멍청하게 별 것도 아닌 고교 야구 기록을 위해 미래를 내다버린 자신이나.

'한심하다.'

그랬던 그 과거는 지금 생각해도 화가 났다.

고교 야구 기록?

메이저리그에서 무수한 기록을 쌓아온 주혁에게 그 기록들은 기억조차 나지 않는 것들이었다.

애초에 쓸모가 없는 기록들.

그걸 위해 투수로서의 인생을 바쳤다는 자체만으로도 주혁은 과거의 자신에게 너무도 화가 났다.

'과거로 돌아온 이상, 미래는 바꾼다.'

반드시.

이번만큼은 투수로서 뛴다.

명예의 전당 헌액을 포기해도 여한이 없을 것만 같다.

결국 자기 자신을 지키는 건 오로지 자신의 몫.

주혁이 두 주먹을 불끈 쥐었다.

◆

결국 문창진은 주혁을 마운드에 세우는 데 실패했다.

이미 주혁이 어깨 통증으로 인해 마운드에 서지 못한다는 소식이 알려진 이상, 대림고등학교는 더 이상 예전처럼 우승후보에 들지 못했다.

어쩌면 당연한 것이기도 했다.

매번 선발 마운드에 올라 무실점으로 승리를 이끌고, 여기에 4번 타자로 타석에도 서서 결승타를 때려내던 주혁의 공백은 사실 상 투타 에이스 2명이 빠진 것과 같았기 때문이었다.

그 외의 선수들 가운데 크게 주목받는 선수는 없었다.

그나마 에이스 자리를 넘겨받을 선수로 지목된 1학년 투수 박성태가 있기는 했지만, 제구력과 구속에 있어서는 주혁의 반도 따라가지 못했다.

'뭐 그래도 프로야구에서 100승은 기록하고 은퇴한 녀석이니까.'

자질은 충분한 투수.

다만 컨트롤이 미숙할 뿐인데, 이 점은 결정적으로 자기 공에 자신이 없기 때문임을 주혁은 잘 알고 있었다.

그러나 그건 누군가 만들어주는 게 아니다.

스스로가 깨닫고 느껴야 한다.

자기 공에 대한 무한한 자신감.

그게 타자들에게 오히려 위압감을 주는 효과를 발휘하기 때문이었다.

'흠. 그나저나 타석에 서는 것도 오랜만이네.'

투수로는 타석에 서지 않지만, 타자로는 나쁠 게 없었다.

무엇보다도 얼마만큼 타격감이 있는지에 대해서, 배트 스피드는 어느정도로 나오는지를 테스트하기에 딱 좋았기 때문이었다.

다만 어깨가 아파 투구를 하지 못하면서 타석에 들어선다는 자체가 어떻게 본다면 어불성설이기도 했지만, 되려 이러한 모습은 타자로서라도 팀에 도움이 되고자 하는 의지를 보여주는 좋은 모습으로 보여지고 있었다.

경기가 시작되고, 1회 초 대림고등학교의 선두 타자가 출루에 성공했다.

이어지는 2, 3번 타자가 연이어 뜬공으로 아웃이 되고 난 이후.

'드디어 내 차례다.'

주혁이 천천히 타석으로 향했다.

은퇴한 지 대략 7년이 지나긴 했지만 이래 봬도 메이저리그에서만 통산 514홈런을 때려낸 거포다.

'여기서 안타라도 못 때리면 자존심 상하는데.'

더군다나 몸은 10대 아닌가.

주혁이 침착하게 타격폼을 취한 후, 투수의 손 끝에 시선을 고정했다.

와인드업 이후, 공을 뿌리는 투수.

그런데 그 공을 보자마자 자신도 모르게 본능이 먼저 움직이는 게 아닌가.

따악!

매우 빠른 배트 스피드로 투수의 바깥쪽 초구를 정확하게 밀어친 주혁이 멍하니 타구를 바라보았다.

그리고 잠시 후.

"넘어갔다!"

"와!"

"역시 주혁 선배!"

"……."

몸은 그 때의 타격 실력을 잊지 않은 듯 했다.

◈

마운드에 있어 주혁의 공백은 너무도 컸다.

8강까지 올라가긴 했으나, 결국 마운드의 불안함은 팀을 끝내 승리로 이끌지 못했다.

결국 이 해, 같은 지역이자 라이벌 고교인 진선고등학교가 우승 트로피를 들어 올리는 데 성공했다.

그러나 이 대회에서 빛이 난 선수는 우승을 한 진선고등학교 출신도, 준우승에 머무른 태운고등학교 출신도 아니었다.

대회동안 21타석 17타수 14안타 5홈런 15타점 13득점 타율 0.823 출루율 0.857 장타율 2.117을 기록한 타자.

대회 타격상, 최다타점, 최다안타, 최다홈런, 최다득점을 수상한 선수.

윤주혁.

이미 탬파베이 레이스 입단을 확정 지은 이 투수 유망주가 이번엔 도루를 제외한 모든 타격 부문에서 1위를 기록한 것이었다.

고교 선수 급이라고는 믿겨지지 않는 배트 스피드, 낮게 들어오는 공을 퍼 올려 담장 뒤를 넘겨버릴 만큼의 엄청난 파워, 뛰어난 선구안, 여기에 득점 찬스는 절대 놓치지 않는 집중력까지.

이전 대회와는 또 다른 면모를 보여준 주혁의 이러한 타격 실력은 수많은 야구 관계자들의 탄성을 자아내게 만들었다.

이는 동료 선수들은 물론이거니와 감독 문창진도 마찬가지였다.

'타격 폼이 완전히 달라져 있잖아?'

흠 잡을데 없을 만큼 완벽한 타격 폼.

불과 1달 전만해도 문창진이 봤던 주혁의 타격 폼과는 완전히 달라져 있었다.

'대체 뭘 어떻게 한 거지?'

애초에 타격에 있어서는 집중적으로 지도하지 않고 오로지 투구에 있어서만 신경을 쏟아 부었던 코칭스태프들이었다.

그런데 스스로 타격 폼을 찾았다. 그것도 완벽할 정도로.

'어쩌면 투수로 마운드에 오르지 않아서 타격 쪽에 더 집중을 했을 수도 있겠군.'

갑자기 사람이 바뀔 수는 없다.

문창진은 스스로 그런 판단을 내렸다.

'그나저나 어깨가 아프다면서 타격을 저렇게 집중적으로 하나?'

분명히 어깨가 아파서 마운드에 못 서겠다고 한 녀석이, 타석에 서면 풀 스윙을 개의치 않고 한다?

'무슨 생각인 거지?'

도통 주혁의 마음을 읽을 수가 없었다.

어깨를 아끼기 위해 마운드에 서지 않겠다는 의도는 잘 알겠는데, 투수가 타격도 하는 내셔널리그도 아닌 지명타자 제도가 있는 아메리칸리그 구단으로 가는 선수가 타격을 저렇게 집중적으로 하다니.

마냥 순진무구한 웃음을 보이던 계약 이전의 주혁과 지금은 뭔가 판이하게 달라져 있는 듯한 느낌이 드는 문창진이었다.

◆

한 남자가 조용히 노트북 화면을 응시하면서 알 수 없는 표정을 짓고 있었다.

면도를 하지 않아 지저분한 턱선, 파란 눈동자와 우뚝 선 높은 콧대를 가진 이 남자는 바로 탬파베이 레이스의 단장, 앤드류 프리드먼이었다.

증권가 출신인 앤드류 프리드먼은 마치 주식거래 방식처럼 "싸게 사서, 비싸게 판다."는 원칙으로 스튜어트 스턴버그 구단주와 함께 구단을 운영하고 있었다.

2008년, 탬파베이 레이스의 단장으로 취임한 앤드류

프리드먼은 '죽음의 조'라고 불리는 아메리칸리그 동부지구에서 탬파베이 레이스를 강팀으로 변모시키는 데 큰 역할을 했던 사람이었다.

빅마켓 구단이자 같은 리그 소속인 뉴욕 양키스, 보스턴 레드삭스를 상대로 고작 4000만 달러 내외의 페이롤로 팀을 구성해냈다는 것만으로도 그의 역량은 이미 메이저리그에서 인정을 받고 있었다.

그런 그가 최근에 투수 유망주를 한 명 영입했다.

무려 200만 달러라는 스몰마켓치곤 상당한 계약금을 주고 데려온 이 투수에게 앤드류 프리드먼은 큰 기대를 걸고 있었다.

100마일(161km)의 강속구를 던지는 우완 투수이고 체격 조건도 좋지만 워낙에 많은 이닝을 던진 터라 메이저리그 구단들 사이에선 위험 요소가 충분히 있는 선수라고 보고 이 투수의 영입을 좀 더 신중하게 검토하고 있었다.

그런데 깐깐하기로 소문난 앤드류 프리드먼이 그것도 200만 달러라는 금액으로 이 투수를 데려간 것이 아닌가.

스포츠 신문사와의 인터뷰에서 그는 그 영입을 두고 이렇게 말했다.

"나는 그 선수의 미래를 보고 영입한 게 아니다. 즉시전력감이라는 판단 하에 영입한 것이다. 이미 조 매든 감독과도 이야기가 끝난 부분이다."

이 발언은 상당한 파급력을 안겨주기에 충분했다.

동양의, 그것도 한국이라는 작은 나라의 고교 투수에게 이 정도의 믿음을 가지다니.

모든 신인 선수들은 대체적으로 마이너리그에서 최소 3년은 교육을 받고 올라오는 게 대부분이다.

그런데 지금 이 발언은, 신인 드래프트 1순위 선수조차 밟고 오는 마이너리그 코스를 건너 뛰어도 될 만큼의 재능이 있다는 뜻이나 다름없었다.

심지어 처음 그 한국인 고교 투수를 앤드류 프리드먼에게 소개시켜 준 탬파베이 레이스 스카우트 폴 맥클레인은 이 투수를 놓고 이렇게 평가했다.

"그의 스카우팅 리포트 결과, 속구의 점수는 80점 만점이다. 그의 속구는 당장 메이저리그에 내세워도 먹힐 만큼 빠르고 묵직하다."

그리고 이 말 뒤에 그렇게 생각하는 이유에 대한 근거자료도 내세웠다.

그 자료는 바로 분당 회전수에 대한 것.

흔히 속구라 칭하는 포심 패스트볼은 분당 회전수가 높을수록 유리하다.

실제로 전문가들의 분석에 따르면, 상위 20%에 해당되는 2400회 이상의 포심 패스트볼은 피안타율 0.222와 헛스윙률 13.2%를 기록함으로써 전체 포심 평균(피안타율 0.252 헛스윙률 9.9%)보다 훨씬 좋은 모습을 보였다고 한다.

회전수가 높을수록 수직 무브먼트가 높으며, 수직 무브먼트가 높을수록 타자는 공의 아래쪽을 맞힐 가능성이 높아진다.

이러한 자료로 살펴 보았을 때, 이 한국인 고교 투수의 기록은 실로 놀라웠다.

분당 회전수 2430회.

수직 무브먼트 12.1인치.

이는 메이저리그의 정상급 투수들의 분당 회전수와 수직 무브먼트를 놓고 봐도 전혀 밀리지 않는 수치였다.

즉, 이 정도의 패스트볼을 구사하는 투수의 공은 마치 타자로 하여금 떠오르는 듯한 느낌을 주게 되고 이는 상당한 위력을 발휘할 수 있는 원동력이 된다.

이 정도의 패스트볼을 던질 만큼의 재능이라면 충분히 메이저리그에서도 통할 수 있긴 하겠지만 여기에는 엄연히 의문점들이 있었다.

첫 번째로 잦은 투구로 인한 부상 위험.

그리고 두 번째는 제구력 부족이었다.

그러나 이러한 논란 속에서도 탬파베이 레이스의 앤드류 프리드먼 단장은 영입을 과감하게 시도했다.

당장 선발 마운드에 내세울 순 없더라도 불펜에 큰 힘이 되어줄 수 있을 거라고 믿었기 때문이었다.

그가 이 한국인 고교 투수, 주혁을 영입한 건 오로지 딱 하나, 그의 패스트볼이었다.

그런데 지금.

노트북 화면을 바라보는 앤드류 프리드먼의 표정이 놀라움으로 번지고 있었다.

'대체 뭐지, 이 녀석은?'

그가 보고 있는 것은 주혁의 봉황대기 대회 타격 장면 클립이었다.

그리고 그걸 보는 앤드류 프리드먼과 그 옆에 있던 스카우트들은 벌어진 입을 다물지 못하고 있었다.

"고교 수준이라고 쳐도… 이거 타격 폼이 너무 완벽하잖아?"

"배트 스피드도 그렇고, 몸 쪽 공 대처하는 것도 그렇고, 치고 난 이후의 배트 반동을 흡수할 정도면 손목 힘이 대단하다는 소린데….."

"원래 이 정도의 타격 실력을 가진 선수는 아니지 않았나?"

감탄이 절로 나올 법한 모습.

분명 고교 야구라는 걸 감안해야겠지만, 이는 그들에게 충격을 안겨주기 충분했다.

지긋이 그 장면들을 바라보는 앤드류 프리드먼의 머릿속에 자꾸만 누군가가 떠오르기 시작했다.

'에반 롱고리아.'

2008년, 혜성처럼 등장하여 첫 해부터 27홈런 85타점 장타율 0.531를 기록하면서 신인왕을 수상한 타자.

탬파베이 레이스의 거포로서 현재까지 좋은 모습을 보여
주고 있는 에이스, 에반 롱고리아를 연상케 하는 주혁의 타격
모습에 앤드류 프리드먼은 조용히 입가에 웃음을 머금었다.

　'재능 하나 만큼은 괴물이다.'

　예상치 못한 타격 실력.

　그러나 여기는 아메리칸리그다.

　투수가 타격을 할 순 없다.

　물론 지명타자로 나서면서 투타겸업을 할 수야 있겠지
만….

　'신인이 그걸 받아낼 만큼의 체력이 있을리도 없고.'

　무엇보다 현재 250만 달러의 연봉을 받고 있는 지명타
자가 제 몫을 톡톡히 해주고 있는 이상, 주혁이 낄 자리는
사실 상 없었다.

　'타격 재능이 아쉽긴 한데….'

　일단 다시 봐야 한다.

　상의를 거쳐봐야겠지만, 애초에 그 묵직한 패스트볼 하
나만 보고 데려온 선수가 아닌가.

　잠시간 입가를 맴돌던 웃음기가 싹 사라졌다.

　'타격 재능이 아쉽긴 하지만, 투수로서 활용 가치가 더
높다.'

　그러나 뭔가 찝찝함을 감출 수는 없었다.

　마치 거대한 무언가를 보지 못한 듯한 기분을 말이다.

모든 고교 야구 일정이 끝이 났다.

더 이상 경기를 뛰지 않아도 되었기에 주혁은 미국으로 떠나기 전까지 체력 훈련에만 집중했다.

탬파베이 레이스 측에서 미리 미국으로 오기를 요구했으나 주혁은 이를 거절했다.

아무래도 과거로 돌아온 지 얼마 되지도 않았을 뿐 더러, 좀 더 적응이 필요하기 때문이었다.

처음에는 이 상황 자체가 낯설긴 했으나 시간이 흐를수록 이런 이질감은 금세 사라지고 없었다.

어느새 찬바람이 옷깃을 여미게 하는 겨울이 다가오고 있었고 주혁은 어느 정도 이 현실에 대해 파악이 끝나 있었다.

도저히 상식적으로 이해할 수 없는 것들이 존재하긴 했는데 대표적인 것이 바로 타격 실력이었다.

분명히 이때 당시에는 타격 실력이 그리 좋은 편은 아니었다.

애초에 투구 훈련에만 집중을 했던 고교 시절이기에 아무래도 타격 훈련에 시간을 많이 할애하지 못했었다.

그런데 과거로 돌아온 지금은 그 때와 너무도 달랐다.

부상 이후 타자로 성공하기 위해 피땀 흘려 연습했던 타격 노하우들과 타격 폼이 이미 갖춰져 있는 게 아닌가.

물론 전성기 시절만큼의 실력이라고 보기에는 아직 무리가 있었지만, 이미 전체의 7할 이상은 먹고 들어가는 셈이었다.

이 정도라면 어쩌면 자신의 기록보다 더 좋은 기록을 세울 수도 있을지 모른다.

그러나 주혁은 다시 타자로 선수 생활을 이어가는 것보다도 투수로서 새로운 인생을 살고 싶었다.

과거처럼 어깨가 망가져 더 이상 투수로 마운드에 설 수 없다면 예전처럼 타자로 성공을 거둬야 하겠지만….

'어깨 상태가 너무 좋다.'

선수는 그 느낌을 안다.

자신의 어깨 상태가 어떤지를.

그러나 어떤 선수들은 자신의 어깨가 좋지 않음을 알면서도 당장의 성과를 위해 참고 하는 경우도 있다.

과거의 주혁도 이런 케이스였다.

다만 나이가 어렸기에 이 정도 고통은 감수를 해야 한다고 착각했던 게 더 큰 문제를 낳긴 했지만 말이다.

어찌 되었든, 지금은 투수로서 마운드에 설 수 있는 가능성이 높아 보이는 건 사실이었다.

그러나 가장 중요한 것은 이미 완성되어 있는 타격 실력과는 반대로 투구 실력은 그 때와 변함이 없다는 점이었다.

애초에 메이저리그에 진출한 첫 해만에 수술대에 올랐던 주혁이기에 그 이상의 발전을 도모할 순 없었다.

그런 까닭에 속구의 위력은 상당하지만, 그 외의 부가적인 부분들은 부족함이 여실히 보이고 있었다.

타자로서 활약했던 지난날들의 경험을 토대 삼았을 때, 주혁은 단순히 빠른 공 하나만으로 성공할 수 없다는 걸 알고 있었다.

속구 자체의 위력도 물론 중요하다.

그러나 이 속구를 더 위력적으로 만들기 위한 부가적인 것들이 있어야 타자들과의 승부가 더욱 유리해진다.

그러한 부가적인 것들 중 가장 대표적인 게 바로 변화구다.

패스트볼과 똑같은 릴리스 포인트를 가지고 있지만, 정작 스피드에 있어 차이를 보이면서 타자의 타이밍을 뺏어버리는 체인지업.

보이기는 빠르게 느껴지지만 홈 플레이트 근처에서 아래로 뚝 떨어지면서 헛스윙을 유도하는 스플리터.

포물선을 그리면서 큰 낙차로 홈 플레이트 부근에서 떨어지며 타자의 타이밍을 빼앗는 커브볼.

패스트볼처럼 빠르게 날아오다가 홈 플레이트 근처에서 급격하게 방향이 틀어지는 슬라이더.

좌우 변화보다도 홈 플레이트 근처에서 뚝 떨어지는 움직임을 보이면서 주로 땅볼 유도 많이 사용되는 싱커.

이 밖에도 다양한 변화구들이 존재하며, 투수들은 이러한 변화구를 통해 타자들을 더욱 혼란케 만든다.

즉, 단순히 빠른 공 하나만으로 타자들을 잡아내기는 현대 야구에선 어려운 일이나 다름 없는 것.

물론 이 모든 것의 중심에는 제구력이 반드시 뒷받침 되어야 한다.

이런 모든 것들을 통합하여 볼 때, 주혁은 스스로의 현재 투구 실력을 높게 평가하지 않았다.

'분명히 초반에는 먹힌다.'

정말이지 자신이 던져도 감탄이 터져 나올 만큼의 패스트볼을 던지긴 했다.

게다가 100마일(161km)을 웃도는 스피드를 가진 이 공이라면 처음 상대해보는 타자들이 쉽게 쳐내지 못할 가능성이 높았다.

그러나 그것도 잠시 뿐.

한 번 타이밍을 잡고 나면 그 다음부터는 손쉽게 공략되고 만다.

그러다보면 자연히 멘탈이 터지게 되고 대량 실점으로 이어지게 된다.

'그래서 마이너리그에 패스트볼 좋아도 못 올라오는 투수들이 많지.'

타자들이 쉽게 공략하지 못하도록 다양한 방법들로 승부를 해야 한다.

그래야만이 메이저리그에서 끝까지 살아남을 수 있다.

주혁은 천천히 사라진 기억들을 헤집어가면서 어떤 방법

들이 자신의 가치를 높여줄 수 있는지를 떠올리기 시작했다.

타자로서 타석에 섰을 때, 정말 까다로웠던 투수들의 특징들을 말이다.

그리고 이러한 고민들과 연구를 하면서 주혁은 제구를 잡는 데 신경을 쏟아 부었다.

힘을 쭉 뺀 상태로 자신이 원하는 곳에 넣을 때까지 공을 던지는 것.

그리고 이러한 연습들이 점차 흡족스러울 정도가 되고 나면 그 때부터 구속을 천천히 올리기 시작했다.

성장이 더디긴 했으나 그렇다고 제자리걸음은 아니었다.

조급해 하지 않고, 주혁은 차분하게 하나씩 완벽을 기해가기 시작했다.

대충 넘어가는 것 하나 없이 완벽함을 추구하는 그의 자세.

그것은 과거, 부상 이후 좌절했을 때에도 그를 일으킨 원동력이나 다름없었다.

시간은 그렇게 유수처럼 흘러갔고, 어느새 그 날이 다가왔다.

윈터 리그의 개막이 말이다.

3. 윈터 리그

리턴
에이스
Return Ace

3. 윈터 리그

윈터 리그(Winter League).

이는 겨울에도 날씨가 따뜻한 지역에서 열리는 일종의 비시즌 리그로써 매년 10월부터 이듬 해 1월까지 미국과 중남미, 호주, 화와이 등지에서 개최되는 지역 리그다.

이 중 멕시코, 베네수엘라, 도미니카 공화국, 푸에르토리코에서 열리는 윈터 리그의 경우, 메이저리그와 연계된 윈터 리그이기 때문에 메이저리그 선수들이 상당 수 참가한다.

미국 내 윈터 리그도 존재하는 데, 애리조나 윈터 리그와 캘리포니아 윈터 리그가 있으며 이는 메이저리그 주관이 아닌 독립 리그인지라 대개 교육 리그 성격이 강하다

(메이저리그 주관의 교육 리그의 경우, 애리조나 가을리그가 대표적이다).

미국 기준으로 보면, 겨울에는 야구를 실외에서 할 수가 없기 때문에 비교적 날씨가 따뜻한 지역에서 리그를 하게 된다.

그 중 중남미 윈터 리그의 경우, 메이저리그 진출을 희망하는 자국 선수들뿐만 아니라 메이저리그 선수들 중에서 노장이나 장기 부상으로 경기 감각이 없고 뭔가 보여줘야 하는 선수들이 대거 참가한다.

중남미에서 개최되는 윈터 리그에는 메이저리그 스카우트들이 대기하며 유망주나 용병으로 데려갈 만한 선수들을 파악하며 이 때 한국프로야구나 일본프로야구 스카우트들도 용병을 구하기 위해 윈터 리그 때 참가한다.

미국 내에서 개최하는 윈터 리그는 언급한 것처럼 유망주들의 교육 리그 성격이 강하고 중남미 윈터 리그는 리그 수준이 마이너리그 AAA 수준으로 평가가 되기 때문에 메이저리그 로스터 급 선수들이나 AAA 선수들이 참가한다.

이런 높은 수준의 윈터 리그에, 그것도 고교 무대를 제외하고는 2학년 시절 세계청소년야구대회 경험밖엔 없는 주혁이 뛰게 된 것이었다.

베네수엘라 프로페셔널 베이스볼 리그.

과거 주혁이 타자로 전향한 이후 마이너리그 AAA에서 활약할 당시 뛰어봤었던 이 리그는 전 세계 윈터 리그 프로야구 리그들 중 가장 규모가 크고 수준이 높기로 자자하다.

또한 인기 역시도 굉장한 데, 오직 인기로만 따지자면 평균적으로 미국, 일본보다도 인기가 더 좋다고 할 수 있다.

경기수가 63게임으로 비교적 적은 편이고, 매 시즌마다 로스터가 많이 바뀌는 점들은 희소성과 빠른 것을 요구하는 현대 사회에 역으로 알맞아서인지 젊은 층에게 인기가 매우 높다.

대부분 메이저리그 선수들 또는 마이너리그 AAA 선수들이 참여하는 이곳에 경력 하나 없는 주혁이 뛰게 된 것에는 탬파베이 레이스의 도움도 있긴 했으나 결정적인 요인은 주혁의 패스트볼이었다.

레오네스 델 카라카스라는 팀과 2개월 단기 계약에 월급 2000만원(평균 2000~3500만원)을 받기로 하고 입단을 한 주혁은 그만큼 기대감이 상당히 큰 선수로 평가받고 있었다.

애초에 신인 선수들은 교육 리그에 참가하지 중남미 윈터 리그에는 참가하지 않는 경우가 대부분이지만, 주혁은 본인 스스로가 원했고 또 레오네스 델 카라카스 구단 측에서도 환영했기에 가능한 입단이었다.

꽤나 이례적인 수순.

탬파베이 레이스 측에서도 주혁의 가능성을 시험해 볼 수 있는 좋은 무대이자, 경기수도 많이 치루지 않기 때문에 부상 위험도 적은 편이라 주혁의 윈터 리그 활약을 응원하는 분위기였다.

정말 오랜만에 다시 찾은 베네수엘라.

'야구 열기 하나만큼은 뜨거운 곳이지.'

예전의 기억들이 새록새록 떠오른 주혁이 피식 웃었다.

과거 여기서 뛰기도 했을 뿐만 아니라, 베네수엘라 출신 동료 선수와 시즌이 끝나고 자주 놀러오기도 했던 곳이 바로 여기였다.

사실 떠나기 전, 주혁의 부모님은 가뜩이나 언어적 장벽이 있는데다 낯선 곳에서 행여 적응하지 못할 것 같아 태산 같은 걱정을 했으나….

"어디에서 왔습니까?"

"한국에서 왔습니다."

완벽한 영어 구사.

현지인들, 그 중에서도 영어를 할 줄 아는 사람들과 친숙하게 대화를 나누면서 이따금씩 털털한 농담까지 주고받는 그의 모습은 그 어느 누구도 그가 처음 온 것이라고 믿지 않을 정도였다.

물론 과거로 돌아오기 이전에 이미 숱하게 오긴 했지만 말이다.

그리고 주혁이 윈터 리그에 뛰게 된 야구 선수라는 걸 알았을 때는….

"오 마이 갓! 사진 한 장 찍어요."

반응은 더할 나위 없이 후끈했다.

레오네스 델 카라카스가 주혁과 2개월 계약을 맺은 건, 그에게 연습할 기회를 주기 위해서가 아니었다.

월급 2000만원을 준 이상, 주혁에게 그들이 바라는 것은 당장의 성과였다.

그리고 주혁도 이를 잘 알고 있었다.

물론 이 윈터 리그에 참가한 이유 중 일부는 실전 경험을 쌓기 위함도 있었으나, 주혁은 무엇보다도 자신의 공이 얼마나 먹히는 지를 보려고 했다.

이렇게 던져보고 저렇게 던져보고.

연습의 과정을 밟는 것.

쓸데 없다.

무조건 타자를 잡아먹겠다는 집념.

주혁이 이렇게 독기를 품은 데는 나름의 이유가 있었다.

탬파베이 레이스가 주혁의 영입을 두고 즉시전력감이라는 평가를 내리긴 했으나 분명히 기회가 적게 올 것임을 본인 스스로도 잘 알고 있었다.

1달 동안의 시범 경기 일정에서조차 주혁에게 주어지는 등판 기회는 적을 게 자명했다.

선발 등판 기회는 분명 오지 않을 것이고 그나마 불펜으로 시범 경기에서 등판하게 될 텐데, 이마저도 눈에 띄지 못한다면 마이너리그 행은 당연한 순서가 될 것이다.

애초에 메이저리그 행을 약속받은 것은 절대 아니었다.

안심할 수가 없다.

게다가 지금이야 어깨에 전혀 고통이 없지만, 언제 부상이 급습할지도 모른다.

그렇다고 마냥 어깨를 아끼면서 자신의 장기인 패스트볼의 위력을 낮출 수도 없다.

물론 지속적으로 검사를 진행하면서 문제가 생길 시에 조기 치료를 받으면 희망이 있을 수도 있지만 어깨는 투수의 생명에 있어 지뢰와도 같다.

잘 못 건드렸다가는 그대로 터지는 거다.

터지고 나면 수습은 불가능하고 그 때부터는 다른 길을 찾아야 한다.

근데 이게 무서워서 피한다?

'있을 수 없는 일이지.'

과거로 돌아왔고, 무슨 이유인지 타격 실력은 완성되어 있다.

더욱이 어깨에 통증도 없다.

평생의 소원이던 투수로서의 등판이 어쩌면 현실로 이뤄질 수도 있다.

이 기회를 놓칠 순 없다.

한시라도 빨리 메이저리그 마운드를 조금이라도 더 밟아봐야 한다.

나중에 후회하지 않게.

그러기 위해서는 이 짧은 시간 안에 확실한 임팩트를 탬파베이 레이스 코칭스태프들에게 보여줘야 한다.

투수로서의 가능성.

나아가 선발 투수로서의 가능성까지.

당장은 힘들 수 있다.

뚜렷한 변화구 하나 없고 오로지 패스트볼 하나만 가지고 있으니까.

그러나 이건 엄연히 선발 투수로서의 데뷔가 늦어질 수 있다는 것이지 계투진에서는 즉각적인 투입이 가능할 수 있다.

제구력, 그리고 마운드 위에서 흔들리지 않는 뚝심.

경기의 흐름과 판도를 뒤바꿀 수 있는 결정적인 한 구, 위닝 샷.

이 모든 것들은 하루아침에 생기지 않는다.

물론 단기간에도 힘들긴 하다.

그러나 안 하는 것과는 차원이 다르다.

'분명 여기서도 나는 계투진에서 활약하겠지.'

상관없다.

주어진 보직에서 얼마만큼 가치가 있는지를 똑똑히 보여줌으로서 메이저리그에서도 더 많은 등판 기회를 잡는 것.

그러면서 변화구들을 익혀가고 선발 자리가 빈틈을 타서 자리에 안착하는 일.

이게 지금 주혁이 생각해 놓은 시나리오였다.

그리고 이 시나리오를 성공시키기 위해서는….

"윤, 오늘 불펜으로 투입 될 거야."

윈터 리그라고 할지언정, 주어지는 매 순간들마다 최선을 다한다.

파앙!

불펜에서 몸을 푸는 주혁의 눈빛이 이글이글 타올랐다.

평생의 한.

그리고 그 한을 풀 기회의 도래.

레오네스 델 카라카스에 합류한지 나흘이 지난 시점.

주혁은 이미 불펜에서 언제 올지 모르는 등판을 이미 대비해 두었다.

잠시 후, 경기가 시작되고 팽팽한 흐름 속에서 경기가 막바지로 흘러갈 즈음.

"헤이, 윤. 네 차례야."

기다리던 순간이 왔다.

◆

7회 말, 4 – 4 동점 상황.

훤칠한 키의 새파랗게 어린 동양인 투수가 레오네스 델 카라카스의 마운드에 올라서자, 상대 팀 티그레스 데 아라과의 벤치가 술렁거리기 시작했다.

메이저리그 선수도 아니고, 그렇다고 마이너리그 AAA 선수도 아닌 이 동양인 투수의 정체를 아는 사람이 거의 없었기 때문이었다.

그러나 이 선수가 한국의 고교 선수이며, 프로 대회 경험이 전무하다는 사실이 알려지고 나자 티그레스 데 아라과의 타자들은 긴장감을 내려놓았다.

제 아무리 잘 던진다고 한들, 경험도 없는 이 어린 선수에게 자신들이 당할 거라고는 상상조차 하지 않았던 것.

마운드에 올라서서 연습구를 몇 개 던지더니 포수를 향해 고개를 끄덕거리고는 로진 백을 집어 드는 투수.

이윽고 타석에 티그레스 데 아라과의 8번 타자 펠릭스 산체스가 들어섰다.

베네수엘라 국적을 가진 펠릭스 산체스는 지난 시즌 자국 윈터 리그에서 17개의 홈런포를 때려낸 만큼 장타력 하나는 좋은 선수였다.

다만 공갈포 이미지가 심한 탓에 점차 밀리고 밀려 이번 시즌에는 8번 타순에 배치가 된 펠릭스 산체스였다.

레오네스 델 카라카스의 마운드에 올라온 이 한국인 투수에 대한 정보가 전혀 없는 티그레스 데 아라과의 벤치는 펠릭스 산체스에게 빠른 공을 노려 장타를 뽑아내라는 주문을 넣었다.

힘 하나만큼은 자신 있던 펠릭스 산체스는 자신만만하게 타격 폼을 취하고는 이 투수의 초구를 기다렸다.

무표정한 얼굴로 사인을 주고받더니 와인드업을 시작하는 투수.

부드러운 투구 동작 이후 투수의 손에서 뿌려진 공이 포수 미트로 날아가기 시작했다.

이 공이 빠른 공임을 간파한 펠릭스 산체스가 즉각 반응을 보였고 배트를 크게 휘둘렀다.

그러나….

파앙!

어느새 포수 미트에 꽂혀 있는 공.

전광판에 뜬 구속은 94마일(151km).

'타이밍을 잘 못 잡았다.'

펠릭스 산체스가 자신의 헛스윙에 당황할 틈도 없이 곧바로 투수의 손에서 2구가 뿌려졌다.

파앙!

이번에는 아예 배트조차 내지 못한 펠릭스 산체스.

96마일(154km)의 구속.

'뭐… 뭐지?'

점차 스피드가 붙는 공.

그런데 단순히 빠른 게 아니다.

묵직함이 느껴지는 패스트볼.

펠릭스 산체스가 침을 꿀꺽 삼켰다.

'3구 삼진을 당할 수는 없다.'

침착하게 투수의 손에 시선을 고정시키는 펠릭스 산체스.

천천히 와인드업과 함께 투수가 3구를 뿌렸다.

스트라이크 존 쪽으로 날아드는 공.

쳐내지 못하면 루킹 삼진이다.

감이 팍 오자, 펠릭스 산체스가 무작정 배트를 휘둘렀다.

그러나 결과는 뻔했다.

파앙!

"스트라이크 아웃!"

허무하게 또 헛스윙을 하고 만 것.

눈을 껌뻑이면서 멍하니 전광판을 바라본 펠릭스 산체스
는 할 말을 잃고 말았다.

100마일(161km).

마운드에 서 있는 이 한국인 투수, 주혁은 마치 베테랑처
럼 구속을 조절하고 있었다.

◆

투수들은 타자들이 공을 쳐내지 못하게 하고자 다양한
패턴으로 복잡하게 만든다.

그리고 그 중에서 주혁이 타자로 활약했던 당시, 상당히
까다로웠던 패턴을 사용하는 투수들이 하나 있었다.

바로 패스트볼의 구속을 조절하는 투수들의 패턴이 말이
다.

그 어떤 타자도 날아오는 공의 속도를 정확히 꿰뚫는

사람은 없다.

철저한 타이밍 싸움으로 공을 쳐내는 것 뿐.

그런데 같은 구위를 가진 공의 구속이 다르다면?

초구와 결정구의 구속 차이가 10km 이상 나는 순간, 타자는 그 타이밍을 잡는 데 여간 애를 먹게 된다.

150km의 공에 익숙해지려하면 160km의 강속구가 들어오고, 결국 타자는 타이밍을 제대로 잡지 못한 채 멍하니 바라만보다 벤치로 돌아서게 된다.

변화구만큼이나 효과가 있는 구속 조절.

그러나 이건 결코 쉬운 일이 아니다.

단순히 공의 스피드를 낮추는 것이 중요한 게 아니라, 그러한 공 자체에도 묵직한 구위가 갖춰져야 하는 법.

그렇다보니 이러한 구속 조절을 이용하는 투수들은 극히 드물었다.

어렵기도 어렵거니와 자신의 가장 빠른 공이 공략을 당하는 순간, 이도저도 아닌 상황이 되고 말기 때문이다.

그렇기에 투수들은 자신의 가장 빠른 공을 위력적으로 만들 줄 알아야 한다.

즉, 타자들의 타이밍을 기존의 빠른 공보다 10km 차이가 나는 공으로 맞춰놓아야 하는 것.

그래야만이 진정으로 그 빠른 공의 위력이 빛을 보게 된다.

숱한 연습이 필요한 이 구속 조절에 있어, 주혁은 사실 오래전부터 손쉽게 익혔던 능력이었다.

비슷한 구위.

그러나 다른 스피드.

경험이 풍부했다면 이 엄청난 재능을 보다 더 발전시켰겠지만….

'그때는 그냥 빠른 공이 더 나은 줄 알았지.'

이왕이면 다홍치마라고, 같은 구위라면 오히려 빠른 공만 던지는 게 더 이득이라고 생각했었던 고교 시절의 주혁이었다.

그러나 지금, 과거로 돌아온 주혁은 자신의 이 재능이 얼마나 대단한 것인지를 너무도 잘 알고 있었다.

그리고 어쩌면 이 재능이, 능숙하게 다룰 줄 아는 변화구 하나 없이도 메이저리그 무대에서 안전하게 정착할 수 있는 희망이라고 보고 있었다.

물론 할 줄 안다고 해서 무조건 먹히는 건 절대 아니다.

닥쳐오는 수많은 상황들 속에서 적절하게 활용을 하는 것.

흐름을 읽고 그에 대응하여 이 능력을 이용하는 것.

이러한 것들을 최종적으로 활용하기 위해 선택한 곳이 바로 윈터 리그였다.

그리고 지금.

6 - 4.

전세가 역전되었다.

8회 초, 레오네스 델 카라카스가 이 이닝에서만 안타 3개와 볼넷 하나를 얻어내면서 2점을 만들어 냈다.

그리고 이어지는 8회 말.

7회 말에 세 타자를 상대로 삼진 1개, 뜬공 2개로 퍼펙트 피칭을 선보인 주혁이 마운드에 또 한 번 올라갔다.

졸지에 승리 투수 요건을 얻게 된 주혁은 코칭스태프의 바램대로 8회 말까지 던지기로 입을 맞췄다.

더 이상 전처럼 그를 얕보는 선수들은 없었다.

위력적인 구위와 구속.

거기에 타자들의 타이밍을 혼란케 만드는 구속 조절 능력.

뛰어난 제구력은 없지만, 낯선 이 투수의 공을 공략하기는 결코 쉬워 보이지 않았다.

분명 고교 야구와 세계청소년야구대회를 제외하고는 경험이 전무한 선수일 텐데도 불구하고 마운드 위에 올라와 있는 주혁에게 풍기는 아우라는 신인 같은 느낌을 주고 있지 않았다.

긴장하는 것 하나 없이 경기를 즐기고 있고, 더욱이 자신들이 위축되어 있는 걸 알기라도 하는 듯이 분위기를 지배하고 있었다.

더군다나 타자들을 상대하면서도 전혀 흔들림 없이 자신감 있게 공을 던지는 모습.

'뭐 투수로서 등판한 경험은 없지만….'

타자로서의 경력만 20년이 넘는다.

더군다나 이 리그에 속해 있는 타자들 중 대부분이 장타력이 좋은 거포들이다.

과거 타자 시절 자신과 흡사한 유형.

물론 좀 더 많은 경기들을 뛰어보아야 비로소 확실하게 타자들을 잡아 낼 수 있겠지만….

파앙!

"스트라이크 아웃!"

구심의 통쾌한 삼진 콜.

낯선 이 공에 빠르게 적응하는 타자들은 현재 없었다.

◆

2이닝 무실점 3K.

피안타, 볼넷, 사구 하나 없이 깔끔한 피칭을 선보인 주혁의 첫 등판.

게다가 예상치 못한 승리까지.

한국에서 왔다는 이 미성년자 동양인 투수, 주혁의 손에서 뿌려지는 100마일(160km)의 강속구에 현지 팬들은 물론이거니와 그를 대하는 소속 팀 선수들의 태도도 확연히 달라졌다.

이미 탬파베이 레이스와 계약을 마친 선수라는 사실과 더불어 구단 측에서도 상당한 애정을 가지고 있는 투수라는 걸 알게 되고 나자 모두들 친근하게 다가오기 시작했다.

동양인이라고 무시를 받는다?

그런 건 절대 없었다.

오직 실력으로만 평가받는 메이저리그의 특성이 여기 베네수엘라 프로페셔널 베이스볼 리그에서도 그대로 적용되고 있었으니까.

사실 단순히 구속 때문에 주혁을 바라보는 시선들이 달라진 것이 아니었다.

이미 레오네스 델 카라카스 소속 투수들 가운데 오히려 주혁보다도 빠른 최대 103마일(165km)을 던지는 우완 투수도 있었다.

그럼에도 불구하고 주혁의 패스트볼이 더 주목을 받는 이유는 구위 때문이었다.

그저 빠르기만 한 공이 아닌, 볼 끝이 마치 살아 움직이는 듯한 무브먼트를 가진 묵직한 패스트볼은 누가 봐도 수준급이라는 걸 알 수 있었다.

단 한 경기 만에 인정을 받게 된 주혁을 향해 숱한 관심들이 쏟아지고 있는 가운데, 비슷한 키를 가진 선수 한 명이 다가왔다.

그리고 그 선수의 얼굴을 확인한 순간, 주혁은 반가움에 자신도 모르게 먼저 인사를 할 뻔했다.

필립 모리스.

미국의 유명한 담배 제조 및 판매 업체와 이름이 같은 이

미국인 선수.

그는 과거 마이너리그에서 고생하던 시절, 자신의 옆에서 힘이 되어주었던 친구이자, 나아가 친근한 동네 형 같은 사람이었다.

탬파베이 레이스 소속 타자이자 한 때 25개의 홈런포를 메이저리그에서 쏘아 올리기도 했으나 연이는 부상으로 자주 마이너리그로 내려가곤 했던 필립 모리스.

그러나 사람 자체가 밝고 쾌활해서 어디서든지 잘 적응하고 자신이 처한 상황을 외면하기보다도 받아들이고 그걸 오히려 즐기려고 하는 성격을 가진 사람이었다.

그에게서 상당히 많은 걸 배우기도 했었던 주혁은 그런 필립 모리스를 오랜만에 보니 정말이지 반가웠다.

솔직하게 눈물이 터져 나올 뻔 했다.

그가 이토록 반가운 이유.

과거 자신이 은퇴를 한 다음 날, 그가 불운하게도 교통사고로 세상을 떠났기 때문이었다.

그런 그를 다시 만날 수 있다니.

그것도 젊은 시절에.

뭔가 알 수 없는 기분이 들면서 마음 한 구석이 순간 울컥거렸다.

"탬파베이 소속이라고?"

먼저 웃으면서 말을 걸어 오는 필립 모리스.

잠시 아무 말도 하지 못한 채 그의 얼굴만을 바라보던

주혁이 이내 목을 가다듬고는 고개를 끄덕였다.

"이 팀에 나 말고는 탬파베이 선수는 없었는데. 반가워. 한국에서 왔다고?"

"응."

"한국… 좋은 곳이지. 김치 스튜가 맛있는…."

음?

모리스가 이 시기에 한국에 왔다 간 적이 있었나?

기억 상으로는 분명히 지금으로부터 5년 후에 같이 한국으로 갔을 때가 처음이라고 말했었는데?

"아. 한국에 가본 건 아니고. 한국 식당에 간 적이 있어."

역시나.

그제야 주혁이 피식 웃었다.

"한국 선수는 살면서 네가 처음이야. 무시하는 건 아닌데, 한국에 이렇게 대단한 재능을 가진 선수들이 많은 줄은 몰랐네."

"고마워."

"뭘. 그나저나 영어를 잘 하네?"

새삼 놀라워하는 필립 모리스.

"그냥 조금?"

미국에서만 은퇴하기 전까지 거의 25년 이상을 살았다.

삶의 절반을 보낸 곳이 미국이다.

원어민 수준의 영어 구사 능력을 가지고 있지만, 그걸 굳이 설명할 필요는 없다.

어차피 사실을 말해줘도 모를 테고 그냥 배웠다고 하는 게 낫겠지.

아니다.

이왕 이렇게 된 거 천재성을 좀 부각시켜볼까?

"어쩐지. 통역사 한 명 없이 왔길래 놀랐어."

"의사소통에는 문제가 없어서."

"발음도 좋네?"

자꾸 깜짝깜짝 놀래는 필립 모리스의 반응에 주혁은 방금 전 생각했던 것들을 조용히 내려놓았다.

'여기서 모리스를 만날 줄이야.'

너무도 반가웠다.

반가운데 뭐라 할 말이 딱히 없었다.

그가 죽기 전, 꽤나 오랫동안 그를 잊고 살았던 게 떠올랐다.

괜스레 미안해졌다.

지인들을 통해 들어보니 사업이 실패하고 사기를 당하면서 힘든 시기를 겪었다고 했다.

그래도 꿋꿋하게 버티면서 살아보려고 노력했던 필립 모리스였다.

그러나 세상은 너무도 매몰찼고 그렇게 원치 않는 교통사고로 생을 마감하고 말았던 과거의 필립 모리스.

"무슨 생각을 그리 골똘하게 해?"

솔직하게 다른 사람들은 딱히 챙기고 싶지 않다.

인생은 독고다이다.

가족들, 그리고 자기 혼자만 챙기는 어떻게 본다면 이기적인 삶이 낫다고 생각하며 살아왔던 주혁이었다.

지금도 그 생각에는 변함이 없다.

그러나 돌이켜 생각해 보면, 모든 걸 스스로 이뤄낸 것만은 아니었다.

힘들 때마다 옆에서 힘이 되어주던 사람들.

그들을 잊은 채 너무도 이기적으로 살아온 것은 아닐까?

다행스럽게도 그에게는 과거의 기억들 중, 사람들에 대한 기억들은 고스란히 남아 있었다.

즉, 이변이 없는 이상 끝까지 믿을 수 있는 사람들이 누구인지 알 수 있다는 것.

챙겨야 할 사람들, 삶에 있어서 너무도 고마운 사람들, 도움을 너무도 당연시 여겨 고마움을 잊은 채 외면했던 사람들.

물론 많지는 않다.

그러나 그 중 한 사람이 필립 모리스.

투수로서의 꿈을 잃고 방황하던 그를 붙잡아 주고 타자로서 성공할 수 있는 희망을 만들어 준 장본인이 바로 그였다.

그런 그를 잊은 채 선수 생활에만 전념했던 지난날들.

챙긴다는 의미가 어떤 물질적인 것들로 도움을 주겠다는 뜻이 절대 아니다.

관심.

분명히 그도 외로움을 느꼈을 것.

은퇴를 하고 나서 돌이켜보니, 그에게는 진정한 친구가
없었음을 느꼈었다.

소수면 충분하다.

이제는 너무 나 혼자만 생각하지 않으리.

생각은 여기까지.

씩 웃으며 주혁이 필립 모리스에게 말했다.

"저녁 먹으러 가자."

◆

야구 경기는 흐름이 중요하다.

물 흐르듯 자연스럽게 이기는 분위기로 흘러간다면 덩달
아 선수들의 사기도 떨어지지 않게 되고, 이는 곧 팀의 승
리로 이어지게 된다.

그러나 초반부터 흐름을 완전히 **빼앗겨** 버리고 나면, 뒤
집기는 정말 힘들어진다.

사기는 바닥을 칠 수 밖에 없고, 선수들은 자신도 모르게
머릿속에 "이 경기는 지는 경기다."라고 판단하여 의지가
사그라드는 경우가 많다.

전광판에 떠 있는 현재 스코어.

11 - 0.

고작 3회 만에, 홈 팀 레오네스 델 카라카스가 대량 실점을 허용하고 말았다.

경기장을 찾은 팬들 중 일부는 허탈함을 느끼고 일찍이 빠져 나가는 모습도 볼 수 있었다.

더군다나 오늘 레오네스 델 카라카스의 선발 마운드를 지킨 선수는 5년 경력의 메이저리거였기에 실망감은 더욱 클 수밖에 없었다.

2회까지 4실점을 허용했으나 마운드를 내려가지는 않았던 레오네스 델 카라카스의 선발 투수.

그러나 3회가 되고 나자, 출루 이후에 홈런을 맞는 장면을 그것도 두 차례 연속으로 보여주면서 8실점을 허용하게 되었고 급하게 마운드에 올라온 불펜 투수마저 흔들리면서 3실점을 추가로 내주고 말았다.

상대 팀 아길라스 델 술리아의 벤치는 이미 벌써부터 승리를 확정지은 듯한 모습을 보이고 있었다.

게다가 자신들의 선발 투수도 메이저리그 경험이 있는 마이너리그 AAA 소속 선수인데다 지난 등판에서 완투승을 기록하기도 한 만큼, 그들은 레오네스 델 카라카스가 경기를 역전시킬 수는 없을 거라고 장담하고 있었다.

한편, 레오네스 델 카라카스의 카를로스 아바드 감독은 한숨을 푹 내쉬었다.

구상해 두었던 모든 게 무너지고 만 상황.

선수들은 의지를 잃은 듯 보였다.

이들은 프로다.

그러나 프로이기 전에 엄연한 사람이다.

감정적이라는 뜻.

좌절감을 느끼고 나면 쉽게 일어서지 못하고 그것은 곧 포기로 이어지게 된다.

그런 까닭에 큰 점수 차이가 나면 경기의 질이 낮아지게 된다.

의지를 잃은 선수들에게 역전이라는 드라마틱한 전개는 기대조차 할 수 없다.

그러나 딱 한 가지 변수가 존재하긴 한다.

바로 에이스의 활약이라는 변수가 말이다.

에이스 선수가 홀로 꿋꿋하게 쫓아가려고 하는 모습을 보이는 순간, 선수들은 다시 그를 통해 힘을 얻게 된다.

대체적으로 경험이 많은 핵심 선수들이 이런 역할을 해주지만 꼭 그렇지만은 않다.

신인 선수의 패기.

그리고 그런 어린 선수의 의지를 보면서 부끄러움을 느끼고 나도 뭔가 보여줘야겠다는 마음으로 집중력을 얻게 되는 것.

지금 레오네스 델 카라카스는 이런 에이스의 등장이 필요했다.

반드시 팀의 에이스만이 이 역할을 수행할 수 있는 건 아니다.

잠재력이 있는 선수.

또는 오늘의 에이스가 될 자격이 있는 선수.

그게 팀 타선의 클린업 트리오가 될 수도 있고, 대타로 타석에 들어선 타자가 될 수도 있고, 생각지도 못했던 불펜 투수가 될 수도 있다.

점수가 11점이나 차이가 나는 경우라면 대부분의 감독들은 경기를 포기하고 계투진의 핵심들에게 휴식을 주고 그보다 활약이 좋지 않은 투수들을 등판시켜 뒤집으려는 시도조차 하지 않는다.

카를로스 아바드 감독도 마찬가지.

팀의 핵심 불펜 전력들을 이런 경기에서 투입시키기에는 아까웠기 때문에, 패전조 투수들을 불펜에서 준비시키려 하고 있었다.

그러던 그 때.

어떤 투수를 올릴 지를 투수코치와 상의하던 카를로스 아바드의 앞으로 주혁이 나타났다.

"제가 올라가겠습니다."

당찬 한 마디.

카를로스 아바드는 주혁의 눈빛을 빤히 쳐다보았다.

초반부터 11점 차로 지고 있는 경기다.

주혁이 핵심 불펜 전력까지는 아니지만, 100마일 (161km)을 던지는 이 투수의 패스트볼은 비장의 무기가 될 수 있는 자질이 충분했다.

'고교 때 선발 투수로만 뛰었다는 건 알고 있지만….'

긴 이닝을 투구하는 데 문제는 없을 터.

그러나 여기는 프로 무대다.

고교 야구 수준하고는 차원이 다른 곳이다.

가뜩이나 큰 점수 차이로 지고 있는 와중에 더 많은 점수를 내준다면 최악의 경기가 될 수도 있다.

그러나 이 자신만만한 모습은 카를로스 아바드의 머릿속을 더욱 복잡하게 만들었다.

그가 들고 있던 펜을 내려놓고는 물었다.

"실점 없이 3이닝 이상 던질 수 있나?"

지금 그의 눈으로 본 주혁은 메이저리그 무대에 진출하기 위해 더 많은 경기를 뛰고 싶어 하는 듯한 모습이었다.

물론 맞다.

조금이라도 더 던지고 싶은 주혁이었다.

그러나 카를로스 아바드의 생각하고 주혁의 생각하고는 다른 점이 있었다.

"한 점도 안 내줄 자신 있습니다."

시험의 무대라고 생각하지 않는 것.

지는 방향으로 흘러가는 경기에 올라가서 이런저런 시도를 하고자 등판하려는 주혁이 아니었다.

어차피 변화구들은 손에 익숙하지도 않고, 던질 수 있는 구종이라곤 패스트볼이 전부다.

그러나 이 패스트볼 하나로 의기양양한 아길라스 델 술리아의 타선을 꼼짝 못하게 묶어 놓는다면?

눈에 띄는 건 당연할뿐더러 투구수만 잘 관리해서 3이닝 이상을 소화하게 될 경우, 그에게 선발의 기회가 떨어질 지도 모른다.

'패전조 투입시킬 거라면 차라리 내가 올라가서 분위기를 바꾼다.'

칠흑 같은 경기 속에 한줄기 빛이 되리라.

잠시간 고민에 빠져 있던 카를로스 아바드 감독이 이내 천천히 입을 열었다.

"준비해라."

◈

아길라스 델 술리아의 4번 타자, 호세 멘데스는 오늘 자신의 활약에 매우 흡족해 하고 있었다.

3회까지 타석에 두 번 서서 2타점 적시타와 2점짜리 홈런을 때려낸 호세 멘데스.

4년 전, 클리블랜드 인디언스 구단으로부터 방출 통보를 받고 베네수엘라로 돌아온 그는 뼈를 깎는 듯한 고통을 참아내면서 다시 재기하고자 최선을 다했다.

그리고 마침내 이번 시즌, 활화산처럼 타격에 불이 붙었다.

메이저리그 스카우트들의 앞에서 단순히 공갈포가 아닌, 필요한 상황에서 확실한 해결을 해주는 일명 '해결사'로서의 능력을 톡톡히 보여주고 있는 이번 시즌.

입가에 웃음이 멈추지 않는 건 어쩌면 당연한 것 일수도 있다.

특히 최근 들어 빠른 공 대처 능력이 좋아졌다는 평가를 받고 있는 그에게는 더 이상 강속구는 무서운 마구(魔球)가 아니었다.

4회 초, 이닝의 첫 타자로 타석에 들어설 준비를 하는 호세 멘데스는 장갑을 고쳐 끼면서 교체된 투수를 슬쩍 확인했다.

'음?'

동양인이었다.

베네수엘라 프로페셔널 베이스볼 리그에선 잘 볼 수 없는 동양인 선수들.

통역사를 붙여주기가 힘들뿐더러, 낯선 이 윈터 리그에 되려 적응을 잘 못하는 동양인 선수들이 대부분이었다.

신기하다는 듯이 마운드 위에 올라서서 로진 백을 집어드는 투수, 주혁을 바라보던 호세 멘데스가 타석으로 향했다.

'분명히 처음 이 리그에 합류한 선수일 테니까.'

여기가 어떤 곳인지 보여준다.

최상의 타격감을 자랑하는 오늘의 컨디션.

호세 멘데스가 거만한 표정을 지어보이면서 타격 폼을 취했다.

"플레이 볼!"

이윽고 구심의 콜과 함께 사인을 확인한 주혁이 와인드업 이후 공을 뿌렸다.

매섭게 날아드는 공.

파앙!

묵직한 포구음과 함께 우타자인 자신의 바깥쪽으로 꽂힌 방금 전 패스트볼에 호세 멘데스는 순간적으로 배트를 내지 못했다.

96마일(154km)의 구속.

생각보다 빠르다.

'오호라.'

볼 끝이 좋긴 한데, 그렇다고 처음 경험해보는 공도 아니었다.

더군다나 빠른 공에 자신감이 제대로 붙은 호세 멘데스였기에 지금 주혁의 속구는 위협적으로 느껴지지가 않았다.

'타이밍만 맞춰서 넘겨버린다.'

볼 끝이 좋고 스피드가 빠른 공들은 정확한 타이밍에 당겨 치면 비거리가 꽤나 나올 수밖에 없다.

힘과 힘의 대결.

호세 멘데스는 동양인의 힘에 눌린 적이 없었기에 한 방만 제대로 노린다면 충분히 넘길 수 있을 거라고 확신하고 있었다.

고개를 끄덕거리더니 자세를 취하는 마운드 위의 동양인 투수, 주혁이 2구를 뿌렸다.

그리고 바깥쪽으로 들어오는 이 빠른 공을 노려보던 호세 멘데스가 배트를 휘둘렀다.

따악!

공에 맞추는 데 까지는 성공했으나….

"파울!"

담장 밖으로 넘기지는 못했다.

약간 빗맞은 타구.

호세 멘데스가 아쉬움에 멋쩍게 웃고는 다시 바닥에 떨어져 있던 배트를 주웠다.

어느 정도 주혁의 패스트볼에 타이밍을 맞춘 호세 멘데스의 머릿속에는 오로지 장타를 때려내겠다는 생각뿐이었다.

잠시 사인을 주고받던 주혁이 공을 던지기 위해 준비 자세를 취한 이후, 곧바로 공을 뿌렸다.

그리고 이를 지켜본 호세 멘데스가 힘을 싣기 위해 다리를 살짝 들어 올린 후, 또 다시 바깥쪽으로 들어오는 패스트볼임을 간파하고는 배트를 출발시켰다.

더군다나 높게 형성 되는 공.

맞추면 넘어간다.

얼추 타이밍이 맞아들어 간다고 생각하던 그 때.

'얼레?'

공이 떠오르는 듯한 느낌이 드는 게 아닌가.

그러나 이미 출발한 배트.

그리고 이 승부의 결과는….

부웅!

삼구 삼진이었다.

하이 패스트볼에 헛스윙을 하면서 물러나고 만 호세 멘데스가 그저 눈을 껌뻑거리며 멍하니 타석에 서 있었다.

전광판에는 99마일(159km)가 찍혀 있었다.

'빌어먹을.'

높은 공에 당했다.

심지어 마치 떠오르는 것 같은 느낌을 주는 패스트볼에 말이다.

애초에 물리학적으로 날아오는 공이 떠오를 수는 없다.

그러나 타자가 공이 떠오른다는 느낌을 받는 이유는, 공이 '덜' 떨어지기 때문이다.

즉, 떠오른다는 느낌을 받는 건 타자 입장에서 엄연히 착각인 것 뿐.

결과적으로 타자는 공의 아래 허공을 가르게 된다.

과거 타자 시절, 숱하게 겪었던 착시효과.

그리고 매번 낮은 공에만 대처하려고 노력하는 타자들에게 이런 높은 패스트볼은 강력한 위닝 샷이 될 수 있다.

'내가 생각해도 패스트볼은 정말 좋다.'

타고난 것도 있겠지만, 끊임없는 노력의 결과이기도 하다.

이런 패스트볼을 제대로 던져보지도 못하고 투수의 꿈을 접어야만 했던 지난 과거.

죽을 때까지 아쉬움에 사무칠 것 같았으나….

파앙!

과거로 돌아온 지금, 그는 여한이 없을 정도로 공을 던져대고 있었다.

어느 때 보다도 행복한 표정으로.

◆

때론 작은 물결 하나가 거대한 파도를 일으키는 원인이 되기도 한다.

11 – 0이라는 스코어.

빼앗긴 분위기를 다시 찾아오는 것은 불가능할 거라고 믿었던 사람들.

이미 경기에서 승리했다고 굳게 믿고 있는 아길라스 델 술리아의 원정 팬들.

그러나 마운드 위에서 주혁이 만들어내는 작은 물결이 경기의 판도를 조금씩 뒤흔들고 있었다.

6회 초의 끝자락.

누상에 서 있는 주자는 없었고, 아웃카운트는 이미 2개나 올라가 있었다.

심지어 볼카운트는 노볼 2스트라이크.

나름 메이저리그 경험도 있고, 마이너리그에서도 가능성을 보여주던 아길라스 델 술리아의 타자들은 지금 레오네스 델 카라카스의 마운드를 지키고 있는 주혁의 패스트볼을 쳐내지 못하고 있었다.

더군다나 상대는 마이너리그 경험조차도 없는 19살짜리 동양인 투수였기에 자존심이 꽤나 상할 법 했다.

변화구 하나 없이 오로지 패스트볼 하나만으로 승부를 하고 있는 주혁의 피칭.

모두가 놀랄 법한 완급 조절에 무브먼트가 뛰어난 강속구로 주혁은 아길라스 델 술리아의 타선을 꼼짝 못하게 하고 있었다.

하물며 칼날 같은 제구력을 갖추고 있지도 않았으나 높낮이와 구속 조절을 활용한 피칭은 장타를 노리는 타자들에게 헛스윙을 유발하게 만들고 있었다.

예상치 못한 투수의 등장에 아길라스 델 술리아의 벤치는 당황스러워하고 있었다.

따악!

잘 맞은 타구.

그러나 멀리 뻗지 못한 채 우익수가 내려와 잡아내면서 6회 초가 끝이 났다.

아무렇지 않게 마운드를 내려오는 주혁을 향해 동료 선수들은 박수로 그를 맞이했다.

불과 조금 전만 해도 얼굴에 먹구름이 잔뜩 끼어있던 선수들이 지금은 환하게 웃고 있었다.

'분위기가 조금씩 좋아지고 있네.'

새삼스럽게 주혁은 과거가 떠올랐다.

1회 만에 10점을 내주면서 가라앉은 팀 분위기를 자신이 연타석 홈런으로 바꾸면서 끝내 역전승을 거뒀던 경기.

다만 그게 언제 어떤 날 어떤 팀과의 경기였는지는 기억이 나지 않았다.

하물며 유니폼까지 생각이 안 날 정도라니.

'마치 누가 내 기억에 손을 댄 것처럼.'

아무튼 이게 중요한 게 아니다.

자신의 호투로 경기의 흐름이 조금은 바뀐 상황.

이제 타석에서 누군가 쫓아가는 흐름만 만들어준다면 아길라스 델 술리아를 무너뜨릴 수 있는 희망이 생긴다.

경기를 거의 승리로 가져간 상황에서 선수들은 팀을 위한 경기보다도 점차 자신의 활약상을 부각시키려는 경우가 많아진다.

가령 타자로 예를 들자면, 출루보다도 장타 한 방을 노리는 타격을 하려고 드는 것처럼 말이다.

모든 선수들이 다 그렇지는 않지만, 이 윈터 리그를 특성상 애초에 뭔가를 보여주려고 하는 선수들이 많이 몰리기 때문에 이런 현상이 두드러지게 일어난다.

그리고 이런 점을 잘 알고 있는 주혁은 이를 역이용해서 지금까지 좋은 피칭을 이끌어낸 것이었다.

애초에 출루를 목적으로 했다면 어중간한 공들에 배트가 나오지 않았을 터.

그렇기에 주혁은 장타를 노리는 타자들에게는 제구보다도 구속에 힘을, 단타를 노리는 타자들에게는 구속보다도 제구에 힘을 쏟았다.

그리고 그 결과, 주혁은 단 한 번의 출루도 허용하지 않는 피칭으로 무너지던 경기의 흐름을 조금이나마 바꾸는 데 성공했다.

물론 이 배경에는 팀 수비의 도움도 있었지만 말이다.

이제 남은 건 타선의 폭발 뿐.

홈구장에 남아 혹시 모를 역전승을 기대하는 레오네스 델 카라카스의 팬들은 타선의 득점을 기원하고 있었다.

그리고 그들의 간절한 염원은 조금씩 빛을 보는 듯 했다.

따악!

중견수 키를 넘기는 2루타를 때려낸 7회 초 첫 타자의 출루.

7회 초까지 마운드에 서 있던 아길라스 델 술리아의 선발 투수도 조금은 지쳐 보였다.

이미 아길라스 델 술리아의 불펜에 2명의 투수들이 준비를 하고 있는 상황.

타석에 다음 타자가 들어섰고, 바운드가 크게 튀는 2루수 앞 땅볼을 때려낸 끝에 아슬아슬하게 1루에 세이프 되면서 1,3루의 찬스를 만드는 데 성공했다.

그리고 이어지는 다음 타자가 외야로 멀리 타구를 날려 보내면서 희생 플라이로 마침내 첫 득점을 만들어 냈다.

이를 틈타 1루 주자가 2루 베이스로 이동했고, 타석에 4번 타자가 들어섰다.

오늘 앞선 2타석 모두 장타를 때려내며 좋은 감각을 과시한 이 선수는 투수의 초구를 노려 좌익수 앞에 떨어지는 안타를 때려내는 데 성공했다.

다시 1,3루의 찬스가 만들어졌고 이어지는 타석에 필립 모리스가 들어섰다.

가만히 투수의 초구를 기다리던 그의 배트가 순간적으로 반응했다.

따악!

묵직한 소리와 함께 멀리 뻗어나가는 타구는 마치 담장을 넘어갈 것처럼 보였다.

그러나 아쉽게도 펜스를 맞고 그라운드로 떨어진 타구.

3루 주자가 여유롭게 홈으로 파고들었고, 1루 주자는 3루까지, 필립 모리스는 2루에 안착하는 데 성공했다.

계속되는 찬스.

점차 바뀌어가는 흐름을 읽은 아길라스 델 술리아의

감독은 마운드를 방문해 선발 투수와 이야기를 나눈 후 내려갔다.

추가적인 점수를 내줄 경우 마운드를 내려오라는 의사를 전달한 것이었다.

지난 이닝까지 투구 수를 잘 관리해오면서 오늘 완투를 노렸던 선발 투수였으나 계속해서 출루를 내주는 피칭을 하자 스스로 마음에 들지 않았는지 화를 참지 못하고 씩씩 거렸다.

그리고 이어지는 타자와의 승부에서 투수는 이 위기를 빨리 벗어나고자 공에 힘을 잔뜩 실어 넣었다.

스피드는 조금 더 늘어났을지는 몰라도, 제구는 엉망이 되고 말았고 이는 금방 타자의 눈에 보였다.

계속해서 높아지는 공을 간파한 6번 타자가 공을 제대로 맞춰냈고 이는 담장을 넘어가고 말았다.

순식간에 3점을 내주는 피칭을 하고 만 상황.

이번 이닝에만 아웃카운트 1개를 잡고 5점을 내준 선발 투수는 입을 굳게 다문 채 마운드를 내려갔고 재빠르게 불펜 투수들이 마운드를 이어받았다.

이 홈런포 하나로 인해 레오네스 델 카라카스의 벤치는 점차 달아오르기 시작했다.

조용히 숨죽이고 있던 홈 팬들도 환호성을 내지르기 시작했다.

그러나 새로 바뀐 불펜 투수의 공에 타자들은 어색해하기 시작했고 사구로 출루 하나를 얻어내는 데 성공했으나 더 이상의 안타는 없었다.

넘어갈 뻔한 분위기를 다시 가져오는 데 성공한 아길라스 델 술리아는 더 이상 아까처럼 안도하지 않았다.

이제 고작 6점이다.

앞으로 레오네스 델 카라카스의 공격 찬스가 3번 남아 있었기에 여기서 사기를 뺏어오지 못한다면 다시 불타오를 지도 모른다.

그러기 위해선 4회부터 마운드를 책임지고 있는 레오네스 델 카라카스의 투수, 주혁을 공략해야만 했다.

그러나….

파앙!

파앙!

파앙!

"스트라이크 아웃!"

여전히 그들은 주혁의 패스트볼에 맥을 못 맞추고 있었다.

◆

주혁의 호투에 힘입어 레오네스 델 카라카스의 타선은 7회 5득점, 8회 4득점을 만들어내면서 2점 차까지 쫓아가는 데 성공했다.

9회까지 총 6이닝동안 70구를 던지면서 무실점과 볼넷 한 개, 7개의 탈삼진을 뽑아내는 완벽한 피칭을 선보인 주혁은 팀 사기를 끌어올리는 데 혁혁한 공을 세웠다.

11 – 9의 스코어.

2점만 따라붙는다면, 드라마틱한 역전극이 벌어지게 된다.

그러나 이를 결코 허용할 리 없는 아길라스 델 술리아의 벤치는 마운드에 간판 마무리 투수, 호르헤 페르난데스를 내세웠다.

메이저리그 행이 유력한 이 22살의 젊은 베네수엘라 투수는 최대 104마일(167km)까지 나오는 강속구를 바탕으로 횡적인 변화가 굉장한 슬라이더를 던지는 선수로서 국제무대를 비롯하여 자국 리그에서 매우 좋은 활약을 펼쳐 보인 바 있는 선수였다.

'만만치 않은 놈이 나왔네.'

호르헤 페르난데스의 등판에 주혁은 작게 한숨을 내쉬었다.

주혁도 매우 잘 알고 있는 투수, 호르헤 페르난데스.

텍사스 레인저스에서 혜성처럼 등장했던 호르헤 페르난데스는 데뷔 2시즌 만에 구원왕에 등극한 특급 마무리 투수였다.

정확한 세이브 숫자야 주혁이 기억할 리는 없지만, 대충 이후 5년 동안 구원왕 자리를 놓치지 않으면서 텍사스

레인저스의 핵심 불펜 요원으로 자리매김했던 선수였다.

'그때 우승을 했었나?'

물론 기억날 리 없다.

그러나 한 가지 확실한 건 기억이 났다.

'부상 이후로 완전히 잊혀졌던 선수지.'

이른바 광속구에 위력적인 슬라이더를 가지고 아메리칸 리그 구원왕 자리를 독식했던 호르헤 페르난데스였으나, FA 자격을 얻고 상당한 액수를 받아 이적한 팀에서 그는 한 시즌 만에 부상으로 전력에서 이탈했었다.

이후 토미 존 수술을 받고 재기를 노렸으나 재활 이후 구속이 돌아온 선수들과는 다르게 호르헤 페르난데스는 자신의 무기였던 강속구를 잃고 말았다.

'흠… 그 때 약물 복용에 마약까지 해서 쫓겨난 걸로 알고 있는데.'

타자로 활약하던 시절, 도통 타이밍을 잡기가 힘들 정도로 독특한 투구 폼에서 뿌려지는 강속구 때문에 몇 번이고 허탕을 쳤었기에 그나마 이 정도라도 기억하는 주혁이었다.

물론 한 번 타이밍에 적응한 이후부터는 쉽게 공략하긴 했지만 말이다.

'어찌 되었든 무서운 놈인 건 확실하고.'

분명 이번 시즌 끝나고 메이저리그 25인 로스터에 합류할 가능성이 높은 투수다.

즉, 2점이라는 점수를 만들어 내긴 쉽지 않을 것이라는 뜻.

항상 느끼는 거지만, 이런 불길한 예감은 결코 틀리지 않는다.

갑작스러운 100마일(161km) 대의 강속구에 타자들의 방망이는 연신 헛돌기 일쑤였고, 순식간에 아웃카운트는 2개까지 올라가고 말았다.

확실히 호르헤 페르난데스의 독특한 투구 폼, 디딤발을 땅에 두 번 내딛고 마치 공중에서 점프를 하는 듯한 동작 이후 뿌려지는 강속구에 도통 타이밍을 맞추지 못하고 있는 모양이었다.

아무래도 낯선 투구 폼에 타자들이 타이밍을 도통 잡지 못하고 있는 모양이었다.

'저 타이밍은 내가 제일 잘 알 텐데….'

일찍이 선수 생활이 끝났었던 호르헤 페르난데스이지만, 그래도 아메리칸리그에서 많이 상대해 봤었던 선수 아닌가.

더군다나 저런 독특한 투구폼을 가진 투수가 더러 있었고, 그들을 상대하면서 점차 타이밍을 잡아가는 데 익숙해 졌었던 주혁이었다.

물론 시간이 많이 흐르기도 했던 터라 만약 지금 타석에 올라선다고 해도 안타를 때려낸다는 보장은 없었다.

다만 뭔가 가슴속에서 불타오르는 타격의 의지는 잠재울 수가 없었다.

타자로만 20년의 경력이다.

더 이상 타자로서 활약하고 싶지는 않지만, 그래도 꿈틀거리는 이 본능은 주체할 수 없는 부분이었다.

솔직히 자신도 있었다.

대체적으로 공이 높게 형성되는데다, 주혁이 보기에 호르헤 페르난데스의 컨디션이 정상급은 아닌 것 같았다.

더군다나 본래 우타자의 바깥쪽 코스 제구력이 좋은 호르헤 페르난데스가 오늘따라 컨트롤이 미숙해 보였다.

게다가 빠른 공이다.

과거 타자 시절, 빠른 공을 정말 잘 공략하면서 장타를 많이 뽑아냈었던 주혁이었다.

특히나 마무리 투수들의 강속구를 줄곧 홈런으로 연결시키기도 해서, 한 때 그에게는 '마무리 킬러'라는 별명과 마무리 투수들을 상대로 역전이라는 드라마틱한 전개를 보여주면서 '소설가(Writer)'라는 별명이 붙기도 했었다.

그만큼 강속구에 강한 면모를 보였던 지난 날들.

'해 볼만 하다.'

다만 문제가 있었으니, 벤치에서 주혁을 타자로 기용할 리가 거의 없다는 점이었다.

욕심이 난다고 해서 무턱대고 감독에게로 찾아가 "내가 원래 메이저리그에서 통산 514홈런을 때린 거포인데 명예의 전당 헌액 되고 나자마자 이유 없이 과거로 돌아왔으니 나를 타자로 기용하는 게 맞을 거다."고 말할 수도 없는 노릇 아닌가.

물론 봉황대기 대회에서 타격 상을 휩쓸긴 했었지만 이 기록으로 레오네스 델 카라카스의 코칭스태프가 여기 와서 배트도 한 번 휘둘러보지 않은 자신에게 기회를 준다?

스스로 생각해도 헛웃음이 터져 나왔다.

물론 정말 희박한 가능성은 존재했다.

대주자와 대타 2명을 기용하면서 타자 중에는 더 이상 교체를 할 만한 선수가 없을뿐더러, 점수가 필요한 지금 상황에서 타석에 들어서는 타자가 빠른 발을 제외하면 타격에 그리 재능이 없는 9번 타자라는 점이었다.

대타 작전을 쓴다면 남은 자원은 투수들 뿐.

이 중 타자에서 투수로 전향한 선수가 있다면 아마 그 선수가 최우선으로 타석에 들어설 것이다.

주혁이 가만히 앉아 마운드 위의 호르헤 페르난데스를 지긋이 응시하고 있을 때였다.

"헤이, 윤!"

어디선가 자신을 부르는 목소리가 들려왔다.

소리가 난 쪽으로 고개를 휙 돌려보니 수석 코치가 손짓을 하고 있었다.

'갑자기 난 왜?'

일단 자리에서 일어나 그에게로 걸어간 주혁의 옆으로 타격 코치가 슬쩍 다가왔다.

"장갑 끼고. 네가 나서라."

음?

이게 무슨 상황이지?

주혁이 황당하다는 듯한 표정으로 그 둘의 얼굴을 번갈아 쳐다보았다.

'바라던 것이긴 한데….'

현실적으로 이해가 되질 않았다.

그러나 그들은 일단 타석에 나선 이후에 설명을 해주겠다는 눈치였다.

뭐 좋다.

상황이 어찌 되었든 그들도 생각이 있으니까 자신을 타석에 올려 보냈을 터.

'이럴 줄 알았으면 장난삼아 배팅 연습이라도 오늘 해볼걸.'

전혀 예상치도 못한 일 아닌가.

오로지 투수적인 능력만을 보고 자신을 데려왔을 레오네스 델 카라카스가 타석에 자신을 내세웠다.

어쩌면 마지막이 될 수도 있는 이 기회를 레오네스 델 카라카스의 벤치는 반드시 붙잡으려고 하는 모양이었다.

본래 이번 이닝까지만 맡고 마운드를 내려오려고 했던 주혁이었기에 타석에 들어선다는 것은 곧 투수에서 지명타자로 포지션을 바꾼다는 뜻.

만일 동점을 만든다고 할 지언정, 타순이 한 바퀴 돌아 주혁에게로 다시 돌아와도 교체가 불가능하게 된다.

뭐 어차피 더이상 지명타자로 교체할 만한 타자 자원이 없기에 상관은 없는 부분이지만 말이다.

'흠… 그나저나 감회가 새롭네?'

씩 웃으며 주혁이 타석에 들어섰다.

6이닝을 던졌지만, 체력적으론 전혀 문제될 건 없었다.

사실 더 던질 수 있었음에도 불구하고 다음을 위해 내려왔던 주혁이었다.

'프로급 공을 상대하는 건 정말 오랜만이다.'

봉황대기 대회에서 상대해본 공은 사실 상 아마추어급의 공이나 다름없었다.

침착하게 호흡을 가다듬고, 주혁이 배트를 쥐고는 타격 자세를 취했다.

예전 그 때 그 폼은 몸에 배여 있기라도 한 듯이 자연스럽게 나왔다.

'일단 체감 스피드가 어느 정도인지나 확인해볼까?'

호르헤 페르난데스가 포수와 사인을 주고받더니 고개를 끄덕거리고는 던질 준비를 마쳤다.

덩달아 주혁도 침을 한 번 꿀꺽 삼키고는 신중한 눈빛으로 호르헤 페르난데스의 초구를 기다렸다.

이윽고 독특한 투구 폼 이후 그의 손에서 놀랄만큼 빠른 공이 포수 미트에 꽂히는 순간.

파앙!

102마일(164km)짜리 패스트볼이 바깥쪽 상단으로 들어갔다.

다만 조금 높게 형성되었던 터라 구심은 이를 스트라이크로 인정하지 않았다.

'세게 나오네.'

타석에 선 타자가 불과 조금 전까지만 해도 투수로 타석에 나선 선수임에도 불구하고 아길라스 델 술리아의 배터리는 대충 상대하지 않았다.

전혀 생각하지도 못한 타자의 등장이었기에 자료도 없는 데다 고교 야구에서 투타를 겸업하던 선수인지라 타격감이 조금은 있을 수도 있다는 판단을 내린 것.

그러나 이 정도로 빠른 구속을 상대해 보지는 못했을 선수이기에 아길라스 델 술리아의 배터리는 빠른 공 위주로 주혁과 승부를 보기 시작했다.

이어지는 2구 째 승부.

파앙!

또 한 번 102마일(164km)의 스피드를 가진 패스트볼이 바깥쪽 상단에 꽂혀 들어갔다.

그러나 여전히 배트도 내지 않고 있는 주혁.

"스트라이크!"

게다가 이번 공은 구심으로부터 스트라이크 콜을 받아내는 데 성공했다.

1볼 1스트라이크의 볼카운트.

2개의 패스트볼을 지켜보기만 했던 주혁의 입가에 알 듯 말 듯한 미소가 걸렸다.

로진 백을 내려놓고 천천히 투구 동작을 가져가던 호르헤 페르난데스가 이번에도 독특한 타이밍과 함께 강속구를 뿌렸다.

바깥쪽으로 향하는 공.

그런데 그 순간.

주혁의 배트가 움직였다.

따악!

경쾌한 타격음과 함께 멀리 쭉 뻗어 나가는 타구.

모두가 눈을 껌뻑거리면서 타구에 시선을 쫓기 시작했고 기대조차 하지 않았던 레오네스 델 카라카스의 홈 팬들이 자리에서 벌떡 일어나기 시작했다.

그리고 한참을 날아가던 이 타구의 종착지는 바로….

"Holy shit!"

담장 너머였다.

◆

레오네스 델 카라카스의 카를로스 아바드 감독은 유유히 베이스를 돌고 있는 선수, 주혁을 멀찍이 바라보고 있었다.

그의 표정에선 놀라움이 물씬 풍기고 있었다.

그도 그럴 법 했다.

고작 19살짜리, 그것도 프로 경험이 전무한 투수가 타석에 들어서서 100마일(161km)이 넘는 공을 받아쳐 담장을 넘긴다?

만화에서나 나올 법한 장면의 연출은 그를 당혹시키지 않을 수 없었다.

물론 그를 대타로 기용했을 때, 약간의 기대심이 있기는 했다.

주혁의 영입을 놓고 그의 데이터베이스와 영상 자료를 본 카를로스 아바드는 투타 모두 재능이 출중한 선수라는 건 이미 확인했던 부분이었다.

카를로스 아바드와 두터운 친분이 있는 탬파베이 레이스의 스카우트에게서 처음 주혁에 대한 영입 추천을 받았을 때만 해도 그가 이 정도로 야구적인 재능이 뛰어날 거라곤 기대도 하지 않았다.

다만 패스트볼이 굉장히 위력적이고 속도도 빨랐기에 윈터 리그 개막을 앞두고 취약했던 계투진에 힘을 실어 줄 수 있을 거라고 믿고 그를 영입했었다.

애초에 그의 구상에서 주혁을 타자로 기용하려는 생각은 조금도 없었다.

그렇게 윈터 리그가 개막하고, 주혁이 자신의 몫을 톡톡히 해주면서 계투진의 핵심으로 떠오르기 시작할 무렵의 어느 날 경기가 타자로의 기용에 대한 생각을 들게끔 만들었다.

초반 11점을 헌납하면서 지는 분위기로 흘러가던 경기, 주혁이 직접 자신을 찾아와 마운드에 올라가겠다고 자처하더니 가라앉던 분위기를 다시 살려냈다.

어린 투수의 대활약에 선수들의 사기가 오르기 시작했고, 경기의 끝자락에서 타선이 9점까지 쫓아가며 역전의 발판을 마련하는 데 성공했다.

그리고 이 과정 속에서 작전을 위한 대주자와 대타 기용으로 인해 벤치의 타자 자원들을 몽땅 써버렸다.

그렇게 맞이한 9회 말.

상대 팀, 아길라스 델 술리아는 급부상하고 있는 마무리 투수, 호르헤 페르난데스를 마운드에 올리면서 빼앗기던 분위기를 금세 되찾아가기 시작했다.

2아웃까지 단숨에 잡아버린 호르헤 페르난데스의 피칭.

더군다나 타석에 서는 타자는 강속구에 취약한 타자였다.

출루에 성공만 한다면 빠른 공 컨택 능력이 좋은 1번 타자가 타석에 서게 되고, 잘만 한다면 중심 타선까지 이어지면서 역전이 현실화될지도 모른다.

그러나 문제는 더 이상 자원이 부족하다는 점이었다.

속구에 약한 타자를 100마일(161km)을 훌쩍 넘기는 구속을 보이고 있는 마무리 투수와 승부를 시키는 건 사자에게 고깃덩어리를 던져주는 셈이나 마찬가지다.

그냥 먹잇감이 되고 말 것이 자명한 상황.

이럴 때 대타 작전이 큰 효과를 발휘할 수도 있다.

상대 팀이 예측하지도 못한 변수인데다 좌타자일 경우, 바깥쪽 승부만 주구장창하고 있는 호르헤 페르난데스가 애를 먹을 수도 있다.

대타 작전을 쓰려면 이제 남은 자원은 오로지 투수들 뿐.

그러나 카를로스 아바드는 현실을 너무도 잘 알고 있었다.

고교 때야 투타를 병행하지만, 마이너리그만 와도 자기 분야를 발전시키는 데 목숨을 걸기 때문에 다른 포지션에는 분명히 취약점을 보일 수밖에 없다는 것을 말이다.

메이저리거나 마이너리거 투수들을 타석에 세워봤자 무뎌진 감각을 불과 몇 분 만에 되살린다는 건 불가능한 일이었다.

자국 선수들인 베네수엘라 선수들도 마찬가지다.

윈터 리그 시즌을 앞두고 계약을 할 때도 오로지 그들의 주 포지션만을 놓고 결정을 한 부분인지라 내세울 수가 없었다.

고민과 갈등이 겹치던 그 때.

문득 그의 머릿속에 무언가 스치듯 지나갔다.

그것은 바로 주혁의 타격 영상이었다.

그러나 곧바로 의문점도 고개를 들었다.

'이 선수가 빠른 공에 대응을 할 수 있을까?'

스카우트를 통해 듣기로는 한국 고교 야구 투수들의 평균 구속이 140km도 안된다고 했었다.

그렇기에 고교 무대에서의 활약은 사실 윈터 리그에선 소용이 없는 부분이었다.

다만 그렇다고 주혁의 실력이 부족하다는 건 절대 아니었다.

배트 스피드가 굉장히 빠른 편이었고, 결정적으로 타격 스윙 자체가 매우 부드러웠다.

게다가 고교 대회에서 장타력을 유감없이 뽐내며 홈런왕까지 독식한 타자가 바로 주혁이었다.

대체적으로 장타력이 좋은 선수들은 회전력을 가하기 위해서 배트를 뒤로 최대한 당겼다가 앞으로 끌고 나오는 경우가 많다.

반면에 주혁은 스타일이 조금 달랐다.

타격을 하기 직전의 준비 동작에서 주혁은 배트를 꼿꼿이 세운 채로 있다가 공이 날아오는 순간, 왼발의 보폭을 길게 끌면서 배트를 휘둘러 회전력을 얻어내고 있었다.

결코 쉬운 타법이 아니다.

그만큼 유연성이 좋아야하고, 배트 스피드나 손목의 힘이 뒷받침 되어야만 한다.

제 아무리 고교 투수들을 상대로 낸 기록이라고 한들, 타격에 재능이 있는 건 분명했다.

'이런 타격 자세가 빠른 공에 강하긴 한데….'

아무래도 스윙을 가져가는 게 빠르기 때문에 강속구의 타이밍을 맞추기 수월한 편이다.

그렇다고 모든 선수들이 이런 좋은 타격 폼을 가지고 있다고 해서 좋은 성과를 보여주는 것은 아니다.

볼과 스트라이크를 구별할 수 있는 선구안과 변화구에 대한 대처 능력, 결정적일 때 한 방 터트려줄 수 있는 집중력 등이 갖춰져 있어야 비로소 빛을 볼 수가 있다.

이런 여러 가지 이유들 때문인지 카를로스 아바드는 주혁을 타석에 세우는 데 약간의 갈등을 하고 있었다.

그러나 아무리 생각해봐도 마땅한 대안이 없다.

그나마 최근까지 타석에 나선 경험이 있는 주혁이 대타로 기용되기 적절한 선수였다.

더욱이 우완투수인 호르헤 페르난데스를 상대로 좌타자인 주혁은 좋은 카드가 될 수 있었다.

6이닝을 던졌고, 이미 불펜 투수들을 대기시켜 둔 상태라 주혁의 역할은 9회가 끝이었다.

6이닝이라는 긴 이닝을 소화했기에 어쩌면 체력이 고갈되었을 수도 있지만, 반대로 생각해본다면 그만큼 몸이 풀려 있다는 뜻이기도 했다.

이번 타석에서 출루만 해준다면 조금의 가능성이 있는 상황.

카를로스 아바드는 오늘 이 경기를 길게 끌고 갈 생각이 조금도 없었다.

이번 이닝에서 역전을 이뤄내 경기를 끝내버리겠다는 생각.

결정은 끝났다.

투수로 뛰던 주혁이 지명타자로 타석에 들어섰다.

대부분은 이 경기가 끝났다고 보고 있었다.

모두들 이 신인 선수에게 너무 많은 걸 바라는 게 아닌가 싶은 눈빛으로 슬쩍 감독을 바라보기 시작했다.

그러나 카를로스 아바드는 알 수 없는 확신에 그를 타석에 세웠다.

뭐랄까.

마치 뭔가 해줄 것만 같은 느낌말이다.

그건 주혁의 등 뒤에서 뿜어지는 아우라가 그에게 그런 기대심을 심어준 것일지도 모른다.

분명 신인인데 경기를 여유롭게, 그리고 즐기듯이 하는 저 모습.

게다가 갑작스레 타자로 서게 된다면 당황할 법도 한데, 주혁의 입꼬리는 오히려 살짝 올라가 있었다.

곧바로 승부가 시작되었다.

호르헤 페르난데스가 힘차게 공을 뿌렸고 이번에도 좌타자를 상대로 바깥쪽에 공을 꽂아 넣었다.

꿈쩍도 하지 않는 주혁의 방망이.

이어지는 2구도 주혁은 그냥 흘려보냈다.

'빠른 공에는 타이밍을 잡지 못하는 건가….'

역시나 무모했던 대타 기용이었다.

지금 느낌 상 아길라스 델 술리아의 배터리가 변화구를

던지진 않을 것 같았다.

무조건 빠른 공 승부를 할 것임이 분명했다.

19살짜리 어린 선수가 2개의 공을 지켜보자마자 타이밍을 잡지는 못할 것이다.

희망이 물거품이 되려던 그 때.

따악!

3구 째 바깥쪽 공을 그대로 밀어치는 게 아닌가!

정확한 타이밍.

호르헤 페르난데스도 깜짝 놀란 표정으로 재빨리 타구로 시선을 쫓아갔다.

쭉쭉 뻗는 타구.

이윽고 담장 뒤로 넘어가는 순간.

"Bravo!"

레오네스 델 카라카스의 홈구장에서 엄청난 함성 소리가 울려 퍼지기 시작했다.

◆

모두의 축하를 받으면서도 주혁은 한편으로는 기분이 묘했다.

제대로 된 노림수였다.

출루를 내주면 손해를 보는 아길라스 델 술리아의 벤치는 필시 자신을 상대로 오늘 컨트롤이 좋지 않은 좌타자 몸쪽 코스를 피할 게 분명했다.

그런 까닭에 좌타자의 바깥쪽으로 빠른 공을 통해 초구로 높게 하나, 2구로 낮게 하나를 던지게 한 뒤 다시 높게 빠른 공을 던짐으로서 카운트를 잡으려고 할 게 뻔히 보였다.

계산이 서는 순간, 배트는 알아서 자연스럽게 움직였다.

타이밍도 얼추 정확했다.

치는 순간 넘어갈 거라고 주혁은 확신했다.

이유는 간단했다.

대체적으로 빗맞은 타구는 손에 반동이 느껴지기 마련이다. 때론 이 반동이 고통으로 다가올 때도 있다.

그러나 배트 정중앙에 맞을 경우, 오히려 그 어떤 감각도 느껴지지 않는다.

정확하게 맞았기 때문.

방금 전 타구가 그랬다.

반동이 전혀 느껴지지 않았던 배트.

그대로 밀어치자 타구는 금세 담장 밖으로 넘어가버렸다.

봉황대기 대회 때도 느꼈지만, 투수 실력과는 다르게 타격 실력은 이미 완성된 상태로 과거에 돌아왔다는 걸 예측할 수 있었다.

그러나 엄연히 따지자면 아마추어급의 공들을 상대로 좋은 성과를 낸 것이기에 프로에서는 아직 부족한 것이 많을 거라고 생각했다.

그런데 타격 훈련을 안 한지도 꽤 되었음에도 불구하고 대타로 나선 방금 전 상황에서 그는 좌익수 뒤를 넘기는 솔로 홈런을 때려내는 데 성공했다.

솔직히 본인 스스로도 믿겨지지 않았다.

안타를 때려보겠다는 심정이었지, 홈런을 때려내겠다는 생각은 없었다.

문제는 몸이 한 때 메이저리그 최고의 거포로 추앙받던 시절의 감각을 고스란히 기억하고 있다는 점이었다.

그것도 19살의 나이에.

노력 없인 얻는 게 없다.

그게 원래 세상 이치다.

그런데 과거로 돌아온 시점에서 노력 하나 한 것도 없이 주혁은 이전에 완성시켰던 타격 실력을 그대로 가져오게 되었다.

단순히 배트 스피드나 타격 폼이 아닌, 그 시절 파워와 선구안, 그리고 감각까지.

그가 기억하던 과거와 달라진 지금.

'과거가 달라졌다.'

이 말인즉슨, 과거에 일어났던 일들이 지금은 일어나지 않을 수도 있다는 뜻이었다.

그렇다는 건….

'투수로 부상을 당하는 일이 없을 수도 있다?'

19살의 나이에 전성기 시절의 파워를 완벽하진 않아도 대략 80% 정도는 가져왔다.

충분한 근력 운동과 훈련이 필요함에도 불구하고 말이다.

그렇다는 건, 원래는 이맘때부터 조짐이 보였던 어깨 통증과 이후 수술이 없을 수도 있다는 뜻이었다.

더군다나 만일 다시 수술대에 오르게 된다고 할 지언정, 그에게는 발전만 시킨다면 과거의 전성기를 그대로 누릴 수 있을 법한 타격 실력이 주어진 상태였다.

즉, 조금도 두려움에 떨 필요가 없다는 거다.

지옥 같았던 부상의 고통을.

이제 남은 건 딱 하나 뿐.

잃어버린 꿈을 되찾는 것.

자신감 있게.

부웅!

파앙!

"스트라이크 아웃!"

경기가 끝났다.

자신이 솔로 홈런으로 11 - 10까지 만들었음에도 빠른 공에 잘 대처한다던 1번 타자는 어이없는 스윙으로 마지막 아웃카운트를 헌납하면서 더 이상의 드라마틱한 전개를 만들지는 못했다.

아쉬움에 탄성을 내지른 홈 팬들.

비록 졌지만 그래도 끝까지 잘 싸워준 레오네스 델 카라카스의 선수들에게 박수를 쳐주기 시작했다.

그리고 결정적으로 홀로 오늘 경기의 분위기를 좌지우지했던 한 사람, 주혁은 열렬한 환호를 받았다.

관중들의 소리를 가만히 들으면서 주혁은 피식 웃었다.

어쩌면 과거로 돌아온 건 행운일수도 있겠다는 생각에 말이다.

◆

지고도 홀로 가장 빛났던 그 날의 경기 이후, 주혁은 레오네스 델 카라카스의 선수들을 비롯해서 팬들에게까지 엄청난 관심을 받게 되었다. 부담스러울 정도로.

그런 한편, 타격감이 자신이 생각했던 것보다 월등하게 좋다는 사실을 알게 된 주혁은 자투리 시간을 활용해서 이따금씩 타격 훈련을 하기 시작했다.

타자로 타석에 나서기 위한 훈련이 아니라 행여 이 감각이 사라질까봐 내심 신경이 쓰여서 잠깐씩 시간을 투자한 주혁이었다.

다만 좋은 타격을 훈련을 통해 보여주었다고 해서 주혁이 그 이후에도 타석에 나서는 일은 없었다.

아무래도 타자들의 자존심이 걸려있는 문제이기도 한데다, 주혁에게 기회를 줄 만큼 자리가 남아돌지 않기 때문이었다.

다만 언젠가 다시 그런 찬스가 온다면 투수 자원 중에서는 대타 자원으로 1순위에 꼽힐 것은 자명했다.

사실 레오네스 델 카라카스의 타격 코치는 주혁의 이런 놀라울만한 타격 재능을 보고 그에게 타자로 전향해 볼 생각이 있냐는 말을 건네고 싶었으나 애초에 단기 계약으로 온 선수인데다 100마일(161km)을 던지는 강속구 우완투수에게 선뜻 그런 제안을 하기는 힘들었다.

더군다나 선수 본인 역시 타격보다도 투수 쪽에 더 큰 애정을 가지고 있는 게 눈에 보이기도 했다.

게다가 빈약했던 계투진에 큰 보탬이 되는 존재로 자리를 잡은 주혁은 팀 내에서도 인정을 받고 있었다.

6이닝을 던진 경기 이후 3일 뒤, 7 - 4로 이기고 있던 8회 말 1사 만루 상황에서 마운드에 올라간 주혁은 베짱 두둑한 공격적인 피칭을 선보이면서 실점을 내주지 않고 마운드를 내려갔었다.

어린 나이임에도 실전 경기에서, 그것도 위기 상황에서 흔들림 없이 즐기는 모습은 마무리로서의 가능성도 보여준 셈이었다.

그렇게 꾸준히 불펜 투수로 마운드에 올라서서 항상 좋은 모습을 보여주는 주혁은 팀의 보물단지나 다름없었다.

그런 그가, 오늘 이 경기가 시작되기 전까지 5경기 동안 13이닝 무실점을 기록하던 깔끔한 피칭을 더 이상 이어가지 못하고 말았다.

따악!

담장을 훌쩍 넘기는 타구.

그것도 누상에 1명의 주자가 있는 상황에서의 피홈런을 맞고 만 지금.

9 - 4로 이기고 있던 7회에 맞은 홈런이라 경기를 원점 또는 역전으로 바꾸는 홈런은 아니었으나 마운드에 올라온 이후 아직 아웃카운트 한 개도 잡지 못한 주혁이 단숨에 2점을 내줬다는 건 오묘한 불안감을 주고 있었다.

그도 그럴 것이 마운드 위의 투수는 신인이다.

제 아무리 좋은 피칭을 했었다고 하더라도 안정감을 확실하게 심어주기는 힘들다.

"오늘 공이 좀 높은데?"

"손에서 공이 잘 안 긁히는 날인가?"

"구속은 여전한데…. 컨디션이 안 좋나?"

벤치에서 경기를 지켜보던 선수들이 조용히 수군거리고 있었다.

그러나 이때까지 해온 게 있지 않은가.

다시 잘해주지 않을까하는 기대심을 가지고 있던 찰나.

따악!

또 한 번 묵직한 타격음과 함께 공이 멀리 쭉 뻗기 시작했다.

담장을 맞고 그라운드로 떨어진 타구.

타자 주자는 2루까지 서서 들어갔고, 경기의 분위기가

점차 상대 팀에게로 흘러가는 듯 했다.

그러자 레오네스 델 카라카스의 선수들은 주혁의 오늘 컨디션이 좋지 않다고 확신했고 아무래도 그가 마운드를 빨리 내려오는 편이 낫겠다고 생각하기 시작했다.

그러나 정작 마운드에 서 있는 주혁의 표정은 온화했다.

아무런 감정을 느끼치 못하는 사람 마냥, 평온함이 느껴지는 얼굴로 그는 로진 백을 집어 들고 있었다.

잠시 포수가 타임을 요청하고는 마운드를 방문했다.

영어를 할 줄 알기에 두 사람 간의 의사소통에는 전혀 문제 될 것이 없었다.

"공이 계속 높아. 그리고 타자들도 높은 공에 오늘 대처를 잘 하고 있고. 낮게 가자. 오늘 공은 늘 그렇듯이 좋으니까 자신 있게 던져."

어깨를 토닥이고는 포수가 제자리로 돌아갔다.

홈런 이후 멘탈이 흔들린다고 판단한 포수가 여기서 흐름을 한 번 끊어주면서 다시 좋은 피칭을 할 수 있도록 만들려는 의도에서 방문한 것이었다.

그러나 정작 주혁의 머릿속에는 피홈런을 허용했다는 사실 자체가 이미 잊혀진지 오래였다.

'까짓것 홈런 좀 맞으면 어때.'

실점을 했다는 사실을 머릿속에 오래 간직하고 있어봐야 좋을 게 없다.

주혁은 쿨하게 잊는 게 얼마나 중요한 지를 너무도 잘

알고 있었다.

과거 타자 시절, 앞선 3타석 동안 계속 같은 공에 삼진을 당했던 적이 있었다.

한창 데뷔한 지 얼마 되지 않았을 때는 삼진을 당했다는 사실을 계속 머릿속에 담아두고 있어서인지 결국 4번째 타석에서도 삼진을 당했던 날들이 더러 있었다.

수비도 마찬가지였다.

어쩌다 한 번씩 주혁은 어이없는 실책을 내주곤 했었다.

그렇게 죽을 듯이 수비 훈련을 했는데도 불구하고 당연히 잡아줘야 할 타구를 놓친다거나, 송구를 제대로 하지 못해 아웃이 예정되어 있던 주자를 2루까지 보내기도 했었다.

이런 실책을 한 번 하고나면, 머릿속에는 끊임없이 실책을 했다는 죄책감이 남게 된다.

이는 곧 잡생각이나 다름없다.

즉, 집중력을 흩뜨려 놓는 다는 거다.

결국 이는 타석에서도 영향을 끼치게 되고 수비를 할 때마다 불안감에 휩싸여 엉뚱한 판단을 하고 마는 최악의 상황까지 끌고 간다.

당연히 욕이란 욕은 다 듣게 되고 창피함에 쥐구멍에 숨고 싶어진다.

자신감은 뚝 떨어지고 슬럼프의 시기가 도래하고 만다.

사람들은 말한다.

생각 없는 놈이 오래 산다고.

정말 맞는 말이다.

주혁이 가장 공감하는 말 중 하나다.

많은 생각을 하다보면 결국 터무니없는 실수를 범하고 만다.

이런 큰 깨달음을 얻고 난 이후부터 주혁은 실책을 하던 병살타를 치던 삼진을 당하던 신경 쓰지 않았다.

아예 생각이 안 난다면 솔직히 거짓말이지만, 다음 타석 또는 다음 수비 상황에서만큼은 그런 생각들을 훌훌 털어 버린 주혁이었다.

과거는 과거다.

돌이킬 수 없다.

결국 중요한 건 지금이다.

3번 삼진을 당하더라도 1번의 극적인 홈런이 더 가치 있고, 어이없는 실책을 범하더라도 중요할 때 호수비를 하는 게 더 돋보인다.

이 모든 것들이 통합적으로 멘탈 관리다.

지금 이 상황도 마찬가지다.

오늘따라 유독 공이 높긴 했다.

그러다 2점짜리 홈런포를 맞았다.

여기에 추가적으로 다음 타자에게 2루타까지 허용했다.

대부분의 신인 선수들이라면 흔들린다.

흔들리지 않는 게 이상하다.

그러나 주혁은 달랐다.

오직 눈앞에 보이는 타자만을 신경 쓰는 그였다.

어차피 주자는 2루에 있어서 뛰지도 않을 것이다.

만약에 3루 베이스로 도루를 시도한다고 하더라도 풍채로 봐서는 금방 아웃될 듯 보였다.

누상의 주자도 신경 쓸 필요가 없다.

남은 것은 오직 하나.

"후읍!"

크게 심호흡을 하고….

파앙!

"스트라이크!"

타자를 잡아내는 데 모든 정신을 쏟는다.

새는 곳 하나 없이.

파앙!

"스트라이크 아웃!"

이 승부의 결과가 이렇게 끝나는 순간.

'오케이. 감 잡았다!'

자신감은 두 배가 된다.

◆

Time flies like an arrow.

"시간은 화살처럼 흐른다."는 영어 속담이다.

주혁이 베네수엘라로 온 지도 벌써 2개월이 지나 있었다.

끝내 선발 기회는 찾아오진 않았지만, 그 2개월 동안 주혁은 계투진에서 눈부신 활약을 펼쳐 보이는 데 성공했다.

계약 기간 동안 총 29경기에 등판하여 ERA 1.67 1승 0패 5홀드 8세이브 48.1이닝 9실점 3피홈런 44K 10볼넷 33피안타 WHIP 0.89 피안타율 0.172를 기록한 주혁의 스탯.

프로 경험이 전무한 고교 투수의 활약이라고는 믿겨지지 않을 정도로 주혁은 윈터 리그에서 좋은 모습을 보여주었다.

이런 주혁의 활약상은 한국 언론뿐만 아니라 탬파베이 현지 언론도 뜨거운 관심을 보였다.

마이너리그 AAA 소속 선수들이 즐비해 있고 장타력이 뛰어난 남미 선수들이 뛰고 있는 베네수엘라 프로페셔널 베이스볼 리그에서 오로지 패스트볼 하나만을 가지고 이 정도의 활약을 보였다는 자체만으로도 그에 대한 기대심을 모으기는 충분했다.

탬파베이 현지 언론은 특히 주혁의 완급 조절과 우타자 바깥쪽 제구 능력을 집중적으로 보도했는데, 점차 타자들이 주혁의 공에 적응을 하면 할수록 이런 능력들이 더욱 빛을 발했다고 전했다.

100마일(161km)의 패스트볼을 결정구로 활용하면서 95마일(153km) 대의 패스트볼로 주로 우타자의 바깥쪽 코스를 노린 주혁의 피칭은 특히 우타자에게 굉장히 좋은 모습을 보여주었다.

타자는 자신의 시야에서 벗어나는 공에 취약점을 가지고 있다.

그래서 바깥쪽으로 들어오는 공에 대처를 잘 하는 선수들을 좋은 타자라고 부른다.

이러한 까닭에 우완투수들은 우타자에게 강점을 보이는 편이고, 반대로 좌타자에게는 약한 편이다.

물론 이런 보편적인 문제들을 깨부수는 피칭을 하는 선수들도 더러 있다.

이런 선수들을 대체적으로 선발 마운드의 에이스라고 부른다.

적당히 몸 쪽과 바깥쪽을 잘 섞어 던지면서 타자에게 혼동을 주는 좌우 로케이션을 활용하는 것.

현대 야구에서 많은 배터리가 쓰는 조합이라고 할 수 있다.

그리고 여기 한 가지가 더 있다.

바로 낮은 공과 높은 공을 이용해서 타자의 시선에 혼돈을 주는 볼 배합인 상하 로케이션이다.

이러한 상하좌우 코스를 잘 활용하는 로케이션을 가진 투수가 제구력이 좋은 투수다.

여기에 같은 코스라도 공의 움직임이 달라지는 변화구를 이용한다면, 타자는 더욱 공략하기가 까다로워질 수밖에 없다.

이런 부분에 있어 주혁은 아쉽게도 우타자의 몸 쪽 코스를 활용하는 능력은 다소 떨어진다는 평가를 받고 있었다.

즉, 좌타자를 상대로 바깥쪽 코스 활용도가 떨어진다는 것이다.

이는 곧 우타자보다 좌타자에게 더 많은 출루율을 허용하는 꼴이 되어버렸고, 이 부분에 있어 주혁은 많은 지적을 받았다.

그러나 결과적으로는 잘 된 일이다.

무엇이 부족한지를 알 수 있는 기회였으니까.

다행히도 주혁의 상하 로케이션은 아주 좋은 평가를 받고 있었다.

특히 하이 패스트볼의 위력은 상당했는데, 많은 타자들이 주혁의 높은 공에 헛스윙을 하는 경우가 많았다.

물론 계속 높은 공을 던졌다가는 장타를 맞을 확률이 높기 때문에 낮은 코스를 활용한 주혁이었다.

이 윈터 리그를 통해 이러한 부분들에 대한 감각을 끌어올렸던 주혁은 결정적으로 가장 중요하게 생각했던 완급 조절 활용에 있어 만족스러운 결과를 도출해 내는 데 성공했다.

구속의 컨트롤과 일정한 구위, 실투를 하지 않기 위한 손끝의 감각들, 마지막으로 이런 완급 조절을 어떤 타이밍에서 어떻게 던져야 하는 지를 익혔던 윈터 리그 시즌.

이제 이 좋은 무기들을 더욱 날카롭게 만들어 줄 변화구만 익힌다면 선발로서 뛰는 데는 전혀 이상이 없었다.

정말 많은 것들을 얻고 간 이 곳 베네수엘라의 마지막 밤.

주혁은 짧지만 정들었던 팬들, 그리고 여전히 풀 네임을 외우기 힘든 동료 선수들, 마지막으로 자신의 패스트볼의 가치를 알아주고 믿어준 코칭스태프들과 이별의 인사를 나눴다.

아직 계약 기간이 남은 필립 모리스는 해맑게 웃으면서 조만간 다시 보자는 말을 남겼다.

다음 날, 해가 밝자마자 주혁은 공항으로 향했다.

원래는 한국으로 돌아가 부모님을 뵈려고 했으나 직접 미국까지 찾아오기로 약속되어 있어 곧바로 플로리다 행 비행기에 몸을 실었다.

스프링캠프가 열리기 전까지 탬파베이 레이스 산하 마이너리그 AA 팀인 몽고메리 비스킷스에 합류하기로 한 주혁은 이곳에서 본격적인 훈련을 하기로 예정되어 있었다.

대체적으로 각 구단의 핵심 유망주들은 마이너리그 AA를 패스하면 트리플 A를 거치지 않고 빅리그에 콜업이 되곤 한다. 만일 머물더라도 그리 오랜 기간을 머물지 않는다.

이미 윈터 리그에서 뛰어난 활약상을 펼쳐 보인 주혁은 벌써부터 탬파베이 레이스의 계투진에 큰 힘이 되어줄 것으로 기대를 모으고 있었다.

좋은 선발진, 반면에 구멍이 송송 뚫려 있는 계투진.

탬파베이 레이스 마운드의 현재 상태다.

스몰마켓 특성 상, FA 시장에 나온 좋은 불펜 투수들을 데려올 만큼 자금이 넉넉하지 않기 때문에 탬파베이 레이스의 프런트는 유망주들, 그리고 마이너리그 선수들에게 시선을 돌리고 있었다.

그런 그들의 눈에 가장 띄는 선수가 바로 주혁이었다.

공도 빠르고 패스트볼의 위력도 좋고 제구도 나쁘지 않고 마이너리그 AAA급인 베네수엘라 윈터 리그에서도 빼어난 성적을 보인 주혁이었기에 충분히 메이저리그에서도 괜찮은 불펜 투수가 될 것이라고 그들은 보고 있었다.

그런 프런트의 기대감을 잘 알고 있는 주혁은 이런 기회를 놓치지 않기 위해 정신을 바짝 차렸다.

이 기회를 놓치게 된다면 메이저리그 행은 더욱 멀어질 가능성이 높다.

메이저리그 경험이 있는 선수가 다시 복귀하는 것은 조금 쉬울지 몰라도 경험이 없는 선수가 콜업 되는 일은 정말 어렵다.

즉 지금처럼 기대감이 한껏 부풀어 있을 때 바로 자리를 잡고 눌러 앉아야 한다.

메이저리그는 경력이 우선시 되는 곳이다.

아무리 실력 있는 어린 선수가 있다고 하더라도, 그 자리에 고액 연봉자가 있다면 쉽게 자리를 빼앗을 수가 없다.

하물며 그 선수가 죽을 쑤고 있다고 하더라도 말이다.

반대로 마이너리그는 조금 다르다.

메이저리그 경험이 없는 비슷한 성적의 두 선수가 있다고 가정한다면, 보다 나이가 어린 선수가 콜업 되는 경우가 많다.

'그렇기 때문에 무조건 올 해 25인 로스터 안에 들어가서 계속 버텨야 한다.'

그래야 좀 더 빠르게 선발 기회가 날아올 게 분명하다.

비행기가 착륙하고 마침내 탬파베이 레이스 홈 구장이 있는 플로리다의 땅을 밟은 주혁이 숨을 크게 내쉬었다.

새롭게 시작하는 것.

모든 걸 포기하고 다시 온 상황.

원치는 않았지만, 그 대신 얻은 게 많다.

타격 기량, 그리고 사라져 있는 어깨 통증.

언제 다시 탈이 날지는 모르지만, 조심하면 그만이다.

무조건 힘 줘서 던지는 게 중요한 것이 아니다.

얼마만큼 융통성 있게 공을 던지느냐가 가장 중요하다.

상황에 맞게 벤치가 원하는 공, 포수가 자리 잡은 미트의 위치로 원하는 코스에 공을 넣을 수 있는 능력.

여기에 변화구를 통해 더 많은 패턴을 이용하는 것.

생각의 정립이 완성되는 순간.

"주혁아!"

저만치서 반가운 부모님의 얼굴이 보였다.

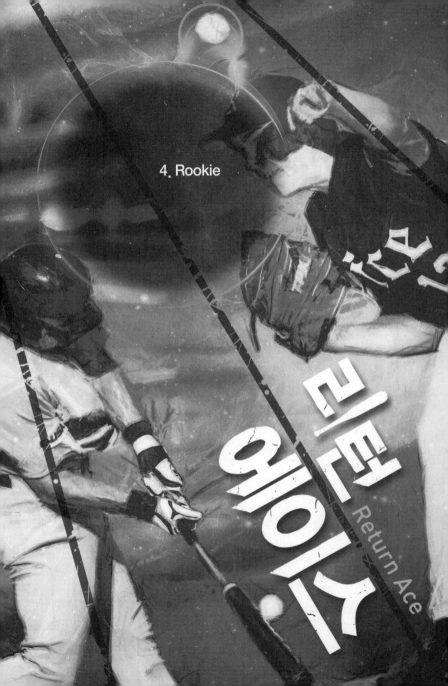

4. Rookie

4. Rookie

　오랜만에 보는 부모님의 얼굴은 너무도 반가웠다.

　불과 얼마 전만 해도 수없이 흐른 세월들이 그려져 있던, 그래서 볼 때마다 가슴이 아팠던 노쇠한 모습은 온데간데 없었다.

　밝은 미소로 주혁을 반기는 그의 부모님.

　그저 딱히 해준 것 없이도 잘 커준 아들이 고맙고도 기특한 주혁의 부모님이었다.

　돈도 적당히 있었기에 모처럼만에 제법 고급진 레스토랑에서 함께 밥을 먹게 된 가족.

　사실 비행기를 타본 것도 이번이 처음인 주혁의 부모님은 낯선 언어들과 문화에 잘 적응하지 못하고 있었다.

그런 그들이 깜짝 놀랐던 것이 하나 있었으니….

"예약했습니다. 전화로 말씀드렸던 메뉴로 가져다주세요."

생전 영어를 배워보지도 않았을 아들이 능숙하게 현지인들과 대화를 주고받고 있는 것이었다.

그리고 그런 반응을 눈치 챈 주혁이 씩 웃으면서 입을 열었다.

"베네수엘라에 미국인들이 많아서 배웠습니다. 금방 늘더군요."

"……."

말은 하지 않았지만, 주혁의 부모님은 서로 눈빛을 교환했다. 역시 천재였어.

때마침 다가온 직원이 자리를 안내해주었고 곧바로 음식들이 차례차례 나오기 시작했다.

주혁의 부모님은 행여 자신들의 입맛에 맞지 않으면 어떡하나 싶어 걱정하는 눈치였으나 이내 맛을 본 순간 그런 생각들은 모조리 사라져버렸다.

그도 그럴 것이, 이미 주혁은 이전의 기억들을 통해 부모님이 어떤 음식들을 좋아하는지 잘 알고 있던 터라 정확히 그 취향에 맞춰 요리들을 주문해 놓은 상태였다.

애피타이저 이후 메인 메뉴가 등장했고 세 사람은 기분 좋게 접시를 비워나갔다.

분위기는 따뜻하고 부드럽게 흘러가고 있었고, 직원은

곧이어 후식을 가져다주었다.

본격적인 티타임의 시작.

주혁의 아버지인 윤상현이 먼저 말을 꺼냈다.

"어깨는 좀 어떠냐?"

"문제없습니다."

"전처럼 통증은 없고?"

"그렇습니다."

"다행이구나."

안도하며 커피를 한 모금 마시는 윤상현.

이번에는 주혁의 어머니인 임혜정이 물었다.

"이제 일정이 어떻게 되니?"

"아마 마이너리그 더블 A에서 훈련을 받고 변화구를 좀 익히다가 스프링캠프로 넘어갈 것 같습니다."

"스프링캠프가 3월 달쯤에 시작하지?"

임혜정의 물음에 주혁이 고개를 끄덕였다.

아들의 메이저리그 진출 확정으로 생전 처음 인터넷 서핑이란 걸 해본 주혁의 부모님은 심지어 메이저리그 관련 서적까지 구매해서 읽어뒀기에 이젠 못 알아듣는 내용은 딱히 없었다.

가만히 커피 잔을 응시하던 윤상현이 물었다.

"스프링캠츠 초청은 확정인 거냐?"

"이변이 없는 이상은 받을 것 같습니다."

"잘 됐네."

윤상현이 흐뭇한 미소를 보이면서 남은 커피를 몽땅 입 안에 털어 넣었다.

"베네수엘라 리그는 영상을 찾아볼 수가 없어서 매번 뉴 스로만 확인했는데 잘해줘서 엄마가 다 기분이 좋다."

치즈 케이크의 달콤함을 만끽하며 임혜정이 주혁의 머리 카락을 쓰다듬었다.

키 194cm에 다 자란 주혁이지만 여전히 그녀의 시선으 로는 어린 아이에 불과했다.

뭔가 낯간지럽긴 한데 괜스레 기분이 좋다.

정확한 나이로 따지자면 50세가 되어가는 주혁이다.

그러나 이상하게 과거로 돌아오면서 무거웠던 자신의 성 격도 밝아지고 있음을 느끼고 있었다.

다만 말투는 여전히 진중했다.

예전과는 다르게 어엿해진 주혁의 말투에 처음 부모님은 어색해했으나 다 컸으니 그런 거구나 싶어 오히려 기특하 게 생각하고 있었다.

얼마 전까지만 해도 엄마, 아빠라고 부르던 주혁이 아버 지, 어머니라고 부르는 게 익숙하진 않지만 괜히 뿌듯한 그 의 부모님이었다.

'그 때는 내 앞길만 보느라 주위를 못 봤지만….'

사실 연락도 안하고 지내던 시절도 있었다.

수술 이후 재활 치료 때 그랬던 것으로 주혁은 기억하고 있었다.

동네에서 슈퍼마켓을 운영하고 있던 부모님은 사정 상 미국으로 올 수도 없었고, 그렇다고 생활비를 보내드릴 정도로 주혁도 넉넉하지 않았었다.

그 탓에 한국에서 걱정으로 속이 타들어가는 부모님의 마음도 모르고 주혁은 그저 타지에서 살아남아야 한다는 생각에 미친 듯이 발버둥 쳤었다.

그 이후, 마침내 타자로 자리를 잡고 나서도 사실 연락이 뜸하긴 했었다.

'아마 그 때부터 관계가 서먹서먹해졌지.'

돈은 많이 벌었으나 정작 대화가 사라지고 말았다.

늘 밝던 부모님의 얼굴도 점점 늙어가면서 힘을 잃었고, 은퇴를 하고 주위를 둘러보게 되었을 무렵에는 이미 삶의 끝자락에 서게 된 그의 부모님이었다.

'…괜히 울컥하네.'

그제야 못 다한 대화와 효도를 해보려고 했지만, 마땅히 할 것이 없었다.

좋은 명품들과 돈은 더 이상 부모님을 기쁘게 해드리지 못했고, 여행을 할 만큼 체력이 온전하지도 못했다.

그렇다고 50대를 바라보던 주혁이 어리광을 피울 수도 없는 노릇.

한 번 멀어진 사이는 제 아무리 부모 자식 사이라도 가까워지기 힘들다.

그런 부모님의 소원이 한 가지 있었다.

결혼 시기를 놓치는 바람에 자식 한 명 없던 주혁에게 늦지만 자식을 바랐다.

죽기 전 손자 얼굴은 보고 싶다고 버릇처럼 중얼거렸던 게 주혁은 문득 떠올랐다.

연애는 참 많이도 했었다.

잘 나가는 연예인부터 스튜어디스, 유학생 등….

그러나 결혼을 하고 싶을 정도로 매력적인 여성은 없었다.

한창 스포츠 스타로서 활약하던 시기에는 자신에게 먼저 다가오는 여자들이 참 많았지만, 잠시 슬럼프에 빠지면서 부상으로 시즌의 절반을 마이너리그에서 보낼 무렵에는 그런 연락들이 뚝 끊기곤 했었다.

점차 나이가 들면 들수록 이성에 대한 관심이 줄어들기 시작했고, 자연스레 모든 시간과 노력들은 커리어를 쌓는 데 투자되었다.

그리고 한참 후에 돌아보니 더 이상 만날 여자는 없었다.

"주혁아?"

잠시 회상에 젖어 아무 말도 안 한 채 바닥만을 바라보던 주혁이 임혜정의 부름을 듣고서야 현실로 돌아왔다.

"무슨 생각을 그렇게 골똘히 하는 거니? 시즌 준비?"

"아, 예."

멋쩍게 웃기.

커피 잔을 매만지던 윤상현이 테이블을 손톱으로 가볍게

톡톡 치더니 자리에서 일어났다.

"이제 슬슬 일어나자."

"그래요."

덩달아 임혜정도 겉옷을 챙겼다.

계산서를 조용히 집어 든 채 주혁이 계산대로 향했다.

값을 지불하고 가게를 나오려는 데, 임혜정이 주혁의 소매를 살짝 끌어당기더니 속삭였다.

"엄마가 팁 올려뒀어. 잘했지?"

임혜정의 말에 주혁이 순간 당황했다.

이미 계산서에 팁까지 포함되어 있었기에 굳이 그럴 필요가 없었다.

윤상현에게 자신이 팁을 미리 올려 두었다면서 임혜정이 칭찬을 바라는 눈빛으로 말하자 그가 피식 웃으면서 그녀의 머리카락을 쓰다듬어 주었다.

굳이 이렇게 좋은 분위기에 초를 칠 필요는 없다.

'뭐 좋은 날이니까.'

모처럼 만의 가족식사에 좋은 서비스를 제공한 직원에게 추가적인 팁도 나쁘지 않다는 생각이 들었다.

주혁은 사실을 끝내 함구했다.

◆

식당 밖으로 나온 세 사람은 잠시간 하늘을 바라보았다.

해가 저무는 풍경이 시야에 아련하게 들어왔다.

잠시 간 고요함이 맴돈다.

이윽고 이 조용함을 부모님은 달콤함으로 바꿨다.

"여기도 풍경이 참 아름답네요, 그렇죠?"

"그러게."

슬쩍 임혜정의 허리춤을 왼팔로 감싼 윤상현이 그윽한 미소로 그녀를 바라보았다.

그리고 그런 모습을 주혁이 물끄러미 보며 입가에 미소를 머금었다.

다시 돌아온 지금.

그때는 보이지 않던 것들이 눈에 보였다.

여유로워서가 아니라 좀 더 시선을 넓게 바라봐서다.

앞만 보고 가는 것도 좋다.

물론 좋은 데, 가면서 놓치는 것들이 너무도 많다.

아마도 신이 과거로 돌려 보내주신 것일 텐데, 이번에도 그것들을 지나치고 갈 필요는 없다.

어느 정도 갖춰져 있고 조급하지 않다.

해낼 수 있다는 자신감이 충만하고 이미 한 번 실패와 좌절을 겪었기에 다시 그런 날이 온다고 하더라도 무너지지 않는다.

'이제 남은 건 훈련이군.'

나 자신의 가치를 높이는 일.

조금씩 주혁의 가슴은 새로운 것들의 도래로 인해 더

리턴
132 에이스 1

빠르게 뛰기 시작했다.

날이 저물고, 좀 더 휴식을 취한 주혁과 그의 부모님은 며칠 더 함께 있었다.

많은 대화들을 나눴고 화기애애한 분위기 속에서 추억의 한 페이지를 아름답게 꾸몄다.

그렇게 시간은 흘러 어느덧 이별의 순간이 찾아왔다.

공항에서 비행기에 탑승하기 전, 윤상현이 주혁의 어깨에 손을 얹고는 말했다.

"항상 몸조심 하거라."

"걱정 마세요, 아버지."

"그래."

어깨를 토닥여주고는 등을 돌리는 윤상현.

뒤이어 임혜정이 살짝 울먹이면서 주혁의 두 볼을 손으로 감쌌다.

"아들⋯."

이제 헤어지면 한동안 못 본다는 생각에 임혜정의 목이 메였다.

그리고 그런 그녀를 주혁은 조용히 안아주었다.

그렇게 부모님은 한국으로 향했다.

'어머니 안아드린 것도 몇 년 만인 거지?'

정말 오래된 기억이다.

여전히 이런 게 어색하지만 한편으로는 기분이 좋았다.

헤어짐의 아쉬움을 뒤로 한 채, 주혁은 공항을 나왔다.

곧바로 그가 향한 곳은….

따악!

타격음이 울려 퍼지고 있는 이 곳.

바로 더블 A 팀인 몽고메리 비스킷스의 훈련장이었다.

정말 오랜만에 오는 이곳의 향수에 잠시 젖어든 주혁이 이내 안쪽으로 걸어가기 시작했다.

그의 발걸음은 한 없이도 위풍당당해 보였다.

◈

반가운 얼굴이 보였다.

"네가 윤?"

"맞습니다."

"반가워. 필 브랫이다. 편하게 필이라고 불러."

악수를 권하는 중년 남자.

색을 거의 잃었지만 여전히 금빛이 맴도는 머리카락에 진한 눈썹을 가진 눈앞의 사내는 바로 탬파베이 레이스의 투수코치였다.

'얼마 만에 보는 거지?'

감회가 새롭다.

처음 이곳에 왔을 때, 낯설어하던 자신에게 친근하게 다가와 주었던 필 브랫은 함께한 시간은 짧아도 그에게는 정신적인 지주나 다름없었다.

투수로서의 생명이 끊겼을 때에도 찾아와서 안타까움을 함께 나눈 사람이자 이후 타자로 전향해서 한창 홀로 힘겹게 싸울 때, 힘이 되는 조언들을 자주 해주며 버틸 수 있게 도와준 사람이 바로 필 브랫이었다.

그런 그는 예전하고 다를 바 없이 보조개가 움푹 파이는 미소로 주혁을 맞이하고 있었다.

"이름은 익히 들었어. 윈터 리그에서 좋은 활약을 했더군."

"운이 좋았습니다."

"기대가 커. 여기는 처음이지?"

필 브랫의 질문에 주혁이 순간 고개를 절레절레 흔들려다가 말았다. 처음은 아닌데 그렇다고 해야겠지.

"내가 소개시켜주지. 따라와."

발걸음을 옮기는 필 브랫.

다 알면서도 주혁은 그의 뒤를 따라갔다.

"통역사 필요 없다고 했다며?"

"네. 의사소통 정도는 문제없이 할 줄 알아서요."

"그렇군. 한국도 시스템이 참 잘 되어 있는 나라구만. 공부도 시키고."

…그렇지는 않습니다만.

한국에서 영어 공부를 배웠다고 착각해버리는 필 브랫의 반응에 주혁이 살짝 당황했다.

사실 과거에는 탬파베이 레이스 구단 측이 제공해준

통역사와 함께 선수 생활을 했었다.

한국인 유학생이었는데 사람은 참 괜찮았다.

그러나 주혁은 통역사라는 존재 자체가 굉장히 불편했었다.

모든 대화마다 통역사가 필요했고 그러한 까닭에 사생활이라는 것 자체가 없어졌었다.

그게 싫었던 주혁은 통역사 없이 스스로 언어의 벽을 무너뜨리기 위해 노력했고 그렇게 차츰차츰 영어 실력이 늘어 마침내 원어민 수준까지 올라서게 되었다.

'뭐 저렇게 이해한다고 해서 뭐가 문제될 건 없겠지만.'

굳이 설명하지 않기로 한 주혁은 조용히 입을 다물었다.

그런 한편, 필 브랫은 영어를 능숙하게 구사하는 주혁이 꽤나 마음에 들었다.

'성실한 친구군.'

투타 모두 실력이 뛰어나고, 여기에 100마일(161km)을 넘나드는 패스트볼을 던지는 유망주가 단순히 야구만 열심히 한 것이 아닌 공부까지도 성실하게 했다는 것 자체만으로도 필 브랫은 주혁을 높게 평가하고 있었다.

특히나 영어를 잘한다는 것은 성실성뿐만이 아니라 나아가 메이저리그 무대를 밟는 데 있어 장점으로 작용될 수 있다는 게 더 컸다.

현재 메이저리그 규정 상, 통역사가 마운드 위로 올라가는 것은 불가능하다.

리턴
136 **에이스** 1

그렇기에 영어가 안 되는 투수들은 의사소통에 문제가 생기기 마련이다.

아무리 사전에 어느 정도 입을 맞춘다고 할지라도 야구가 예상한대로 올곧게 흘러가는 스포츠가 아닌 이상, 변수가 작용하게 되면 골치가 아파진다.

이런 문제를 해결할 수 있는 가장 좋은 것이 바로 영어 실력이다.

'기본은 갖춰진 선수네.'

좋은 영입이라고 생각하며 필 브랫이 씩 웃었다.

천천히 훈련장을 돌아다니면서 구석구석을 설명해 준 필 브랫은 마지막으로 불펜에 주혁을 데려갔다.

"이제 여기가 당분간 네가 공을 던질 곳이다."

필 브랫의 말에 주혁이 고개를 끄덕이면서 공을 던지고 있는 투수들을 살펴보았다.

이름이 생각이 나는 선수도 있고 그렇지 않은 선수도 있었다.

모두들 열심히 훈련에 임하고 있었고 메이저리그 무대를 밟겠다는 꿈 하나를 원동력 삼아 구슬땀을 흘리고 있었다.

탬파베이 레이스 홈구장이 있는 플로리다와 약간 떨어져 있는 앨라배마 주의 몽고메리에 위치한 이곳 훈련장은 겨울임에도 불구하고 날씨가 따뜻했다.

앨라배마 주 자체가 겨울이 없는 도시여서 훈련을 하기에 매우 적합한 곳이기도 했다.

"소개는 여기까지."

"감사합니다."

"오늘은 일단 몸만 풀고 내일부터 훈련을 해보자고."

필 브랫의 마지막 말에 주혁이 눈을 동그랗게 떴다.

"오늘부터 하겠습니다."

하루라도 연습을 더 해도 모자랄 판에 내일이라니.

물론 하루 빨리 한다고 실력이 더 느는 것은 아니지만, 이미 휴식도 취한 주혁은 오늘 몸만 풀다 가고 싶지는 않았다.

마침 필 브랫도 주혁의 공을 직접 두 눈으로 보고 싶었기에 턱수염을 매만지다 이내 고개를 끄덕였다.

"좋아. 뭐 준비가 되어 있다면 문제없겠지. 몸부터 풀어라."

선수 본인이 하겠다는 데 굳이 말릴 필요는 없다.

주혁이 바로 짐을 풀고는 워밍업을 시작했다.

그리고는 어느 정도 근육이 예열되고 나자, 캐치볼을 하면서 어깨를 풀어주었다.

이윽고 준비가 완료되자 주혁이 불펜으로 향했다.

필 브랫이 팔짱을 낀 채로 다른 선수의 피칭을 지켜보고 있다가 주혁을 확인하고는 그에게로 다가왔다.

"던져봐."

야구공을 집어 들고는 숨을 고른 뒤, 주혁이 포수의 미트를 향해 강속구를 던졌다.

파앙!

묵직한 포구음이 들려왔고 필 브랫이 미소를 지어보였다.

주혁은 이어서 추가로 10개의 패스트볼을 더 던졌고 이를 지켜보던 필 브랫이 물었다.

"변화구 뭐 던질 줄 알아?"

"한국에서 슬라이더와 커브를 배우긴 했습니다."

"그래? 한 번 보자."

딱히 자신은 없지만, 일단 주혁은 슬라이더와 커브를 던졌다.

그러나 슬라이더는 날카롭지 못했고 커브는 힘이 없었다.

"흠…."

잠시간 필 브랫이 아무 말도 하지 않은 채 무언가를 유심히 생각하다 천천히 입을 열었다.

"슬라이더보다는 커브가 낫네, 보니까. 일단 커브부터 훈련에 들어가자."

"알겠습니다."

"근데 한국에서 체인지업은 안 배웠나?"

필 브랫의 물음에 주혁이 대답 대신 고개를 끄덕였다.

"그렇군. 요새는 마이너리그에서 대부분 체인지업을 익히고 메이저리그로 향하는 경우가 많아. 그리고 너처럼 패스트볼이 빠르고 좋은 선수에게는 체인지업은 매우 좋은 무기가 될 수 있지."

필 브랫이 말을 이었다.

"네 손끝의 감각에 따라 달라지겠지만 빠르면 몇 개월 만에 실전에서 유용하게 활용할 수 있는 구종이 체인지업이다."

여기에 그는 설명을 덧붙였다.

"패스트볼하고 투구 폼, 릴리스 포인트가 같기 때문에 시간이 덜 소모되고 어깨나 팔꿈치에도 부담이 적어."

주혁이 고개를 끄덕이자 필 브랫이 그립을 보여주었다.

"네가 알려나 모르겠지만 이래 봬도 메이저리그에서 나름 체인지업으로 유명했던 게 나야."

자기 자랑을 아무렇지 않게 하는 필 브랫.

그런 그의 모습에 주혁이 피식 웃었다.

그러자 발끈하는 필 브랫.

"농담인줄 아네?"

"알아요. 압니다."

예전부터 그랬다.

마치 한국의 성인 남성들이 술자리에서 툭하면 군대 이야기를 늘어놓는 것처럼, 필 브랫도 자주 자신의 메이저리그 활약을 이야기하곤 했었다.

실제로 메이저리그 통산 99승 71패 ERA 3.80을 기록한 바 있는 필 브랫은 평균 91마일(146km)의 스피드를 가진 패스트볼과 체인지업으로 한 때 사이영상 후보 5위에도 올랐던 적이 있는 투수였다.

다만 늦깎이에 메이저리그 마운드를 밟았던 터라 선수 생활이 그리 길지는 않았던 그였다.

그러나 한 가지 확실한 점은, 그의 체인지업은 명품이라는 점이었다.

오로지 패스트볼과 체인지업(가끔씩 슬라이더와 커브를 던지긴 했지만)만으로 99승을 쌓아올린 사람이 바로 필 브랫이었다.

"1승을 더 추가하지 못한 게 한으로 맺힌다…."

5분 정도를 자기소개로 쓴 필 브랫이 말끝을 흐리더니 이내 헛기침을 했다.

"크흠흠. 아무튼 이 그립 대로 쥐어봐."

그가 시키는 대로 주혁은 체인지업 그립을 쥐었다.

'뭐 대충 예상은 했지만.'

과거에도 그에게 체인지업을 배웠던 주혁이었다.

그러나 스프링캠프에서 체인지업보다 슬라이더를 집중적으로 지도 받으면서 체인지업 훈련을 소홀히 했었다.

강속구에 빠른 슬라이더.

초반에는 굉장한 스포트라이트를 받았으나 점차 공략을 당했던 중반기 이후부터는 과도하게 무리를 하고 말았다.

가뜩이나 손목과 팔꿈치에 무리를 많이 주는 슬라이더 탓에 포심 패스트볼의 위력이 줄어들자 더 힘을 주는 악순환이 반복되었고 결국….

'자꾸 생각하니 짜증난다.'

안 좋은 일은 떠올리기 싫어도 자주 생각나는 특징이 있다. 빌어먹을.

어찌 되었든, 되도록 오랫동안 마운드 위에서 공을 던지고 싶은 주혁에게 체인지업은 매우 안성맞춤이었다.

실제로 타석에 섰을 때도 오히려 슬라이더보다도 공략하기 힘들었던 구질이 체인지업이었다.

사람의 눈은 좌우 움직임보다도 상하 움직임을 잘 파악하지 못한다.

그런 면에서 슬라이더는 단점을 가지고 있다.

특히나 우투수가 우타자를 상대로 슬라이더를 던졌을 경우, 타자의 스윙 궤도와 슬라이더의 변화 폭이 맞물리는 탓에 커트를 하기 좋은 구종이 되기도 한다.

물론 시야에서 완벽하게 멀어지는 위력적인 슬라이더는 타자들이 꼼짝을 못하긴 하지만 말이다.

이런 점들로 미루어 보아, 아래로 떨어지는 체인지업은 타자가 쉽게 공략하지 못하는 변화구가 될 가능성이 높다.

다만 제대로 던져지지 못한 체인지업은 그저 느린 패스트볼과 차이가 없기 때문에 타자들에게 좋은 먹잇감이 된다는 단점이 있다.

한 가지 확실한 것은, 정말 잘 던진 체인지업은 위력적인 슬라이더보다도 더 공략하기 어렵다는 점이다.

주혁이 타자로 활약하던 시기 가장 크게 깨달았던 점 중 하나다.

우투수가 던지는 슬라이더는 결국 바깥쪽으로 휘어져 나가는 공이다.

배트를 내지 않으면 볼이 되는 경우가 많다.

또한 팔의 궤적이나 릴리스 포인트가 패스트볼과 약간의 차이가 있기 때문에 구별해 낼 수가 있다.

그러나 체인지업은 다르다.

같은 릴리스 포인트와 팔 궤적, 투구 폼으로 던져지는 이 공은 심지어 손에서 뿌려진 이후에도 패스트볼처럼 느껴질 때가 많다.

하지만 정작 배트를 휘두르고 나면 어느새 아래로 가라앉아 포수 미트 안에 꽂혀 있는 구종이 바로 체인지업이다.

이렇듯 체인지업을 잘 던지는 투수에겐 좀처럼 타이밍을 잡기가 어려워진다.

결국 머리가 복잡해지고 수싸움에서 밀리게 된다.

특히나 패스트볼이 위력적인 투수라면, 이 효과는 더욱 극대화된다.

그러나 과거에 이런 체인지업을 버리고 슬라이더를 택한 이유가 있었다.

바로 스피드 때문이었다.

빠른 슬라이더는 체인지업처럼 마치 패스트볼과 같은 착각을 불러일으키곤 한다.

독특하게도 주혁의 슬라이더는 다른 투수들에 비해 스피드가 매우 빨랐다.

물론 패스트볼의 스피드가 빠르기 때문에 영향을 받은 것이 없지 않아 있긴 하지만, 그의 슬라이더는 최대 92마일(148km)까지도 나올 만큼 정말 빨랐다.

그러나 아무래도 스피드가 빠른 만큼, 횡적 움직임이 다른 선수들의 슬라이더에 비해 적었고 결정적으로 제구가 잘 잡히지 못한 슬라이더는 끝까지 위력적이지 못했다.

그렇기에 변화구를 빠르게 익혀야 하는 주혁에게는 슬라이더보다도 체인지업이 오히려 나았다.

필 브랫이 뒤로 몇 발자국 물러나면서 말했다.

"패스트볼하고 똑같이 던져봐. 그냥 그립만 달라졌을 뿐이라고 생각하고."

가르쳐준 그립을 그대로 쥔 채, 주혁이 키킹 동작 이후 포수 미트를 향해 공을 던졌다.

포수 미트 조금 앞에서 쓱 가라앉는 공.

"뭐야! 한 번도 안 던져본 거 맞아?"

놀라는 필 브랫.

주혁이 다시금 그립을 쥐고는 공을 던질 준비를 마쳤다.

'일단 이 공부터 마스터한다.'

잘만 활용하면 정말 무서운 무기가 될 수 있는, 자신의 패스트볼을 더욱 무섭게 만들어줄 변화구.

과거로 돌아온 지금, 주혁이 최우선으로 선택하려는 변화구는 오직 하나.

바로 체인지업이었다.

몽고메리 비스킷스의 투수코치 필 브랫의 입가에 잔잔한 미소가 걸렸다.

'재능이 아주 대단한데?'

길지는 않지만 지금까지 투수코치를 해오면서 보았던 투수들 가운데 한국에서 온 이 어린 투수, 주혁은 자신을 계속해서 깜짝깜짝 놀라게끔 만들고 있었다.

훈련에 참여한지 고작 1달 밖에 되지 않았건만, 첫날부터 가르쳤던 체인지업을 지금 매우 능숙하게 던지고 있는 주혁이었다.

딱히 대단한 지도를 한 것도 아니었다.

그냥 뭔가를 툭툭 던져주면 자기 스스로 그걸 더욱 발전시키면서 점점 무서운 체인지업을 만들어내고 있었다.

'보통 재능이 아니다.'

손끝의 감각도 기대 이상으로 뛰어났다.

신체 조건도 탁월할 뿐만 아니라 유연성도 굉장히 좋았고 무엇보다도 공을 던짐에 있어 밸런스의 흔들림이 전혀 없었다.

이런 장점들은 실투 확률을 낮추는 데 매우 큰 역할을 한다.

특히나 체인지업은 실투를 할 경우 타자가 치기 가장 이상적인 공이 되어버리기 때문에 주혁의 안정감은 아주 훌륭한 부분이라고 평가 받을 수 있는 대목이었다.

게다가 필 브랫에게 신선한 충격을 준 가장 큰 주혁의 재능은 바로….

파앙!

'저 어린 나이에 구속을 조절하다니.'

그것도 구위에 큰 변화 없이 말이다.

다른 투수들은 패스트볼의 스피드를 비슷한 구위로 10km 이상 차이를 내는 것도 매우 어려운 일인데, 주혁은 무려 10마일(16km) 씩이나 스피드를 조절하고 있었다.

즉 100마일(161km)과 비슷한 구위의 90마일(145km)을 스트라이크 존 안으로 꽂아 넣을 수 있다는 소린데, 더 놀라운 것은 체인지업의 최고 구속도 90마일(145km)이라는 점이었다.

이는 곧 패스트볼과 체인지업의 스피드를 같게 하여 던질 수 있다는 것인데 이렇게 되면 타자들은 분간 자체를 못하게 된다.

'만약 여기에 디셉션까지 갖췄더라면….'

디셉션.

일명 숨김 동작이라는 뜻이다.

어떤 투수들은 공을 뿌리는 그 순간이 명확하게 보이는 선수가 있고, 어떤 투수들은 던지기 직전까지 공을 쥔 손을 숨겼다가 던지는 선수도 있다.

대체적으로 몸을 이용해 공을 가리는데, 이런 투수들의

공은 타자의 시선으로 보았을 때 마치 허공에서 공이 생겨나는 듯한 느낌을 주게 된다.

결국 타자들은 타이밍을 잡기 까다로워진다.

매우 유용한 방법이긴 한데, 아무나 할 수 있는 것은 아니다.

디셉션을 위해서 투수는 릴리스 포인트, 팔의 궤적 등을 바꿔야 하는데 이러면 투구폼 자체가 달라지게 된다.

주혁의 투구폼 같은 경우는 이런 숨김 동작을 추가하기 힘들기 때문에 사실 상 불가능한 일이었다.

이미 놀라울 법한 강속구를 던지는 데다 안정적인 투구폼을 굳이 디셉션 하나 때문에 바꿀 필요는 없는 것.

'역시 신은 공평하시다는 걸 새삼 깨닫는군.'

가만히 생각해보면 굳이 디셉션 없이도 충분히 사기적인 것 같지만 말이다.

'이제는 저런 좋은 장점들은 실전에서 얼마나 활용할 줄 아느냐 인데….'

이미 앤드류 프리드먼 단장과 조 매든 탬파베이 레이스 감독이 가장 눈 여겨 보는 선수인 만큼 어쩌면 2년에 한 번 나온다는 마이너리그를 거치지 않고 메이저리그로 직행하는 선수가 될지도 모른다.

지금은 더블 A에서 훈련을 받고 있지만 어디까지나 훈련일 뿐, 실제로 경기에 뛰지는 않기 때문에 사실 상 직행이나 다름없다.

스프링캠프가 열리려면 아직 1달하고도 절반이 남은 시점.

'여기에 브레이킹 볼만 좀 더 가다듬는다면….'

어쩌면 한 시즌 만에 선발 투수로 뛰게 될 수도 있다.

"오케이. 이제 커브볼 던져봐."

무슨 이유인지는 모르겠지만, 애정이 간다.

어차피 최소한 트리플 A로 갈 가능성이 높은 만큼, 볼 시간은 짧은데도 불구하고 필 브랫은 주혁에게 큰 흥미를 느끼고 있었다.

이런 관심 속에서 주혁은 부지런하게 훈련에 임했다.

항상 성실함이 몸에 배여 있던 터라, 남들보다 먼저 훈련장에 와서 몸을 풀고, 남들보다 조금 더 공을 던지면서 부족한 부분들을 끊임없이 생각하고 고쳐나갔다.

그리고 틈틈이 필 브랫의 지도를 받아가면서 주혁은 더욱 무서워지기 시작했다.

나날이 발전되는 모습이 눈에 보일 정도로 눈부신 성과를 보이기 시작하는 주혁.

2달 반이라는 시간은 그렇게 빠르게 흘러가고 있었다.

◆

스프링캠프 일정이 어느새 코앞까지 다가왔다.

주혁은 탬파베이 레이스 구단 측으로부터 스프링캠프 초

청권을 받게 되었다.

물론 예상은 했지만 막상 받고 나니 기분이 좋았다.

과거에도 똑같이 받았지만, 그때와는 느낌 자체가 달랐다.

긴장이 되는 건 매한가지인데 이상하리만큼 즐거운 그런 느낌.

어깨의 통증이 전혀 없었기에 주혁은 마음 편하게 몽고메리 비스킷스에서 더 많은 시간을 할애하여 훈련에 집중했고 결과는 생각했던 것보다 더 좋았다.

거의 2달 반 만에 체인지업의 컨트롤이 매우 능숙해졌고 제구력도 좀 더 발전했다.

다만 여전히 슬라이더와 커브볼의 무브먼트는 만족스러운 단계에 이르지는 못했다.

'뭐 그래도 체인지업이 있으니까.'

횡적인 움직임을 가져가는 변화구는 없지만, 체인지업 하나로도 충분히 타자들을 위협할 수는 있다.

특히나 훈련을 하면서 포심 패스트볼의 투구폼, 릴리스 포인트, 팔의 궤적을 체인지업을 던질 때와 거의 일치시키는 데 성공했기에 잘만 활용한다면 굉장한 무기가 될 수 있을 거라고 주혁은 확신했다.

이제 스프링캠프와 시범 경기를 통해 체인지업의 실전 활용 경험을 쌓고 브레이킹 볼만 좀 더 훈련한다면 충분히 불펜 투수로의 성공이 가능할 것이 자명했다.

나아가 선발 투수로 마운드에 서는 일까지도 머릿속에 그려놓은 주혁은 벌써부터 가슴이 두근거리고 있었다.

과거와는 느낌 자체가 다르다.

그 때는 무조건 살아남아야 한다는 생각에 오히려 매 순간순간이 두렵고 떨렸다면, 지금은 변화된 자신의 안정적인 투구를 메이저리그 마운드에서 새롭게 던진다는 생각으로 기대감이 한껏 부풀어 올라 있었다.

타자로의 경험을 토대 삼아, 어떤 것들이 타자들을 혼란케 만드는 지를 파악하고 자신의 진정한 장기를 최대한으로 끌어올려 투수로서의 값어치를 높이는 것.

'이 스프링캠프에서 체인지업처럼 빠르게 변화구를 익히기는 힘들겠지만….'

돈을 주고도 못사는 게 경험이다.

메이저리그 무대에 서기 위해 윈터 리그에서 패스트볼의 감각을 다졌고, 몽고메리 비스킷스에서 체인지업을 단기간 안에 체화시키는 데 성공했다.

이 스프링캠프와 시범 경기에서 주혁은 과거 투수 시절에는 써보지 못했던 새로운 무기를 시험해 볼 아주 좋은 기회라고 생각하고 있었다.

그런 주혁에게 필 브랫은 특유의 미소와 함께 응원의 말을 건네주었다.

"네 자신을 믿어라. 네 재능, 네 실력, 모든 가능성들을 조금도 의심하지 말고 상대하는 모든 타자들마다 네가 더 낫다는 생각으로 임해. 엄청난 타자들을 만나게 되겠지만 그들에게 심리적으로 밀리는 순간 너는 다시 이곳으로 돌아오게 될 거다."

진심 어린 마음이 담긴 조언.

마음 깊숙이 그 말을 새겨놓은 주혁은 그렇게 정든 몽고메리 비스킷스를 떠나 플로리다 탬파로 발걸음을 옮겼다.

'드디어 만나는 구나!'

과거 탬파베이 레이스에서 한솥밥을 먹었던 선수들, 그리고 코칭스태프들과의 재회.

물론 지금의 그들은 그저 자신의 존재 자체만 알고 있을 테지만, 사람에 대한 기억을 고스란히 간직하고 있는 주혁에게는 반가움의 대상들이었다.

'원래는 친한 사이인데 처음 보는 사람처럼 대해야 한다는 게 여간 쉽지가 않은데…'

또 모르는 척, 어색한 척을 해야 하는 주혁이었다.

뭐 그래도 상관은 없다.

중요한 건 다시 만난다는 것이니까.

모든 것이 전부 부담스럽게 느껴졌던 지난날들, 동양에서 온 어린 투수를 차별하지 않고 따뜻하게 대해줬던 그들은 여전히 주혁의 기억 속에도 아름답게 남아 있었다.

금세 플로리다 탬파에 도착한 주혁이 곧바로 탬파베이 레이스의 홈구장으로 향했다.

아직 스프링캠프가 시작되는 날이 아니어서, 선수들은 아무도 없었다.

'아마 내가 첫 번째로 온 선수겠지.'

내부 구조를 훤히 아는 주혁이 이리저리 예전의 추억들을 떠올리면서 구경을 하고 있었다.

그러던 그 때.

"윤?"

뒤에서 익숙한 목소리가 들려왔다.

고개를 돌리고 나자, 그가 서 있었다.

"모리스!"

베네수엘라 윈터 리그에서 레오네스 델 카라카스 소속으로 2달동안 함께 뛰었던 선수.

바로 필립 모리스가 말이다.

◈

의아했다.

분명히 기억 상으로는 필립 모리스를 마이너리그에서 만났었다.

물론 과거로 돌아온 지금은 예전과 다르게 베네수엘라 윈터 리그에 참가하여 우연히 필립 모리스를 좀 더 일찍 만나게 되었으나 확실한건 그 때 당시에는 그가 스프링캠프 초청권을 받지 못했었다는 사실이었다.

그러나 올해 스프링캠프 초청권을 받게 된 필립 모리스.

베네수엘라 윈터 리그에서도 좋은 활약을 펼쳐 보이긴 했으나 주혁은 과거의 기억대로 이번에는 아쉽게 참여하지 못할 거라고 생각했었다.

'내가 뭘 어떻게 한 건 하나도 없는데…?'

변했다.

영향력을 끼친 것이 없음에도 불구하고 필립 모리스는 이번 스프링캠프에 합류하게 되었다.

'그렇다는 건 내가 인위적으로 뭔가를 하지 않아도 미래가 바뀔 수 있다는 거잖아?

이러면 이야기가 달라진다.

전혀 예상치 못했던 인물이 나타나 에이스 노릇을 하게 될 수도 있고, 부상으로 그라운드를 떠나야 했던 선수들이 멀쩡하게 선수 생활을 이어 갈수도 있다는 거다.

단순히 야구를 벗어나더라도 그가 기억하던 것과는 다르게 일찍이 목숨을 잃었던 사람들이 살아 있을 수도 있고, 반대로 과거에는 죽지 않았던 사람들이 일찍 저세상으로 떠날 수도 있다.

주혁은 알 수 없는 섬뜩함을 느꼈다.

그냥 과거로 돌아온 게 아니다.

어떻게 본다면 지금의 미래는 정해져 있지 않기 때문에 변수가 끝없이 생겨날 수 있다는 소리다.

무작정 과거의 기억만을 믿고 살았다가는 낭패를 볼 수도 있다.

가뜩이나 삭제된 기억들도 있는데 남아있는 기억들마저도 바뀔 수가 있다니.

'내가 너무 앞서 나가는 것일 수도 있다.'

필립 모리스의 스프링캠프 합류는 어떻게 본다면 사소한 부분에 불과하다.

굵직한 일들은 과거와 그대로 흘러갈지도 모른다.

미래를 아는 그가 아무 짓도 안한다는 전제하에 말이다.

고개를 절레절레 흔든 주혁이 이내 이런 잡생각들을 미뤄두었다.

굳이 지금 이걸 계속 생각하면서 불안해 할 필요는 없었다.

'일단은 스프링캠프나 신경 쓰자.'

눈앞에 놓인 가장 중요한 일부터 처리한 이후 차근차근 생각해도 늦지는 않다.

당장 지구가 내일 멸망할 리는 극히 희박하지 않은가.

현재 자신의 위치가 안정적이지 않다는 걸 잘 아는 주혁이었기에 우선은 탬파베이 레이스에 확실하게 자리를 잡고 나서 이런 추측들을 정리하기로 마음먹었다.

생각의 세계에서 천천히 벗어난 주혁은 그제야 주변의 소리들이 들리기 시작했다.

그리고 가장 크게 들리는 소리는 필립 모리스의 목소리
였다.

"윤! 뭐 먹을 거냐고!"

"아… 미안."

눈에 가장 띄는 콤보를 하나 주문한 주혁은 가장 가까운
테이블로 발걸음을 옮겼다.

뒤이어 자리에 앉은 필립 모리스가 주혁을 바라보며 말
했다.

"원래 이렇게 깊은 생각을 많이 하는 편이야?"

매번 볼 때마다 항상 골똘히 무언가를 생각하는 주혁이
신기한 필립 모리스였다.

혼자 있는 것도 아니고 누군가와 같이 있는데 홀로 생각
에 빠져 투명 인간 취급을 한 것 같아 주혁은 괜히 미안했
다.

"아니. 뭐 이제 스프링캠프 시작하니까 나도 모르게 그
러네."

대충 둘러대자 필립 모리스가 이해한다는 듯이 고개를
끄덕였다.

"나도 이번에 처음으로 스프링캠프에 합류하는 거라 떨
려. 매 순간이 경쟁이 될 텐데 금방 짐 싸서 마이너리그 캠
프로 갈지도 모른다는 두려움이 먼저 드네."

필립 모리스가 시무룩한 표정으로 중얼거리더니 마침 나
온 햄버거를 보면서 다시 얼굴에 화색이 돌았다.

'하긴… 정말 치열하긴 하지.'

메이저리그 스프링캠프에는 메이저리거와 마이너리거를 포함하여 대략 60~70명 정도가 모인다.

그러나 스프링캠프가 끝날 때까지 이 많은 선수들이 클럽하우스에 남아있지는 않는다.

마이너리그 캠프가 시작되고 나면 순차적으로 선수들이 추려지게 된다.

시범 경기 일정이 중반을 넘어서면 점차 라커를 독차지하는 선수들이 늘어나고 막판이 되면 곳곳에 비어있는 자리까지 생긴다.

치열한 경쟁의 끝은 결국 적막함만이 남을 뿐이다.

냉정한 프로의 세계.

이곳에서 끝까지 살아남기 위해서는 결국 이 짧은 시간 안에 자신의 가치를 최대한 보여줘야 한다.

누가 스프링캠프의 마지막까지 버티는 지는 두고 보아야 알겠지만, 벌써부터 그 긴장감은 실로 엄청났다.

'이런 느낌도 오랜만이지.'

과거, 타자로서 신인왕을 수상하고 이듬해 3루수로서 3할에 20홈런을 기록한 이후로 주혁은 딱히 그런 경쟁에 휘말린 일이 없었다.

스프링캠프는 그저 시즌을 위한 준비일 뿐이었다.

부상만 아니면 25인 로스터 안에 드는 건 당연한 일이었고 시범 경기는 주혁에게 타격감을 끌어올리는 연습 경기나 다름없었다.

이미 주전으로서의 자리를 확보한 이상, 코칭스태프들에게 좋은 인상을 심어줄 필요성이 전혀 없는데다 그들은 이미 자신에게 무한한 신뢰를 가지고 있었기에 시범 경기에서 아무리 죽을 쑨다고 해도 걱정하지 않았다.

'그게 바로 메이저리그다.'

올라갈 선수는 올라간다.

실력이 있는 선수는 결국 좋은 결과를 내놓는다.

한 번 성공한 선수는 이후로도 계속 성공한다.

물론 여기에는 전제 조건이 하나 붙는다.

바로 선수 생활에 지장을 주는 큰 부상만 없다면 말이다.

뭐 간혹 가다 다른 이유로 성적이 하락하는 선수들이 있긴 하지만, 대체적으로 정상급 선수들은 팬들과 구단을 실망시키지 않는다.

그렇기 때문에 기회가 찾아왔을 때 잽싸게 자리를 잡아야 한다.

그것은 주혁도 마찬가지고 앞에서 햄버거를 맛있게 먹고 있는 필립 모리스도 마찬가지다.

"여기 맛이 괜찮네. 윤은 어때?"

"먹을 만하네."

"자주 와야겠어."

옛날이나 지금이나 햄버거를 참 좋아하는 필립 모리스다.

가벼운 식사를 마치고 기분 좋게 가게를 나온 두 사람은 곧바로 훈련장으로 발걸음을 옮겼다.

길을 걷던 중, 필립 모리스가 말했다.

"타격 실력이 제법이던데?"

그 때 그 홈런을 쳤던 걸 말하는 건가.

주혁이 대답 대신 어깨를 으쓱거렸다.

"타자를 해볼 생각은 없는 거지?"

필립 모리스의 질문에 주혁이 조금의 고민도 없이 고개를 끄덕였다.

다시 수술대에 오르기 전까지는 절대 타자로 전향할 생각이 조금도 없는 주혁이었다.

그냥 어쩌다 한 번씩 치는 건 좋지만, 매 경기마다 타자로 나설 바에는 격일이라도 마운드에 오르고 싶은 그였다.

"투수가 꿈인가봐?"

"어. 이번에는 투수로 성공해보려고."

"이번에는?"

아차.

"단어를 잘못 선택했어."

"아하. 그럼 그렇지. 난 무슨 미래에서 온 사람인 줄 알았잖아. 너무 자연스러워서."

점쟁이인가?

순간 들키지 말아야 할 것을 들킨 사람마냥 흠칫 놀란 주혁이 식은땀을 소매로 닦아냈다.

"난 말이야, 타임머신을 믿거든. 어쩌면 우리가 백발노인이 될 때에는 현실로 다가와 있지 않을까?"

그런 실험이 있었던가?

기억이 나질 않는다. 아마 삭제된 기억이겠지.

예전에는 SF영화에서나 나올 법한 텔레포트니 타임머신이니 하는 것들을 믿지도 않았다.

어렸을 때부터 산타클로스의 존재 자체가 거짓임을 간파했던 주혁이었다.

그랬던 그가 지금은 생각이 달라졌다.

아니, 달라진 게 아니라 확신이 들었다.

'과거로 돌아오는 게 정말 가능해.'

이 말을 너무도 하고 싶어 입이 간질간질 거렸다.

그러나 분명히 필립 모리스가 저걸 듣게 된다면 미친 놈 취급을 할 게 자명했다.

아무리 타임머신을 믿는다고 해도.

이런저런 수다를 떨면서 어느새 훈련장 안까지 들어온 두 사람은 웨이트 트레이닝 짐에서 운동을 하기 시작했다.

그렇게 시간이 흘렀을 즈음.

누군가 트레이닝 짐 안으로 들어왔다.

슬쩍 시선을 돌려 누구인지를 확인한 주혁이 깜짝 놀란 표정을 지었다.

"반가워, 윤."

팔굽혀펴기를 하고 있는 자신의 곁으로 다가와 먼저 말을 거는 남자.

그는 탬파베이 레이스의 감독, 조 매든이었다.

◆

주혁과 조 매든 감독은 비록 함께한 시간은 짧았어도 인연이 깊은 사이였다.

한국에서 갓 날아온 20살짜리 어린 투수, 주혁의 패스트볼을 높게 평가하여 마이너리그 과정 없이 빅 리그 무대에 세운 사람이자 부상으로 투수를 포기하고 타자로 전향한 이후, 마이너리그 AAA에서 활약하던 주혁을 데려와 주전 3루수 자리를 내준 사람도 바로 조 매든이었다.

2014년에 타자로서 메이저리그 무대에 섰었던 주혁은 아쉽게도 조 매든이 그 해 겨울을 끝으로 탬파베이 레이스를 떠나면서 더 이상 함께하지 못했었다.

그러나 자신에게 기회를 준 조 매든을 주혁은 존경했다.

특히 그의 놀라운 만한 커리어는 주혁뿐만 아니라 다른 선수들도 그를 존경하게끔 만들었다.

2006년, 조 매든은 당시 약체라고 평가받던 탬파베이 레이스의 지휘봉을 잡았다.

1998년 처음 창단한 당시의 '탬파베이 데블레이스'는 같은 시기에 창단한 애리조나 다이아몬드백스와는 다르게 저조한 성적을 보였다.

애리조나 다이아몬드백스가 창단 이후 4번째 시즌이었던 2001년 월드시리즈 우승을 차지하면서 위상이 높아질 때, 탬파베이는 대형 FA 영입의 실패와 트레이드를 통한 유망주들의 이탈로 인해 좀처럼 자리를 잡지 못하고 있었다.

성적을 내기 위해서 명장 감독들도 선임했지만 여전히 나아지기는커녕 적자가 계속되고 말았다.

탬파 지역 메이저리그 구단 유치에 앞장섰던 빈스 나이몰리 구단주는 결국 2000년대 중반부터 급격하게 허리띠를 졸라매기 시작했다.

구장 내 식음료 매출을 높이기 위해 스스로 관중석을 돌아다니며 외부 음식을 먹는 팬들을 적발해낼 정도였다.

게다가 나이몰리 구단주는 음식을 빼앗는 대신 들어온 출입구를 물어 해당 출입구 담당자를 해고하는 식으로 만행을 저질렀고 탬파베이는 성적과 함께 인기도 바닥을 치기 시작했다.

당시 조 매든이 탬파베이의 감독이 되었을 때도, 많은 사람들은 큰 기대를 하지 않았다.

감독대행 경력을 제외하고는 사실 상 처음으로 정식 감독직을 맡게 된 조 매든에게 가뜩이나 '죽음의 조'라고 불리는 아메리칸리그 동부지구에서 좋은 성적을 낼 수 있을 거라고 생각하는 사람들은 거의 없었다.

그러나 2008년, 탬파베이는 '기적'을 만들어냈다.

그것도 완전히 다른 팀으로 변모한 탬파베이는 더 이상 약체가 아니었다.

빈스 나이몰리 구단주가 구단을 팔면서 월 스트리트 출신의 스튜어트 스턴버그가 인수, 앤드류 프리드먼과 함께 리빌딩 작업을 시작했다.

먼저 팀 이름과 유니폼, 로고 등이 바뀌었다.

기존의 구단 명이었던 '데블레이스'에서 '데블'이 빠지고 '탬파베이 레이스'로 구단 명칭을 바꾼 그들은 완전히 색다른 팀을 만들기 위한 작업에 착수했다.

또한 선수들의 성장 가능성을 확인하고 좋은 성적을 낼 수 있을 것인지에 대한 분석을 위해 본격적인 노력을 시작하며 통계 전문가들도 고용하여 데이터를 통한 선수단 개편을 시작했다.

여기에 조 매든의 리더십이 더해져 꼴지를 맴돌던 탬파베이는 단기간에 무서운 팀으로 변해버리는 데 성공했다.

다양한 작전 구사와 통계를 잘 활용하는 조 매든과 달라진 탬파베이 레이스의 만남은 엄청난 시너지 효과를 발휘했고 그렇게 2008년, 탬파베이는 지구 1위를 기록하는 놀라운 성과를 만들어 냈다.

더욱이 승승장구하여 월드시리즈 진출까지 성공한 탬파베이는 아쉽게도 필라델피아 필리스에게 패하긴 했지만, 만

년 꼴지였던 탬파베이의 변화는 '기적'이라는 단어를 쓰기 충분할 정도로 놀라운 일이었다.

적은 페이롤에도 불구하고 이런 성과를 낸 탬파베이 레이스의 성공 이유를 전문가들은 적극적인 유망주 육성의 성공 덕분이라고 말했다.

구단주와 경영진의 교체.

그리고 그들의 운영 방침에 따라 탬파베이 레이스에는 점차 가능성이 충만한 유망주들이 입단하기 시작했다.

그 중 한 명이 바로 주혁이었다.

아시아에 스카우트를 보내 유망주를 찾던 탬파베이 레이스의 눈에 띈 주혁은 비싼 계약금을 요구하는 대학 야구 선수들보다도 저렴하면서 월등히 좋은 선수였다.

그러나 단순히 탬파베이 레이스만 주혁을 발견한 것은 아니었다.

빅마켓 구단들도 주혁의 영입에 발 벗고 나서기 시작했고 조금씩 몸값이 높아지기 시작했다.

결국 주혁의 영입을 놓고 탬파베이 레이스의 프런트는 회의 끝에 반드시 잡아야 하는 선수로 판단, 모두가 예상치 못한 높은 계약금을 주면서 일찍이 주혁을 데려오는 데 성공했다.

메이저리그 구단들 중 가장 많은 통계 전문가들이 있는 탬파베이 레이스인 만큼, 그들은 주혁의 패스트볼 통계를 믿었던 것이었다.

단순히 통계적인 부분으로만 따져도 주혁의 패스트볼 값 어치는 연간 1500만 달러를 상회하는 수준이라는 분석도 나왔다.

조 매든 역시 이런 주혁을 관심 있게 지켜보았고 베네수 엘라 윈터 리그에서의 활약상과 더블 A에서의 훈련 성과들을 자료로 받아 면밀히 검토 중에 있었다.

100마일(161km)의 패스트볼.

좋은 바깥쪽 제구력.

여기에 놀라운 만큼 능숙한 패스트볼의 완급 조절과 낮은 수치의 피안타율까지.

스프링캠프에서 직접 두 눈으로 보고 시범 경기를 통해 확인을 해봐야 확신이 서겠지만, 사실 상 주혁은 2010 시즌 탬파베이 레이스 투수진 멤버로 평가받고 있었다.

투수적인 능력만으로 따져도 이 정도다.

그러나 이보다 더 충격적인 자료가 존재했으니….

"아무리 한국의 고교 야구 데이터라고 해도 이건 좀 흥미롭지 않습니까? 삼진은 단 한 개도 없고 전부 외야로 날아가는 타구였으며 장타율도 1.70 수준이고 결정적으로 스트라이크 존을 벗어나는 공에 배트가 나간 적이 고작 1번이 전부입니다."

"게다가 윈터 리그에서도 100마일(161km)이 넘는 공을 공략해 홈런을 쳐냈더군요."

"패스트볼 2개를 지켜보자마자 타이밍을 맞춰낸 겁니다.

살면서 그 정도로 빠른 공을 상대해 본 적이 없을 텐데 말이죠. 게다가 호르헤 페르난데스는 타이밍 잡기가 힘든 독특한 투구폼을 가지고 있는 투수입니다."

"타이밍도 정확했고 타구 속도가 115마일(185km)이나 나왔다더군요."

회의실 내 스카우트들이 모두 이러한 자료들을 보며 경악을 금치 못하고 있었다.

앤드류 프리드먼 단장 역시도 놀란 표정이었고 조 매든도 마찬가지였다.

이들이 보고 있던 자료는 바로 주혁의 타격 정보였다.

애초에 타격적인 재능이 있는 선수라는 건 스카우트들과 앤드류 프리드먼 단장도 알고 있던 사실인데 윈터 리그에서 이런 모습을 보여주었다는 사실은 더욱 놀라지 않을 수가 없었다.

주 보직이 타자였다면 이 정도의 반응은 나오지 않았을 것이다.

그러나 주혁은 투수로서의 잠재력이 마이너리그 최고 유망주들과 비견될 수준의 선수다.

여기에 타격적인 재능까지 있다니.

다만 고작 1타석으로 평가를 하기에는 힘들다.

매우 놀라운 수준은 맞지만 데이터가 적다.

게다가 만일 타자로서 재능이 있다고 한들, 메이저리그에선 투타겸업이 사실상 불가능에 가깝다.

체력적인 문제가 우선 결정적인 부분이며 아무리 뛰어난 타격 실력을 갖춘 투수라고 해도, 벤치의 타자가 완전히 바닥나지 않는 한 대타로 나서지 않는다.

대타 타석만을 기대하며 경기 내내 벤치에 앉아 있는 후보 타자들에 대한 예의가 아니라고 생각하기 때문이다.

"뭔가 기대를 가지게 만드는 선수임에는 틀림없는 것 같습니다."

주혁의 타자로서의 잠재력이 궁금해지는 회의실 내 사람들.

그러나 확실한 자료가 있는 투수로서의 능력이 우선시되는 것은 당연한 일이었다.

다만 한 가지 확실한 건 이러한 자료가 조 매든으로 하여금 주혁에 대한 관심을 증폭시키는 역할을 했다는 점이었다.

'더 궁금해지는군.'

하루 빨리 그의 활약상을 보고 싶어진 조 매든이 씩 웃었다.

그렇게 스프링캠프가 다가오던 어느 날.

그는 주혁을 만났다.

◈

탬파베이 레이스 감독 사무실 안.

웨이트 트레이닝 중이던 주혁을 직접 자신의 사무실로

데려온 조 매든이 테이블 위에 놓인 커피 잔을 들었다.

그리고는 한 모금 마신 후, 잔향을 느끼던 그가 천천히 입을 열었다.

"꿈이 무엇인지 물어봐도 되겠나?"

갑작스러운 질문이었으나 주혁은 당황하지 않고 대답했다.

"명예의 전당 헌액입니다."

이미 성공했는데 다시 도전해야 한다는 사실은 조금 화가 나지만, 그래도 타자로서가 아닌 투수로서의 도전인지라 어떤 면에서는 설레는 일이었다.

한편, 그런 대답을 들은 조 매든이 호탕하게 웃었다.

"하하. 확실해서 좋구만."

우물쭈물하는 것 없이 마치 될 거라고 확신이라도 하듯, 이 어린 투수는 배짱이 대단했다.

그게 마음에 들었다.

자신감이 온 몸에서 쏟아지는 듯한 느낌을 주는 주혁의 분위기는 사람을 끌어당기는 독특한 매력이 있었다.

조 매든이 씩 웃으며 물었다.

"그럼 당장의 목표는 뭔가?"

"이번 시즌 안에 선발 투수로 마운드에 올라서는 것입니다."

주혁의 대답을 들은 조 매든이 커피 잔을 조용히 내려놓았다.

"스프링캠프에서 발전된 모습 보여주길 기대하지."

"알겠습니다."

"혹시 몰라, 네 목표가 정규 시즌도 아닌 시범 경기 만에 이뤄질지도."

음?

의미심장한 조 매든의 말에 주혁의 눈동자가 커졌다.

조 매든이 말했다.

"내일 보자고. 이만 나가도 좋아."

주혁이 고개를 끄덕이고는 사무실을 나왔다.

다시 웨이트 트레이닝 짐으로 향하면서 주혁이 가장 먼저 떠오른 생각이 하나 있었다.

'선발진에 구멍이 났구나!'

분명히 5선발 모두 건강하게 시범 경기 일정을 마쳤던 지난 과거의 기억.

그러나 조 매든이 뜬금없이 저런 말을 한다는 것은, 곧 선발 투수 중 한 명이 자리에서 빠졌다는 소리나 다름없었다.

지금으로서는 확인할 길이 없는 상황.

'필립 모리스도 과거와는 다르게 이번 스프링캠프에 참여했다.'

미래는 얼마든지 달라질 수 있다.

'1, 2선발 급이면 벌써 소문이 났을 테고.'

4, 5선발 급이라면 엄청난 경쟁이 있을 터.

그 경쟁에서 승리한다면 단번에 선발 마운드에 오르게 될지도 모른다.

심지어 조 매든이 직접 저렇게 귀띔을 해준다는 건 어느 정도 확정이라는 소리.

'일단 알아봐야겠다.'

주혁의 발걸음이 점차 빨라지기 시작했다.

그의 가슴은 두근거림으로 벅차 있었다.

◈

예상은 적중했다.

탬파베이 레이스 선발진 중 한 명인 우완 투수 제프 니만이 스프링캠프를 앞두고 부상으로 결국 토미 존 수술을 받기로 한 것.

2008년, 빅 리그 무대에 입성한 제프 니만은 2009시즌에 13승 6패 ERA 3.94 180.2이닝 동안 125개의 탈삼진을 기록한 투수다.

첫 선발 시즌이었음에도 불구하고 나름 잘해준 제프 니만의 전력 이탈은 동부지구 우승을 노리는 탬파베이 레이스 입장으로서 크나큰 손실이나 다름없었다.

제프 니만의 공백을 메워야 하는 탬파베이 레이스는 자연스레 마이너리그 선수들에게로 시선을 옮겼고 선발 투수 자리를 꿈꾸는 선수들에게는 더할 나위 없이 좋은 기회였다.

현재 제임스 쉴즈, 맷 가르자, 데이비드 프라이스, 웨이드 데이비스로 이어지는 선발 마운드를 보유한 탬파베이 레이스의 마지막 퍼즐이 누가 될지 벌써부터 경쟁이 치열해졌다.

마침내 스프링캠프가 시작되고 나자, 그 자리를 노리는 선수들의 윤곽이 보이기 시작했다.

주혁은 가만히 눈동자를 굴리면서 총 3명의 예비 선수들을 뽑아보았다.

그리고 그 중에서 가장 유력한 후보로 탬파베이 레이스 산하 마이너리그 AAA 팀인 더럼 불스의 투수, 마르코스 페레이라를 뽑은 주혁은 기억을 더듬기 시작했다.

'그 때도 시범 경기에서 선발로 나왔었던 투수였지.'

우완 투수로서 평균 92마일(148km)의 패스트볼 스피드와 슬라이더, 커브, 체인지업을 구사하는 마르코스 페레이라는 지난 해 마이너리그에서 12승 5패 ERA 2.87을 기록한 바 있다.

제구력도 괜찮고 특히 꺾이는 각이 굉장히 좋은 커브 볼을 던지는 마르코스 페레이라는 탬파베이 레이스가 많은 관심을 가지고 있는 투수였다.

'유독 메이저리그에선 실력 발휘를 못한 선수긴 하지.'

마이너리그 AAA에선 상당히 좋은 피칭을 선보였던 마르코스 페레이라이지만, 정작 과거 메이저리그에선 주전으로서 확실히 자리를 잡지 못했었다.

그렇다고 해서 결코 안심할 수는 없다.

얼마든지 미래는 달라질 수 있고 마르코스 페레이라가 시범 경기에서 좋은 활약을 펼친다면 가장 유력한 5선발급 선수가 될 것이 분명했다.

그 외에도 2명 더 있기는 했으나 마르코스 페레이라만큼 마이너리그 성적이 좋은 편은 아니었고, 경력 역시도 부족하기에 주혁은 그들까지 신경쓰지는 않았다.

'나한테도 분명 선발 기회가 한 번은 올거다.'

그리고 그 기회에서 마르코스 페레이라보다 더 눈에 띄는 모습을 보여줘야 한다.

자신은 있었다.

구속과 구위는 마르코스 페레이라보다 훨씬 좋은 주혁이기에 새롭게 장착한 체인지업과 더불어 브레이킹 볼만 좀 더 다듬는다면 충분히 가능성이 있었다.

게다가 이미 소문이 났는지 최대 100마일(161km)의 공을 뿌려대는 주혁에게 모두들 관심을 가지고 있었다.

캐치볼을 마친 후, 드디어 처음으로 탬파베이 레이스의 코칭스태프들 앞에서 공을 던지게 된 주혁이 불펜에 모습을 드러냈다.

다들 주혁의 등장에 시선이 집중되고 있었다.

숨을 고르고 가볍게 패스트볼을 뿌린 주혁이 서서히 구속을 높여가기 시작했다.

파앙!

묵직하면서도 빠른 공이 포수 미트 안으로 연신 꽂히자 코칭스태프들이 만족스러운 반응을 보이기 시작했다.

덩달아 근처에 있던 선수들도 주혁의 피칭을 보면서 숙덕거리기 시작했다.

"제법인데?"

"폼도 깔끔하고 공도 빠르고 좋네."

윈터 리그에서 대단히 좋은 활약을 펼쳤다는 이야기만 들었지 실제로 본 적은 없었기에 그들은 다소 놀란 듯한 모습을 보였다.

아랑곳하지 않고 이어서 체인지업과 브레이킹 볼을 던진 주혁이 이내 불펜 피칭을 마쳤다.

돌아서서 흐르는 땀을 닦아내며 슬쩍 주위의 반응을 확인한 주혁은 제법 만족스럽다는 듯이 그제야 입가에 미소를 지었다.

'컨디션도 좋고.'

만족스러웠던 스프링캠프에서의 첫 불펜 피칭.

이제 지도를 받으면서 브레이킹 볼만 연습하면 된다.

잠시 휴식을 취하기 위해 주혁이 발걸음을 옮겼다.

그리고 그런 그의 뒷모습을 물끄러미 바라보는 한 남자가 있었다.

바로 탬파베이 레이스의 투수코치 애런 루이스였다.

'패스트볼 하나만큼은 명품이군.'

애런 루이스는 다른 사람들과 마찬가지로 주혁의 패스트

볼을 높게 평가하고 있었다.

　그냥 빠르기만 한 게 아니라 그 묵직함이 눈에 보일 정도로 패스트볼의 위력은 상당했고 특히나 공을 던짐에 있어 부드러운 연결 동작들은 매우 흥미로운 부분이었다.

　게다가 패스트볼과 거의 일치하는 투구폼으로 뿌려지는 체인지업은 마치 홈 플레이트 앞에서 누군가 아래쪽으로 끌어 당기는 것처럼 보일 정도로 뛰어난 움직임을 보여주었다.

　다만 슬라이더는 빠른 스피드에 비해 날카로움이 적었고 커브는 밋밋했다.

　사실 과거의 주혁은 체인지업보다도 브레이킹 볼에 더 집중을 했었고 지금처럼 좋은 체인지업을 던질 정도로 훈련을 하지 않았기에 애런 루이스는 슬라이더 훈련을 시켰었다.

　그러나 지금은 다르다.

　당장 활용이 가능한 좋은 체인지업을 구사하는 마당에 굳이 슬라이더에 집중을 할 필요는 없었다.

　남은 기간 동안 체인지업 실투를 줄이는 훈련과 더불어 팔에 무리를 주지 않는 커브를 코칭하기로 결정한 애런 루이스가 가져온 노트를 펼쳐 주혁에 대한 정보들을 쓰기 시작했다.

　이윽고 필기를 마친 애런 루이스가 휴식을 취하던 주혁을 불렀다.

그리고는 주혁에게 자신의 계획을 말했다.

"아주 좋은 체인지업을 가졌어. 다만 너도 잘 알겠지만 브레이킹 볼을 가다듬을 필요성은 있으니 우선 커브볼부터 다듬자고."

"알겠습니다."

애런 루이스의 말에 주혁이 속으로 씩 웃었다.

'체인지업은 합격이란 소리군.'

빠른 슬라이더를 다듬지 않고 기존의 체인지업과 커브볼에 집중하자는 뜻은 그만큼 주혁의 체인지업이 결정구로 활용하기에 적합하다는 뜻이나 다름없었다.

이제 실투만 조심하면서 좀 더 감각을 끌어 올리는 일만 남았다.

스프링캠프의 첫 날.

주혁의 쇼케이스는 가히 성공적이었다.

◆

그로부터 1주일이 지났다.

금세 동료 선수들과도 친해진 주혁은 예전처럼은 아니어도 종종 대화도 나누면서 빠르게 팀에 녹아들었다.

아시아 선수는 대화가 통하지 않는다는 편견을 보기 좋게 깨버린 주혁에게 선수들은 조금이나마 있던 거리감을 느끼지 못했고 발음도 상당히 좋은 영어를 하는 주혁에게

다들 호감을 가지고 있었다.

선수들은 초청권을 받은 유망주들 가운데 가장 눈에 띄는 모습을 보이는 주혁에게 많은 관심을 보이고 있었다.

특히나 청백전에서 어린 선수답지 않게 노련한 완급 조절과 홈 플레이트 앞에서 가라앉는 체인지업을 던져 좋은 활약을 보이면서 시범 경기에서 많은 기회를 부여받을 것으로 전망되고 있었다.

이는 윈터 리그에서 익힌 완급 조절 감각과 더불어 타자 시절의 경험을 살린 주혁의 피칭이 돋보이는 부분이었다.

다만 아직 시범 경기에서 활약상을 보인 게 아닌 까닭에 주혁도 그저 만족하고 있지만은 않았다.

아직 타자들의 타격감이 살아나지 않은 상태인지라 청백전에서의 활약은 어떻게 본다면 무의미한 것일수도 있다.

진정한 평가는 시범 경기 중반부터가 시작이다.

본격적으로 타격감이 살아나기 시작하는 시기가 바로 저 시점이기 때문이다.

보다 철저한 준비가 필요하기 때문에 주혁은 훈련에 모든 정신을 쏟았다.

"노력하고 또 노력하라. 이만하면 되겠다는 생각이 들면 조금 더 노력하라. 그래서 누구보다 잘 할 수 있다는 자신감이 들면 거기서 조금만 더 노력하라."

너클볼로 메이저리그를 평정한 필 니크로의 명언.

주혁은 이 말을 가슴 속에 새겨둔 채 항상 떠올리며 남들보다 더 열심히, 그리고 성실히 훈련에 임하기 시작했다.

그렇게 시간이 흘러 어느덧 시범 경기의 개막을 앞둔 어느 날.

불펜 피칭을 마치고 웨이트 트레이닝을 하기 위해 훈련장을 나오던 주혁을 조 매든이 불러 세웠다.

그러더니 갑자기 그를 데리고 어디론가 향하는 조 매든.

고개를 갸웃거리면서도 그의 뒤를 쫓아간 주혁은 곧바로 그가 향하는 곳이 어디인지 눈치를 챘다.

따악!

타격음이 시원하게 울려퍼지는 이곳.

'왜 여기로?'

조 매든이 데려온 곳은 의아하게도 타격 훈련장이었다.

주혁이 멀뚱멀뚱 서 있자 조 매든이 그의 어깨에 손을 얹더니 말했다.

"오랜만이지? 타격 훈련은?"

음?

나보고 타격 훈련을 하라는 소리인가?

갑작스레 타격 훈련이라니.

당황스러워 하는 것도 잠시.

얼떨결에 주혁은 타석에 서게 되었다.

그리고 그런 주혁에게 조 매든이 말했다.

"편하게 해. 편하게!"

이유는 알 수 없지만 일단 시키는 것이니 하긴 해야하는
상황.

'베네수엘라에서는 자주 했는데 여기 와서는 처음이네.'

시도때도 없이 타격 훈련을 했던 과거의 기억들이 새삼
떠올랐다.

'이 정도면 식은 죽 먹기지.'

주혁이 타격폼을 취했다.

영문은 모르지만, 일단은 최선을 다하자,

이윽고 공이 날아오는 순간.

따악!

주혁의 배트에 불이 붙기 시작했다.

◆

처음 주혁이 타격 훈련장에 등장했을 때, 그곳에 있던 다
른 타자들은 관심조차 가지지 않았다.

그들도 한국에서 온 100마일(161km)을 던지는 투수가
캠프에 있다는 이야기는 들었기에 주혁이 누구인지는 알고
있었으나 타격에 관한 이야기는 없던 터라 눈길조차 주지
않고 있었다.

프리 배팅이 시작되고, 주혁이 처음에는 공을 가볍게 맞
추다가 점차 장타 코스로 타구를 날려보냈다.

이와 함께 타격음도 커져 가기 시작했다.

따악!

따악!

따악!

경쾌한 타격음이 들리다보니 선수들의 시선이 향하지 않을 수가 없었다.

그리고 주혁의 프리 배팅을 보던 그들의 표정이 점차 놀라움으로 변해가기 시작했다.

공을 정확하게 맞추는 능력과 더불어 놀라울 만큼 빠른 배트 스피드, 여기에 계속해서 힘 있게 멀리 뻗는 타구들까지.

그들의 시선으로 보아도 주혁은 갓 고등학교를 졸업한 선수 같지가 않았다.

안정적인 타격폼도 그렇고 이런 타격 훈련을 수없이 해본 베테랑 타자처럼 편안한 얼굴로 날아오는 공들을 거침없이 정확하게 맞춰 장타를 때려내는 주혁의 모습은 그들에게 신선한 충격을 주고 있었다.

신인 선수라면 밸런스가 제대로 맞지 않거나 또는 부자연스러운 부분들이 보여야 정상인데 주혁은 전혀 그렇지 않았다.

완벽한 히팅 포인트.

군더더기 없는 동작들.

이 선수가 투수라는 게 그저 신기할 따름이었다.

잠시 훈련을 멈춘 채 주혁의 프리 배팅을 바라보던 몇몇 선수들의 곁으로 누군가 슬쩍 다가오더니 말했다.

"저 친구 이래 봬도 윈터 리그에서 102마일(164km)짜리 패스트볼을 홈런으로 만든 녀석이야. 그것도 훈련 한 번 없이 타석에 서서 공 2개만 지켜보고서 말이지."

"뭐?"

"심지어 타석에 들어서기 전까지 마운드에서 6이닝을 소화한 상태였다니까. 대단한 친구야."

"102마일(164km)짜리를 홈런으로 만든 건 운이라고 치부하기 힘든데… 그것도 이제 하이스쿨을 졸업한 선수가 말이야."

"하이스쿨에 100마일(161km) 이상 던지는 선수들이 있나?"

"거의 없지. 엄청난 유망주가 아니라면."

"한국 고등학교의 수준이 상당히 높구나."

그들의 곁에 다가와 주혁의 칭찬을 아끼지 않던 사람은 바로 베네수엘라에서 함께 뛴 필립 모리스였다.

잠시 말 없이 프리 배팅을 지켜보던 그 때, 누군가 필립 모리스에게 물었다.

"모리스, 그 때 상대한 투수가 누구인지 알아?"

"호르헤 페르난데스라고 이번에 텍사스하고 계약한 마무리 투수. 알지?"

필립 모리스의 말에 순간 선수들의 표정이 달라졌다.

"102마일(164km) 던진다는 선수가 호르헤 페르난데스였다고?"

그들이 상대 투수의 이름을 듣고는 경악하는 이유가 있었다.

베네수엘라 태생으로 독특한 투구폼과 빠른 강속구로 메이저리그 스카우트들의 시선을 단번에 사로잡았던 투수, 호르헤 페르난데스.

윈터 리그가 끝나자마자 슈퍼 에이전트라 불리는 스캇 보라스와 손을 잡고 텍사스 레인저스와 계약금 1200만 달러, 연봉 6년 4800만 달러에 입단한 호르헤 페르난데스는 굉장한 스포트라이트를 받고 있는 투수였다.

실제로 텍사스 레인저스의 단장이 "호르헤 페르난데스를 데려온 건 그가 비어있는 마무리 자리를 채워줄 준비된 선수이기 때문이다. 당장 마운드에 올라도 40세이브는 거뜬히 해줄 선수."라는 말을 남길 정도로 그에 대한 큰 기대감을 드러낸 바 있었다.

높은 계약금과 더불어 신인 대우가 아닌 FA 선수로서의 대우를 텍사스 레인저스가 해줬다는 자체만으로도 호르헤 페르난데스는 이미 메이저리그 선수들 내에서 유명해져 있었다.

이미 2010 시즌에 빅 리그 데뷔를 할 것임이 분명한 터라 언젠간 만나게 될 상대인 만큼 그들도 적잖은 관심을 가지고 있었다.

"그럼 이번 윈터 리그에서 맞았다는 피홈런 하나가 저 녀석이 때려낸 거였어?"

그들이 진짜로 놀란 이유.

호르헤 페르난데스가 윈터 리그에서 33경기 동안 41이 닝을 투구하면서 허용한 단 한 개의 피홈런이 공교롭게도 주혁이 때려낸 홈런이었던 것이었다.

그 날 이후로 시즌이 끝날 때까지 단 한 개도 피홈런을 허용하지 않으면서 시즌을 마무리 했던 호르헤 페르난데 스.

타이밍 잡기가 어려운데다 공이 빠르고 힘이 있기 때문 에 홈런을 1개밖에 허용하지 않았다는 이야기를 들었던 그 들이기에 놀라지 않을 수가 없었다.

베네수엘라 윈터 리그의 수준이 마이너리그 AAA급 정 도임을 알고 있었기에 주혁의 타격 실력이 더욱 대단하게 다가왔다.

"100마일(161km)의 패스트볼만 아니었으면 타자를 했 겠군."

"한국에 있을 때 투타겸업을 해서 타격감이 지금은 좋겠 지만 투수로 계속 훈련한다면 감이 죽을 텐데…."

"내셔널리그에서 뛰었다면 아마 대단한 투수 타자가 되 었을 지도."

하지만 메이저리그의 현실을 아는 그들은 프리 배팅을 마친 주혁을 보며 아쉽다는 듯이 중얼거렸다.

경쟁자이기 전에 동료인 셈인지라 저런 재능이 어쩔 수 없이 썩혀진다는 건 야구선수로서 안타까울 수밖에 없었다.

그러나 고작 한 타석에 서서 홈런 하나를 때려낸 것만으로도 놀라움을 자아내는 주혁은 선수들로 하여금 더욱 의지를 불태우게끔 만들었다.

투수보다도 타격을 못한다면 이는 매우 자존심이 깎이는 일 아닌가.

주혁이 타격 훈련장을 나간 이후, 선수들이 곧바로 뿔뿔이 흩어져 훈련에 집중하기 시작했다.

필립 모리스도 프리 배팅을 하기 위해 발걸음을 옮겼다.

'나도 저 친구가 없었더라면 여기 오지도 못했겠지.'

타석에 서면서 필립 모리스가 문득 지난날을 떠올리며 피식 웃었다.

그가 주혁을 보면서 느낀 것은 질투가 아닌 스스로에 대한 부끄러움이었던 것.

저 어린 선수도 타석에 서서 눈 깜짝하기도 전에 포수 미트 안으로 빨려 들어가는 패스트볼을 겁내지 않고 자신 있게 자기 스윙을 가져가는 데 정작 자신은 타석에 서서 스윙을 주저하고 있었기 때문이었다.

'그렇게 보면 참 어린 선수라는 게 느껴지진 않지.'

타석에서 자신 있게 스윙을 하는 건 결코 쉽지가 않다.

마이너리그에서 좋은 활약을 펼치는 타자가 정작 메이저리그에서 저조한 성적을 내는 건 결코 타격에 문제가 있어서가 아니다.

이미 자신만의 타격 스킬을 갖추고 있음에도 불구하고 그들이 좀처럼 나아지지 않는 이유는 오직 하나.

바로 자신감의 결여 때문이다.

수준 높은 공들을 상대하면서 벤치가 원하는 결과물을 가져오지 못하기 시작하면 점차 자신감이 떨어지게 되고 자꾸 헛스윙을 하다 보니 스윙을 가져감에 있어 두려움을 안고 가게 되는 것.

실제로 마이너리그로 돌아가 다시 자신감을 회복해 메이저리그에서 좋은 성적을 거두는 타자들도 많은 편이다.

필립 모리스도 마찬가지였다.

초반, 기대에 못 미치는 활약을 보이면서 이대로 수확 없이 미국으로 돌아갈지도 모른다는 불안감을 가지던 그때.

주혁이 그의 앞에 나타났다.

투수로서 자신감 있게 강속구를 포수 미트 안으로 꽂아 넣으며 덩치 큰 타자들을 모두 벤치로 돌려보내던 주혁의 피칭.

게다가 102마일(164km)의 패스트볼도 단 번에 담장을 넘겨버리는 시원한 스윙까지.

신인의 패기라고 쳐도 주혁은 그 바탕 위에 자기 실력을 믿는 자신감이 돋보였다.

그걸 본 이후, 필립 모리스도 비록 아웃으로 물러나더라도 나만의 스윙을 한 번만이라도 하겠다는 생각으로 타석에 섰고 점차 타구의 질이 좋아지자 성적도 상승세를 타기 시작했었다.

　'어떻게 보면 정말 큰 도움을 준 거나 다름없지.'

　정작 뭘 어떻게 해준 건 없지만 말이다.

　그런데 잠깐만.

　나 뭐하고 있었지?

　퍼억!

　생각에 잠겨 있던 필립 모리스의 허벅지에 공이 맞았다.

　"정신 안 차리냐!"

　그제야 프리 배팅을 하기 위해 타석에 서 있었다는 걸 깨달은 필립 모리스.

　"공이 몸으로 날아와도 모를 정도라니…. 여자 친구가 바람이라도 폈어?"

　"여자 친구 없어요, 코치님…."

　"그럼 집중해!"

　웃으면서 버럭 소리를 지르는 투수 코치가 다시 공을 집어 들더니 스트라이크 존 한 가운데로 공을 던졌다.

　정신을 바짝 차린 필립 모리스가 공의 타이밍을 정확히 계산한 후, 배트를 거세게 휘둘렀다.

　따악!

　멀리 날아가는 타구에는 자신감이 한껏 배여 있는 듯 했다.

마침내 메이저리그의 개막이 다가왔음을 알려주는 시범 경기가 시작되었다.

겨울 내내 난로 앞에서 추운 겨울을 보내며 야구를 기다리던 수많은 팬들은 봄의 시작과 더불어 기사로만 접해왔던 선수들을 실제로 보기 위해 시범 경기의 개막이 준비되고 있는 스프링캠프로 발걸음을 옮기고 있었다.

잠깐 메이저리그의 시범 경기에 대한 설명을 덧붙이자면, 메이저리그의 스프링캠프는 미국 동남부의 겨울 휴양지 플로리다와 서남부의 사막지역 애리조나에 캠프가 몰려 있다.

고로 시범 경기는 플로리다 주에 캠프를 차린 구단들끼리, 애리조나 주에 캠프를 차린 구단들끼리 경기를 펼치게 된다.

한편 리그의 이름을 짓는 방식이 꽤나 재미있는데, 그 지역 특산물의 이름으로 시범 경기 리그의 이름을 붙여 부르고 있다.

애리조나 캠프는 선인장을 뜻하는 '캭터스 리그'로, 플로리다 캠프는 자몽을 뜻하는 '그레이프프루트 리그'라고 한다.

그리고 이 두 개의 리그 중, 주혁의 팀인 탬파베이 레이스가 속한 곳은 당연지사 '그레이프프루트 리그' 다.

애초에 탬파베이 레이스의 홈구장이 있는 탬파 지역이 플로리다에 있으니 말이다.

탬파베이 레이스의 시범 경기 일정이 발표가 되면서 많은 현지 팬들은 크게 움직이지 않아도 되어 행복한 미소를 보이면서 새로운 선수들의 얼굴을 보고자 캠프를 찾고 있었다.

탬파베이 레이스의 캠프 홈구장인 샬럿 스포츠 파크에는 벌써부터 많은 관중들이 와 있었고, 분위기는 매우 들떠 있었다.

기존의 에이스들을 볼 수 있는 기회이자 새로운 뉴 페이스를 볼 수 있는 기회이기 때문이었다.

탬파베이 레이스의 팬들은 현재 두 명의 신인 선수들에게 큰 기대감을 가지고 있었다.

우선 첫 번째 선수가 바로 마이너리그에서 3년 동안 뛴 끝에 이번 시즌 25인 로스터 입성이 유력해 보이는 1루수 마이클 폰테였다.

지난 시즌 마이너리그 AAA에서 31개의 홈런포를 기록한 바 있는 마이클 폰테는 이미 탬파베이 레이스 팬들 사이에서도 장타력이 좋은 타자로 유명한 선수였다.

실제로 로스터 확장 이후 메이저리그 무대에 대타로 몇 번 모습을 보여준 적이 있지만 눈에 띄는 활약을 해주진 못했었다.

이번 시즌을 앞두고 탬파베이 레이스의 주전 1루수인

카를로스 페냐의 백업 자원이자 지명 타자로 타석에 나설 것으로 예상되는 마이클 폰테가 기대만큼 많은 장타를 뽑아내 줄지에 팬들의 이목이 쏠리고 있었다.

다만 고질적인 손목 통증으로 인한 부상은 조금 염려스러운 눈길을 주고 있었다.

원래는 마이클 폰테 한 명이 탬파베이 레이스 소속의 마이너리그 선수들 가운데 가장 기대가 되는 선수였었다.

그러나 단 몇 개월 만에 낯선 동양인 선수 한 명이 그들의 마음을 뒤흔들어 놓기 시작했으니….

"윤! 윤! 윤! 윤!"

별 다른 응원가 없이 라스트 네임만을 목청껏 외치면서 새롭게 자신들 앞에서 모습을 드러내는 투수를 반기고 있었다.

이 곳, 탬파베이 레이스의 스프링캠프 홈구장인 샬럿 스포츠 파크의 마운드 위로 걸어오는 남자.

기대했던 시범 경기 첫 경기의 선발 투수, 데이비드 프라이스가 3이닝 만에 4실점을 헌납하면서 마운드를 내려오자마자 코칭스태프가 투수, 주혁을 내세운 것이었다.

누군가는 뜨거운 반응을, 누군가는 건조한 반응을 보였다.

"첫 경기 만에 신인 투수의 등장이라…. 신선한데?"

"저 친구가 한국에서 왔다는 파이어볼러인가 보군."

"탬파베이는 오늘 경기를 포기한 건가. 아무리 그래도 첫 경기부터 신인 선수라니. 비록 3회 만에 4점 뒤쳐져 있다고 해도."

시범 경기인 만큼 필사적으로 승리를 위해 뛸 필요는 없다.

그러나 그 의지를 잃는 모습을 보인다면 팬들은 크게 실망하고 만다.

이제 4회가 시작되려 하는 시점에서의 4실점은 충분히 뒤집을 수 있는 점수 차이라고 팬들은 생각하고 있었다.

게다가 캠프 홈구장인 샬럿 스포츠 파크에서의 이번 시즌 첫 시범 경기인 만큼, 팬들은 승리를 기대하고 있었다.

더욱이 하필이면 그 첫 상대가 같은 지구의 메이저리그 최고의 빅마켓 구단인 뉴욕 양키스인지라 팬들은 탬파베이 레이스가 분위기를 역전시키길 바라고 있었다.

그런데 이런 상황 속에서 마운드에 올라온 선수가 마이너리그 경력도 전무한 신인 투수라니.

100마일(161km)이라는 빠른 공을 던진다고 해도 팬들의 입장으로선 사실 불안한 부분도 있긴 했다.

물론 마이클 폰테에 이어 가장 기대를 하고 있는 신인 선수이기는 하지만, 행여 그가 첫 경기부터 분위기를 가라앉게 만들지는 않을까 내심 걱정하는 것이었다.

그러던 와중에, 마운드 위에 서서 사인을 기다리던 주혁이 초구를 던졌다.

파앙!

묵직하게 포수 미트 안으로 빨려 들어간 공.

"스트라이크!"

살짝 낮게 바깥쪽으로 향한 이 패스트볼의 스피드는 92마일(148km).

전광판에 뜬 구속을 본 탬파베이 레이스의 팬들이 순간 웅성거리기 시작했다.

기대했던 것보다 구속이 너무 안 나왔기 때문이었다.

그러나 아랑곳하지 않고 주혁이 2구를 던졌다.

따악!

타자가 타이밍을 맞춰 때려냈으나 공을 파울이 되었다.

이번에는 살짝 높게 바깥쪽으로 향했던 패스트볼.

구속은 93마일(150km).

기대했던 100마일(161km)의 강속구 투수는 보이지 않았다.

"…최고 구속이 100마일(161km)이지 실제 평균 구속은 92마일(148km) 수준이구만."

"어디가 아픈 건 아니겠지?"

"그런 거라면 애초에 마운드에 세우지 않았을 거야."

"근데 100마일(161km)을 던질 수 있는 투수가 왜 굳이…?"

팬들이 실망스러운 표정으로 서로 이야기를 주고받았다.

그러던 그 때.

와인드업을 하던 주혁의 손에서 3번째 공이 뿌려졌다.

패스트볼처럼 빠르게 날아가던 공은 홈 플레이트 앞에서 착 가라앉았고, 타자의 배트는 그저 공기만 갈랐을 뿐 헛돌고 말았다.

일순간 그 공에 모두가 숨을 죽였다.

분명히 변화구다.

변화구인데….

"92마일(148km)?"

패스트볼과 구속이 같다?

어리둥절해 하던 타자를 비롯해서 상대 팀 벤치도 고개를 갸웃거렸고 이를 지켜보던 팬들 역시도 아리송한 표정을 짓고 있었다.

그러나 이어지는 타자와의 승부를 통해 그 실체를 확인하는 순간, 그들은 이전까지의 실망스러운 표정을 지은 자신들의 섣부른 어리석음을 자책하기 시작했다.

파앙!

96마일(155km)의 패스트볼 이후….

부웅!

100마일(161km)의 높은 패스트볼에 헛스윙 삼진을.

파앙!

95마일(153km)의 패스트볼 이후….

부웅!

같은 구속의 변화구에 헛스윙 삼진을.

"What the…."

시범 경기 첫 이닝 만에 상대한 세 타자를 모두 삼진으로 돌려 세운 마운드 위의 20살짜리 어린 투수의 피칭에 모두가 경악하지 않을 수 없었다.

팬들은 모르지만, 타석에 섰던 뉴욕 양키스의 타자들이 벤치로 돌아와 가장 먼저 선수들에게 건넨 말은….

"패스트볼하고 체인지업의 스피드가 같아. 구별조차 어려운데 저 녀석, 패스트볼 구속을 조절해."

"Holy…."

"대체 뭐야 저 녀석은…."

프로 베테랑 선수들이나 하는 완급 조절에 패스트볼과 체인지업의 투구폼이 일치하며, 스피드마저 같다니.

어쩌면 가장 완벽한 생애 첫 이닝을 선보인 주혁은 세 타자를 상대했던 것만으로도 벌써 그의 팬을 확보한 듯 했다.

다음 이닝에서 다시 주혁이 마운드에 올라서자….

"윤! 윤! 윤! 윤!"

그 외침은 더욱 커져 갔다.

◆

첫 시범 경기 뉴욕 양키스 전, 2이닝 무실점 4K.

두 번째 등판 경기 토론토 블루제이스 전, 1이닝 무실점 2K 1피안타.

세 번째 등판 경기 미네소타 트윈스 전, 1.1이닝 무실점 2K 1볼넷.

네 번째 등판 경기 휴스턴 애스트로스 전, 3이닝 무실점 4K 2피안타 1볼넷.

최고 구속 101마일(163km).

평균 구속 95마일(153km).

체인지업 최고 구속 95마일(153km).

커브 최고 구속 82마일(131km).

탬파베이 레이스의 떠오르는 계투의 핵심.

윤주혁.

오늘 피츠버그 파이어리츠 캠프 홈구장인 맥케츠니 필드에서 선발로 나서다.

◆

기다리던 그 날이 왔다.

5선발 자리를 놓고 치열한 경쟁이 펼쳐지고 있는 스프링캠프에서, 마르코스 페레이라에 이어 선발 기회를 얻게 된 선수는 바로 주혁이었다.

이전까지 불펜 투수로 마운드에 올라와 4경기 동안 7.1이닝 무실점 12K 3피안타 2볼넷을 기록한 바 있는 그에게 조 매든 감독이 오늘 피츠버그와의 경기를 앞두고 선발로 내세웠다.

뉴욕 양키스와의 첫 경기에서 강타자들을 상대로 기죽지 않고 완급 조절을 바탕으로 한 묵직한 패스트볼로 삼진을 잡아내던 주혁은 벌써부터 많은 언론이 집중하고 있는 선수였다.

시선이 쏠리다보니 자연스레 문제점들도 고개를 들기 시작했는데, 그럼에도 불구하고 조 매든은 주혁을 선발로 기용했다.

경기를 앞두고 조 매든이 이렇게 말했다.

"그에게는 논란을 불식시킬 만큼 위력적인 패스트볼이 있다. 다들 보지 않았는가?"

던질 수 있는 변화구가 적고, 몸쪽 제구력이 그다지 좋지 않으며, 실전 경험이 적다는 단점들을 분명히 가지고 있다.

그러나 놀라울 만큼 능숙한 완급 조절과 최고 101마일(163km)의 패스트볼, 여기에 150km를 넘나드는 체인지업과 좋은 바깥쪽 제구를 가지고 있기도 하다.

단점이 있다면 그만큼 장점도 있는 법.

"그는 메이저리그 선수들과 자웅을 겨루며 경험을 쌓을 만큼의 수준을 갖춘 선수다."

조 매든의 말을 경기 전 동료 선수를 통해 듣게 된 주혁이 속으로 기분 좋게 웃었다.

사실 주혁은 어쩌면 시범 경기 일정 동안 선발 기회를 받지 못할 수도 있다고 생각하고 있었다.

제프 니만의 대체자로 낙점될 것이 유력한 마르코스

페레이라가 앞선 2번의 등판에서 13.2이닝 1실점 7K 6 피안타 4볼넷으로 좋은 모습을 보여주었기 때문에 그에게 계속 기회가 갈 것으로 주혁은 보고 있었다.

그러나 예상치 못한 날에 깜짝 선발 등판을 하게 되면서 주혁도 기회를 얻게 된 것이었다.

마르코스 페레이라가 좋은 활약을 보이고 있는 이상, 이런 기회는 흔치 않다.

어쩌면 시범 경기 일정에서 마지막일수도 있는 선발 등판 경기인 만큼 주혁은 짧지만 모든 것을 쏟아 붓겠다는 각오로 불펜에서 준비를 하고 있었다.

'아무래도 휴스턴 전에서 커브볼이 좀 좋았던 것 때문에 기회가 온 것 아닌가 싶은데….'

앞선 뉴욕 양키스와 토론토 블루제이스 등판 경기에선 패스트볼과 체인지업만 던졌던 주혁은 미네소타 트윈스와 휴스턴 애스트로스 경기에서 본격적인 커브볼을 던지기 시작했다.

그 수가 많지는 않지만, 헛스윙도 유도해 낼 만큼 썩 괜찮은 수준이었다.

철저한 타이밍을 빼앗는 피칭을 위주로 던지고 있는 주혁에게 경기 전, 주전 포수 존 제이소가 다가와 코칭스태프가 자신에게 말해준 것들을 전달했다.

"이제까지는 패스트볼로만 카운트를 잡았다면 오늘은 체인지업으로도 카운트를 잡아보자."

"결정구로 패스트볼을 활용하자는 거군."

"정확해. 자신 있나?"

"물론이지. 잘 부탁한다."

어린 투수가 오히려 자신의 어깨를 툭툭 치고는 베짱 두둑하게 마운드로 걸어가자 존 제이소가 피식 웃었다.

'경기 할 땐 애늙은이 같다니까.'

하는 행동이 20살짜리 같지가 않았다.

존 제이소가 밝은 표정으로 주심과 이런저런 대화를 나눈 후, 포수석에 앉아 주혁의 연습구를 받아주기 시작했다.

'컨디션은 오늘도 좋군.'

다른 투수들과는 다르게 주혁의 패스트볼은 미트 안에서 꿈틀대는 듯한 독특한 느낌을 주는 편이었다.

존 제이소는 이런 느낌이 얼마나 큰지 작은지를 통해 주혁의 컨디션을 확인할 수가 있었다.

오늘은 괜찮은 편이었다.

타석에 타자가 들어서기 전, 존 제이소가 주혁을 향해 사인을 보냈다.

'빠른 공을 아끼자.'

존 제이소의 사인을 본 주혁이 고개를 끄덕였다.

1회 초, 탬파베이 레이스가 삼자 범퇴로 물러난 상황에서의 등판.

로진 백을 집어 들고는 숨을 고른 주혁이 존 제이소의 초구 사인을 확인하고는 그립을 쥐었다.

공을 던지기 전, 주혁이 자신의 생각을 하나로 모았다.

'내려가기 전까지 던지는 모든 공들에 집중하자. 실투는 용납하지 않는다.'

차라리 실점을 하더라도 내 공을 던지리라.

파앙!

주혁의 손에서 뿌려진 공이 포수 미트에 묵직하게 꽂혔다.

94마일(151km)의 스피드로 날아든 공이 우타자 바깥쪽 라인에 걸쳤고….

"스트라이크!"

구심의 굵직한 목소리와 함께 그 시작을 알렸다.

◆

피츠버그 파이어리츠의 선수들은 겁 없이 스트라이크 존 안으로 공들을 집어넣는 주혁의 피칭에 당황하고 있었다.

딱히 피하는 승부 없이 정면 승부를 즐기는 데, 문제는 그 공들이 무디지 않다는 것이었다.

날카로우면서도 묵직하고 또 빠른 공들.

게다가 이게 패스트볼인지 체인지업인지 도통 분간이 안 될 정도로 같은 스피드로 날아오는 이 두 공들은 타자들의 머릿속을 혼란케 만들었으며….

부웅!

"Shit!"

느리고 그다지 위력적이지 않은 커브볼에도 배트는 헛돌기 일쑤였다.

타이밍을 잡지 못한 이상 주혁의 공은 난공불락과도 같았다.

이 선수에 대한 자료가 있거나 또는 몇 번이라도 상대를 해 본다면 이 정도로 어려워하지는 않았을 터.

가뜩이나 이제 막 감각이 서서히 살아나려 하는 상황에서 주혁의 이런 피칭은 되려 감각을 죽이는 듯 했다.

4회까지 탈삼진 6개를 뽑아내며 단 한 번도 출루를 허용하지 않는 완벽한 피칭을 선보이고 있던 주혁에게 맥케츠니 필드를 찾은 탬파베이 레이스의 원정팬들이 열렬한 응원을 보내고 있었다.

그러던 5회 초.

탬파베이 레이스의 공격 찬스.

이닝의 첫 타자로 주혁이 타석에 서게 되었다.

상대 팀이 내셔널리그 소속인지라 피츠버그 파이어리츠의 캠프 홈구장인 맥케츠니 필드에서 펼쳐지는 시범 경기는 내셔널리그의 규칙대로 적용되고 있었다.

고로 투수가 타자로도 서야 한다는 것.

3회, 주혁이 타석에 처음 섰을 때는 상대조차 해보지 못하고 투수의 손에서 빠진 커브볼에 다리를 맞은 바 있었다.

주혁의 출루 이후 2아웃이던 상황에서 탬파베이 레이스의 타선에 불이 붙기 시작, 9번 타자였던 주혁의 뒤로 4번 타자까지 출루에 성공하면서 도합 3점을 만들어내는 데 성공했다.

그러나 5번 타자의 내야 플라이 아웃으로 추가 득점에 실패, 4회에는 교체된 피츠버그의 불펜 투수에게 삼자 범퇴로 물러나면서 9번 타자인 주혁이 이번 이닝의 첫 타자로 타석에 들어서게 된 것이었다.

4점을 끌어안고 경기를 펼치게 된 주혁은 심리적으로도 상당히 편안해져 있었다.

자신이 실점을 내주지 않는다면 승리 요건을 갖추고 내려올 수 있기 때문이었다.

투구수도 괜찮게 조절한 상태인데다 특별히 점수만 내주지 않는다면 5이닝은 소화할 것으로 보이는 오늘 경기.

가뜩이나 자신감이 항상 넘치던 주혁이 경기도 잘 풀리자, 컨디션도 동반상승하고 있었다.

'첫 타자라 출루를 해주는 게 좋지만….'

이닝의 첫 타자가 출루에 성공하면, 그 이닝에 득점 확률이 70%로 높아진다는 통계도 있다.

대체적으로 투수가 타석에 들어서면 단타를 쳐내 출루를 하려고 하는 경우가 많은데 아무래도 풀 스윙은 많은 힘을 소모하기 때문이다.

상대 투수들도 이 사실을 잘 알고 있기에 좋은 공을 쉽게 주는 편은 아니었다.

괜히 얄보고 평범한 공을 던졌다가 출루를 허용하면 자존심도 긁히고 주자도 신경써야 하니 말이다.

원래는 그런데….

'이거 제대로 힘껏 때리면 멀리 가겠는데?'

96마일(155km)의 패스트볼이 바깥쪽 높게 들어왔다.

앞선 패스트볼 두 개도 대체적으로 높게 형성되었는데, 방향은 전부 바깥쪽이었다.

스피드는 빨랐으나 공이 대단히 위력적으로 느껴지진 않았다.

마치 주혁은 당연히 아웃시킬 수 있는 선수라는 식으로 상대 투수는 힘을 비축한 채 빠른 공으로 승부를 보려 하고 있었다.

물론 치기 좋은 공을 주는 건 아니었다.

그렇다고 신경 써서 상대하진 않고 있었다.

이게 문제 될 건 없다.

어떻게 본다면 정상적인 것 일수도 있다.

대체적으로 투수들의 타격 실력이 다 고만고만하니까.

그러나 상대가 하필이면 타자로서 명예의 전당에 헌액될 만큼 타격 실력이 뛰어난 선수이자 그 실력을 고스란히 가져온 채 과거로 돌아왔다는 사실을 모를 뿐이었다.

이어지는 4구 째.

따악!

허를 찌르는 몸쪽 패스트볼이었으나 주혁이 이 공을 힘껏 당겨 쳤으나 뒤쪽으로 날아가고 만 타구였다.

'놀래라.'

순간적으로 반응해서 다행이지 아니었다면 루킹 삼진으로 물러났을 지도 모르는 몸쪽 공이었던 것.

'신기하네. 별로 훈련을 안 해도 감각이 살아있어.'

방금 전 같은 공들은 정말 본능적으로 배트가 움직인 케이스였다.

투수가 타자의 몸쪽 공에 던지는 공은 가장 빠르게 느껴지는 공이자 히팅 포인트를 다른 코스의 공들에 비해 가장 앞에다 둬야 하기 때문에 타자들이 꼼짝 못하는 경우가 많다.

방금 전도 굉장히 잘 던진 공이었으나 반사적으로 이를 쳐낸 주혁이었기에 스스로도 놀란 것이었다.

이어지는 5구 째.

바깥쪽으로 휘는 투심 패스트볼을 던졌으나 주혁의 배트는 움직이지 않았다.

몸쪽 공에 타이밍을 단 번에 맞추는 것을 보고 피츠버그 파이어리츠의 배터리가 바깥쪽 승부를 보려고 한다는 걸 눈치 챈 주혁이 배트를 거세게 쥐었다.

다시 바깥쪽으로 향하는 96마일(155km)의 패스트볼을 택한 피츠버그 파이어리츠의 배터리.

이 정도면 삼진 콜이 울려 퍼지겠지 싶었으나….

따악!

"......!"

멀리 뻗던 타구가 담장을 훌쩍 넘어가는 게 아닌가.

모두가 이 홈런에 당황스러워 했으나 정작 주혁은 아무렇지 않다는 듯이 베이스를 돌고 있었다.

피츠버그 파이어리츠의 벤치는 순간 침묵에 휩싸였다.

그들은 몰랐다.

정확히는 모를 수밖에 없었다.

윤주혁.

그가 과거, 밀어치기에 특화된 거포였다는 사실을.

◈

주혁의 시범 경기 첫 등판은 대성공이었다.

5이닝 동안 실점 없이 7개의 탈삼진을 뽑아내는 동안 1개의 피안타만을 허용할 만큼 대단히 위력적인 모습을 보여주면서 이 날의 승리 투수가 된 주혁이었다.

단순히 마운드 위에서의 활약만 놓고 보더라도 대단했는데, 언론은 오히려 타석에서의 활약에 더욱 놀란 듯한 반응을 보였다.

투수가 홈런을 때려내는 경우가 종종 있긴 하지만, 언론은 그저 홈런을 때려냈다는 사실 때문에 놀라워하고 있는 것이 아니었다.

바로 비거리 때문이었다.

무려 464피트(141m)를 기록한 주혁의 홈런은 당겨 친 타구가 아닌 밀어 친 타구라는 점에서 그 의미가 더욱 남달랐다.

모두가 기대조차 안했던 그가 알고 보니 굉장한 장타력을 가진 선수라는 걸 보여준 셈.

경기가 끝나고 나서, 탬파베이 현지 언론을 비롯하여 MLB닷컴까지 주혁의 이러한 활약상을 앞 다투어 보도하기 시작했다.

시원스러운 투구 내용과 더불어 화끈한 스윙으로 홈런까지 보여준 주혁은 오늘 경기에서 가장 돋보인 선수였다.

기자 돈 멜던은 칼럼을 통해 이런 말을 남겼다.

"한국에서 건너온 이 어린 선수는 두려움이 없었다. 수많은 사람들 앞에서 떨릴 법도 하지만, 그는 어딘지 모르게 자신감이 넘쳐 보였다. 강타자들 앞에서 자신이 더 우월하다는 듯이 연신 강속구를 던졌던 그 모습을 나는 객기라고 표현하고 싶지 않다. 그는 자신의 장점이 무엇인지를 정확히 알고 있었고 팬들의 눈을 사로잡는 퍼포먼스를 보여줄 줄 아는 선수였다. 게다가 그 스윙은 정말이지 일품이었다. 우리는 비거리에 놀랄 것이 아니라 경험이 적다고 판단했던 이 어린 선수가 완벽할 정도로 아름다운 스윙을 가지고 있다는 사실에 놀라워해야 한다."

그리고 前 탬파베이 레이스 타자 마크 글레이저는 이 날 주혁이 선발로 나왔던 경기의 해설을 맡은 이후 인터뷰에서 이렇게 말했다.

"그의 보직은 투수다. 한국에서 투타를 겸업하긴 했으나 주 보직이 투수라는 점을 잊어서는 안 된다. 게다가 한국의 고등학교 야구 수준은 그리 높지 않다. 95마일(153km) 이상을 던지는 선수가 없다는 것만 보아도 타자들이 빠른 공에 대처할 기회를 얻지 못하는 경우가 많다. 그러나 그는 달랐다. 한국에서 그는 100마일(161km)에 육박하는 패스트볼을 던졌었고 그 공은 피츠버그 파이어리츠 타자들을 상대로도 제대로 먹혔다. 여기에 96마일(155km)짜리 패스트볼을 때려내 464피트(141m)의 비거리를 기록한 홈런을 만들어냈다. 이런 빠른 공을 상대해 본 적이 거의 없을 텐데 말이다. 더욱이 놀라운 것은 힘을 싣기 위해 배트를 뒤에서부터 끌어오는 것이 아닌 앞에서 가볍고 빠른 스윙으로 순간적인 손목 힘을 발휘해 그 정도의 장타를 보여주었다는 점이다. 그는 한 경기 만에 모두의 이목을 끌어 당겼다."

그리고 경기가 끝이 난 이후, 락커룸에서 만난 필립 모리스는 주혁에게 이런 말을 건넸다.

"윤. 너는 스타 선수가 될 자질이 충분한 선수야. 베네수엘라에서 때려낸 홈런도 이런 반응이었고 시범 경기인데도 오늘 그 홈런으로 모두가 놀라워하고 있잖아. 대단해. 네가 투수라는 점이 아쉽게 느껴진다. 함께 타자로 뛰면 좋을 것 같다는 생각이 드네. 새겨듣지는 말고. 하하."

후끈한 반응들.

필립 모리스만 이런 말을 한 게 아니었다.

동료 투수들을 비롯해서 타격 훈련을 함께 했던 타자들도 주혁에게 인상 깊었다는 말들을 남겼다.

그 중 한 사람은 이렇게 말했다.

"오늘로서 확신이 들었어. 넌 타격 재능이 더 뛰어나. 내 눈은 틀림이 없어."

그걸 들은 주혁은 피식 웃을 뿐이었다.

사실이다.

투수적인 재능이 있지만 그것은 완성된 것이 아니다. 발전의 가능성이 높다고 한들 엄연히 개선해야 할 점들이 아직은 있다.

그러나 지금 타격 실력은 이야기가 다르다.

무슨 이유인지는 모르지만 과거, 전성기 시절의 그 타격 감각이 고스란히 몸에 체화되어 있는 상태다.

이건 거의 완성이 되어 있다고 할 수 있다.

즉, 그의 말이 결코 틀린 것은 아니라는 것.

그러나 이건 재능이라고 하긴 힘들었다.

'애매모호하지만 설명할 순 없지.'

지금 주혁이 할 수 있는 건 그저 짧게 지나가는 미소만 보여주는 것뿐이었다.

휴식을 취하기 위해 근처에 마련된 숙소로 발걸음을 옮긴 주혁은 침대에 몸을 맡겼다.

생각해보니 뭔가 이상하다.

아무리 타격 실력이 뛰어나다고 하더라도 주혁은 평생의 소원이었던 투수로 메이저리그에서 뛰고 싶었다.

그래서 과거로 돌아온 지금, 쉬운 길이 있음에도 불구하고 경험이 없는 투수 쪽을 선택했다.

어쩌면 타자로 지금부터 훈련을 한다면 자신의 이전 기록들은 죄다 갈아 치울 수 있을지도 모른다.

그러나 그게 무슨 의미인가.

어차피 자신을 제외하고는 아무도 몰라줄 것인데 말이다.

어찌 되었든, 어깨 통증도 없고 발전 속도도 다행히 빠른 덕분에 투수로서 이렇게 선발 기회까지 얻긴 했으나 정작 선발로 뛰고 난 지금은 느낌이 오묘했다.

분명 투구 내용이 칭찬을 받고 이 부분에 대한 스포트라이트를 더 받아야 하는 게 정상인데 역전 홈런도 아닌 이기고 있던 상황에서의 홈런 한 방이 오히려 더 큰 반응을 얻고 있으니 한 편으로는 아쉬운 주혁이었다.

다만 그저 비거리가 굉장했기에 이런 반응이 나오는 것뿐, 결코 투구 내용이 묻힌 것은 아니었기에 주혁은 이런 아쉬움을 금방 떨쳐 버렸다.

'그래도 보여 줄 수 있는 건 다 보여줬다.'

패스트볼의 완급 조절, 위력적인 체인지업, 좋은 우타자 바깥쪽 제구력까지.

선발로서의 가능성을 보여주었기에 지금 당장의 스포트라이트는 어떻게 본다면 무의미한 것이나 다름없었다.

'어차피 정규 시즌에서 이런 활약을 펼치면 모두가 놀랄 테니까.'

시범 경기에서 투수의 활약은 그저 팬들에게만 기대감을 심어줄 뿐, 그게 정규 시즌까지 이어진다고 믿는 사람들은 별로 없었다.

특히나 지금처럼 시범 경기 말미도 아닌 중반기에 접어드는 시점에서는 아직까지 타자들의 감이 완성되지 않았다는 평가가 지배적이기 때문에 좀 더 지켜볼 필요성이 있다고 판단되고 있었다.

그러나 한 가지 확실한 것은….

"윤. 4일 후에 다시 선발로 나서라."

그 날의 피칭은 팀 내 코칭스태프들에게 가능성을 제대로 심어주었다는 점이었다.

선발로 뛸 수 있는 자질을 말이다.

◆

"또 부상인가?"

조 매든이 한숨을 푹 내쉬면서 찌푸려진 이맛살을 매만졌다.

"경미한 부상입니다만 남은 시범 경기에서 뛰기는 힘들

다고 합니다."

또 공백이다.

제프 니만이 수술 탓에 전력에서 이탈하더니 이제는 선발진의 한 축을 담당할 것으로 기대를 모았던 우완투수 웨이드 데이비스마저 무릎 부상으로 시범 경기 일정을 패스해야 하는 상황이 온 것이었다.

"고질적인 게 문제야⋯. 그나마 금방 돌아온다는 게 고무적이군."

조 매든이 찬 물을 들이키고는 숨을 후 뱉었다.

가뜩이나 지난 시즌 6경기에 선발로 나서서 좋은 모습을 보여준 신인 선수라는 점이 더 큰 아쉬움으로 다가오고 있었다.

"그나마 시범 경기라 다행이지만 시즌 들어가서도 이렇게 부상이 잦아지면 큰일인데⋯."

지난 시즌부터 자주 무릎 부상으로 1, 2주간 결장을 하던 웨이드 데이비스가 걱정스러운 조 매든이었다.

게다가 그저 웨이드 데이비스 한 명만 그런 것이 아니었기에 더 심각했다.

주축 선수들이 대부분 경미한 부상들을 하나씩 달고 다녔고 그나마 건강한 선수들은 신인 선수 또는 마이너리거들이 대부분이었기에 불안감이 느껴지지 않을 수가 없었다.

결국 주축 선수들에게 무리를 시키지 않게 하기 위해

이번 시범 경기에는 뉴페이스 선수들이 대거 출전하고 있었다.

물론 시범 경기에선 다양한 선수들을 기용하지만 이 정도로 주축 선수들이 얼굴을 안 비치는 경우도 극히 드물었다.

대체 자원으로 투입된 선수들이 제 몫을 톡톡히 해준다면 걱정이 없겠지만 조 매든의 마음에 쏙 드는 선수는 별로 없었다.

2명을 제외하고 말이다.

그 중 한 명이 바로 마르코스 페레이라였다.

이미 제프 니만의 대체자로 낙점된 마르코스 페레이라는 구멍이 난 선발진에 내리는 단비와도 같은 존재였다.

경기를 치르면 치를수록 나날이 제구력이 좋아지고 있는 마르코스 페레이라는 충분히 10승은 해줄 재목으로 평가받고 있었다.

그리고 또 다른 한 명.

"생각보다 자질이 있어 보입니다."

"그 나이 또래에 이 정도로 완벽한 완급 조절을 할 줄 아는 선수는 드물죠."

"일단은 이 선수가 당장 웨이드 데이비스를 대신해서 남은 시범 경기에 선발로 뛰게 하는 게 옳은 선택일 듯합니다."

코칭스태프들이 모두 손가락으로 가리키고 있는 한 사람.

그저 이번 시범 경기에서 한 번만 선발 기회를 주고 정규 시즌에서 불펜 투수로 올려 경험을 쌓게 하다가 이후 천천히 선발로 전환시키려던 계획이 틀어지게 되었지만, 예상보다 이 선수는 그들에게 높은 신뢰를 안겨다 주고 있었으니….

"데이비스가 시즌 중에 또 쓰러질 걸 대비해서라도 선발로 기용해야지. 윤에게는 내가 직접 전달한다."

조 매든이 택한 차기 선발 투수는 바로 주혁이었다.

◆

기회는 언제나 준비 되어 있는 자에게만 주어진다.

그리고 착실히 준비를 한 사람은 찾아온 그 기회를 절대 놓치지 않는다.

필라델피아 필리스의 캠프 홈구장인 브라이트 하우스 필드.

이곳을 찾은 팬들은 지금 마운드 위로 천천히 걸어 올라가는 사람의 뒷모습을 보며 환호성을 내지르고 있었다.

그 함성의 대부분은 오늘 필라델피아 필리스와 시범 경기를 가지는 팀, 탬파베이 레이스의 팬들이 내는 소리였다.

이토록 열렬한 응원을 받으면서 마운드에 선 사람은 메이저리그가 주목하는 신인 투수, 주혁이었다.

지난 피츠버그 파이어리츠와의 시범 경기에서 선발로 나와 아주 좋은 모습을 보여주었던 주혁이 다시 선발로 등판한 것이었다.

　그 날, 잘 던졌지만 이후 불펜 투수로 다시 마운드에 설 것이 분명했었다.

　그런데 그 뒤로 3일 후, 조 매든이 직접 자신을 찾아와 남은 경기를 선발로 뛰어야 하니 체력 안배를 잘 하라는 게 아닌가!

　이제 20살짜리 신인 선수가 그것도 마이너리그 경험이 전무한데도 불구하고 남은 시범 경기 일정 내내 선발로 뛰게 된 것은 굉장히 이례적인 일이었다.

　물론 기존의 선발 투수인 웨이드 데이비스가 부상으로 전력에서 이탈하는 바람에 선발로 기용되는 것이긴 했으나 주혁보다 마이너리그에서 더 많은 경험을 쌓은 투수들에게 기회를 아예 주지 않았기에 이는 탬파베이 레이스의 코칭 스태프가 주혁에게 굉장한 신뢰를 가지고 있다는 증거나 다름없었다.

　누군가 불만을 가질 법도 했다.

　더 준비가 된 선수들이 있는데도 불구하고 기회조차 주지 않으니 말이다.

　그러나 그런 마음이 행여 있더라도 입 밖에 낼 수가 없었으니….

　파앙!

"스트라이크 아웃!"

마운드 위를 지키고 있는 20살짜리 어린 투수의 공은 객관적으로 보나 주관적으로 보나 자신들보다 나았기 때문이었다.

볼 때마다 경이로운 완급 조절과 다른 선수들의 패스트볼보다 빠른 체인지업을 구사하는 주혁의 피칭은 할 말을 잃게 만들었다.

경험이 적고 제구력이 뛰어난 수준은 아니며, 이따금씩 높게 형성되는 공들로 미루어 보았을 때, 결코 완성도가 높은 선수는 아니었다.

그러나 타자들은 도통 타이밍을 잡지 못해 연신 고개를 절레절레 흔들고만 있었으며, 페이스를 주혁에게 완전히 빼앗기고 있었다.

투수로서의 안정감은 적을 지언정, 주혁은 타자를 어떻게 상대해야 하는지를 정말 잘 아는 선수였다.

고작 패스트볼과 체인지업, 그리고 어쩌다 한 번 던지는 커브볼을 가지고도 주혁은 어떻게 던져야 타자들이 쉽게 쳐내지 못할 거라는 걸 알고 있었다.

그러나 볼 배합이나 타자를 상대하는 부분에 있어서 투수가 단독으로 결정하는 일은 없다.

상대 팀 타자에 대한 분석, 그리고 경기의 흐름을 읽고 그에 대한 대응책을 내세우며, 투수가 오직 공을 던지는 일에만 집중하게 만들도록 자신의 머릿속에서 온갖 방법들을 구상하는 포수와의 호흡이 아주 중요했다.

거의 모든 볼 배합과 사인은 포수가 결정하는 경우가 대부분이며 투수는 포수가 원하는 가장 이상적인 공을 던져야 한다.

이런 면에서, 포수마스크를 쓰고 있는 존 제이소와의 호흡은 정말 잘 맞았다.

여기에 벤치의 작전과 사인은 중요할 때마다 큰 도움이 되고 있었다.

따악!

간혹 가다 잘 맞은 타구가 외야를 향해 날아가는 경우도 있기는 했지만, 번번이 담장 밖으로 넘어가지 못하면서 외야수의 글러브 안으로 쏙 들어가 버렸다.

여전히 주혁에 대한 자료는 부족했으며, 타자들은 패스트볼과 체인지업을 분간하지 못해 자꾸만 허공에 방망이질을 하고 있었다.

그리고 그런 모습을 보면 볼수록 주혁은 더욱더 힘차게 공을 포수 미트 안으로 꽂아 넣었고, 타자들은 그 기세에 눌려 있었다.

그것도 주혁보다 경력과 경험이 월등히 많은 선수들이 말이다.

물론 주혁의 타자 시절을 생각한다면 한참 멀었지만, 이 사실을 모르는 사람들은 이 신인 투수의 통쾌한 피칭이 그간 쌓여있던 그들의 내면에 자리 잡은 스트레스들을 뻥

뚫어주고 있었다.

이 정도의 활약만으로 보아도 충분히 놀라웠으나 주혁은 여기서 멈추지 않았으니….

따악!

3회까지 퍼펙트 게임을 진행 중이던 필라델피아 필리스의 에이스, 제이크 로드리게스에게서 2루타를 때려내는 게 아닌가!

탬파베이 레이스의 중심 타자들이 단 한 차례도 외야로 타구를 날려보내지 못할 만큼 오늘 컨디션이 최상이던 제이크 로드리게스가 20살짜리 투수에게 장타를 허용하다니.

이 센세이셔널한 상황에 팬들은 놀라지 않을 수 없었다.

그러나 정작 2루 베이스에 선 주혁은 시큰둥한 반응을 보이고 있었다.

2루타를 때려냈으나 결코 기쁘지가 않았다.

'나한테도 제대로 상대를 해야지 공을 그냥 내주네.'

분명히 피츠버그 파이어리츠와의 경기에서 홈런을 때려냈다는 걸 알고 있을 텐데도 눈에 떡하니 보이는 패스트볼을 던진 제이크 로드리게스였다.

아마도 자신의 공이라면 충분히 잡아낼 수 있다고 믿고 투구수를 아끼기 위해 스트라이크 존 안으로 던졌겠지만 막상 2루타를 맞고 나니 제이크 로드리게스의 표정은 차갑게 굳어있었다.

'먹잇감을 놓칠 순 없지.'

낮은 코스였으나 사실 상 대놓고 치라고 준 공이나 다름 없게 느껴진 주혁이었다.

제대로 상대를 하지 않은 터라 이 2루타도 그에게는 아무런 의미가 없던 것이었다.

'타석에서 긴장감이 전혀 없네.'

짜릿한 맛이 전혀 없었다.

게다가 자신을 무시하는 듯한 그의 태도가 더욱 마음에 들지 않았다.

마이너리그 경험조차 없는 투수가 타격에 무슨 재능이 있겠냐는 식.

그나마 저번 경기에서 홈런을 때려내면서 만만한 상대는 아니라는 걸 보여줬음에도 불구하고 자존심이 무척이나 센 제이크 로드리게스인지라 자신이 투수를 상대로 신경 써서 상대하고 있다는 걸 보여주기 싫어했다.

그런 까닭에 방금 전에도 빠른 공으로만 승부를 보려고 한 것이었다.

'이제 보여줬으니 다음 타석은 다르겠지.'

이왕 타자로 나서는 거, 행여 아웃이 되더라도 팽팽한 타격을 하고 싶은 주혁이었다.

아무래도 명예의 전당에 헌액되었던 타자의 피가 여전히 흐르고 있기에 더 그런 것일 수도 있다.

그러던 그 때.

파앙!

"스트라이크 아웃!"

2아웃 상황에서 제이크 로드리게스가 1번 타자 칼 크로포드를 삼진으로 잡아내면서 이닝을 마무리 지었다.

'역시 공 하나는 끝장나네.'

2루 베이스에서 주혁이 다시 마운드에 서기 위해 벤치를 들리려고 발걸음을 옮기려고 했다.

그러다 우연치 않게 제이크 로드리게스와 눈이 마주친 주혁은 그냥 시선을 회피하려고 했다.

그런데….

"……?"

자신을 향해 침을 뱉는 듯한 제스처를 취하는 게 아닌가!

'저 새끼가?'

그걸 빤히 지켜본 주혁이 인상을 찌푸렸다. 지금 저거 자기 공 쳤다고 화내는 거 맞지?

'열 받네.'

자기가 방심해놓고 대충 던진 주제에 화풀이를 해?

불쾌했다.

그냥 언어로 욕을 했다면 넘어갈 순 있었다.

어차피 알아듣지 못한다고 생각해서 지껄이는 것일 테니까.

그러나 이건 다르다.

분명 자신을 향한 제스처였다.

즉, 보라고 한 것.

'저 놈은 예전부터 동양인 비하 발언 하더니.'

주혁이 신인이라 그런지 대놓고 저런 모션을 취한 듯 보였다.

일단은 화를 꾹꾹 누른 채 주혁이 글러브를 끼고 마운드 위에 올라섰다.

타자 시절에도 간혹 이런 경우가 있었다.

그러나 결코 이성을 잃어서는 안 된다.

말려들 필요는 없다.

그렇다고 가만히 있을 수도 없다.

파앙!

파앙!

파앙!

"스트라이크 아웃!"

오히려 더 침착하게, 실투 하나 허용하지 않으면서 주혁은 이닝의 첫 타자를 삼구 삼진으로 돌려 세웠다.

따악!

그리고 이어지는 타자에게도 2구만에 외야 플라이로 아웃 처리하면서 단숨에 아웃카운트 2개를 쌓는데 성공했다.

로진 백을 집어든 채 주혁이 무표정한 얼굴로 다음 타자를 기다렸다.

타석에 터벅터벅 걸어 들어오는 남자.

그는 바로 필라델피아 필리스의 투수, 제이크 로드리게스였다.

포수의 사인을 보기 전 주혁은 제이크 로드리게스와 눈이 마주쳤다.

그러나 주혁은 그 어떤 반응도 보이지 않는 차분한 모습을 보여주었다.

포수와의 대화를 마친 후, 던질 준비를 마친 주혁이 숨을 골랐다.

그리고는 포수를 향해 공을 던졌다.

부웅!

파앙!

눈 깜짝할 사이에 제이크 로드리게스의 배트는 허공을 갈랐고, 공은 포수 미트 안에 꽂혀 있었다.

약간 당황해 하는 듯한 제이크 로드리게스.

'오늘만큼은 내가 너보다 모든 면에서 나은 선수라는 걸 보여주마.'

그런 그의 모습을 보면서 주혁은 차분하게 다음 공을 준비했다.

도발은 응징을 해줘야 마땅한 법.

굴욕을 선사해준다.

'네가 모든 공에 헛스윙을 하게끔 말이야.'

주혁이 다시 와인드업을 시작했다.

제이크 로드리게스.

그는 늘 욱하는 성격 때문에 잦은 논란들을 불러일으키던 선수였다.

그러나 그런 구설수에도 불구하고 그가 5년 째 몸담고 있는 팀인 필라델피아 필리스의 팬들은 그를 무척이나 사랑했다.

이른바 ' 악마의 재능 '이라고 불릴 만큼, 제이크 로드리게스는 뛰어난 실력을 가진 선수이자 매 시즌마다 만족스러운 성적을 내는 투수이기 때문이었다.

다만 다른 팀들의 팬들이나 몇몇 선수들은 이런 제이크 로드리게스를 싫어했다.

인종 차별적인 발언을 일삼으며 다혈질에다 자신에게 홈런을 때린 타자는 다음 타석에서 몸쪽으로 위협구를 던지는 인성, 자존심이 상하는 일이 있다면 반드시 상대의 무릎을 꿇게 만들어야 직성이 풀리는 성격을 가진 제이크 로드리게스는 많은 사람들에게 미움을 받을 만 했다.

하지만 경기장 밖에서 행하는 선행들도 꽤 많았기에 필라델피아 필리스 팬들은 이런 제이크 로드리게스의 좋은 점들을 부각시켜 그를 향한 비난들을 막아주곤 했다.

이런 필라델피아 필리스 팬들의 모습을 보며 한 기자는 이런 말을 남기기도 했다.

"제이로드가 만일 필라델피아를 떠난다면 모든 팬들이 다 적이 되는 셈이다. 언젠가 당신이 아침 뉴스를 통해 제이로드가 팀을 옮겼다는 소식을 듣는다면 다음 날 그가 총격으로 사망했다는 보도를 들을 준비를 하면 된다."

라고 말이다.

내년 시즌 이후가 되면 FA 자격을 얻게 되는 제이크 로드리게스는 이미 필라델피아 필리스와 연장 계약을 놓고 협상을 진행 중이었다.

선수 본인도 팀을 떠날 생각이 없다고 밝혔으나 거액을 제시하지 않는다면 계약하지 않겠다는 언론 플레이로 비난을 받고 있기도 했다.

필라델피아 마운드의 악동.

그런 그가 지금, 이를 뿌드득 갈면서 벤치에서 화를 삭이고 있었다.

동료들은 제이크 로드리게스가 4회 초에 허용한 홈런 이후 강판 때문에 화를 내고 있는 것이라고 추측하고 있었다.

그러나 뒤에서 가만히 제이크 로드리게스를 지켜보던 한 사람, 필라델피아 필리스의 선발 투수 이시카와 테츠야는 진짜 그가 분노한 이유를 알고 있었다.

'대단하군.'

이시카와 테츠야의 시선은 아까부터 계속 마운드 위의 동양인 투수에게로 향하고 있었다.

같은 아시아인이지만, 국적은 달랐다.

이시카와 테츠야는 일본인이었고 탬파베이 레이스의 선발 마운드를 지키고 있는 선수는 한국인이었다.

'윤주혁이라…'

그는 탬파베이 레이스의 선발 투수의 이름을 속으로 읊조린 후, 피식 웃었다.

'대단한 재능이군.'

마이너리그 경험조차 없는 투수가 기라성 같은 타자들을 상대로 기죽지 않고 자신의 공을 제대로 뿌리고 있는 모습이 실로 놀라웠다.

배짱도 두둑하고 자신감도 넘치는데다 그 패스트볼에는 신인의 패기와 젊은 기운이 득실대는 듯 보였다.

'일본에도 저런 대형 신인이 나와야 할 텐데…'

분명 일본고교야구의 수준이 한국고교야구 수준보다도 높다는 평가를 받고 있었으나 근래 몇 년 동안은 대어급 선수가 나오지 않고 있었다.

그러던 와중에 나타난 이 한국 선수, 주혁은 이시카와 테츠야가 보기에도 현존하는 20살짜리 일본 투수들보다 수준이 월등히 높았다.

그런 이시카와 테츠야가 주혁에게 큰 흥미를 느낀 건 단순히 실력 때문이 아니었다.

바로 우연히 보게 된 한 장면과 그에 대한 신인 선수의 대처가 그에게 놀라움을 선사하고 있었다.

3회 초, 그라운드의 야수들이 모두 벤치 쪽으로 걸어올 때, 이시카와 테츠야의 시선에 제이크 로드리게스가 보였다.

그런데 그가 주혁을 향해 침을 뱉는 게 아닌가.

거리가 있었기에 주혁에게까지 침이 날아가지는 않았으나 분명 주혁도 이걸 보았다는 걸 확인한 이시카와 테츠야였다.

신인인데다 아시아 선수이고 더욱이 타자에 마이너리그 경험도 없는 선수에게서 홈런이 될 뻔한 장타를 맞았다는 사실에 제이크 로드리게스가 굉장히 열을 받은 모양이었다.

그리고 그 분노를 그대로 표출한 것.

이 장면을 보는 순간, 이시카와 테츠야는 한국의 신인 투수의 멘탈이 분명 흔들릴 거라고 믿었다.

자신도 화가 분명히 났을 것이고 경험이 적기 때문에 침착함을 잃고 자멸하게 될 것임이 눈에 훤히 보였기 때문이었다.

그러나 예상과는 다르게 오히려 태연한 모습을 보이는 주혁의 모습에 이시카와 테츠야는 당황했다.

마치 이런 경험이 있는 선수처럼 말이다.

게다가….

부웅!

부웅!

부웅!

"Goddam, Fuck!"

타석에 들어선 제이크 로드리게스를 향해 마치 놀리기라 도 하듯 한 가운데로 공을 던지는 게 아닌가.

더욱이 놀라운 것은 이 공이 타자의 스윙을 피해 아래로 떨어지는 데도 불구하고 스피드가 94마일(151km)이 나온 다는 점이었다.

힘이 좋은 제이크 로드리게스는 배트 스피드도 빠른 편 인지라 타격 실력이 투수들 중에서도 꽤 좋은 편에 속했다.

그런 제이크 로드리게스를 가지고 놀 듯, 헛스윙 삼진으 로 돌려 세워버리는 주혁에게 이시카와 테츠야는 흥미를 가지지 않을 수가 없었다.

게다가 욱하는 제이크 로드리게스에게 찡긋 미소를 날려 주는 센스(?)까지!

평소라면 마운드로 올라가 시비를 걸었겠지만, 신인을 상대로 이렇게 대응한다는 자체가 오히려 스스로의 자존심 을 깎는 일이었기에 제이크 로드리게스가 분을 삭이면서 벤치로 돌아온 것이었다.

'보면 볼수록 신기하네.'

풍기는 느낌이 신인 같지가 않았다.

'시간이 되면 이야기라도 나누고 싶다.'

제이크 로드리게스에게 엿을 제대로 먹인 주혁에게 고맙다는 말이라도 전하고 싶었다.

그간 알게 모르게 자신을 무시하던 제이크 로드리게스에게 쌓인 감정들이 주혁의 시원한 대처 덕분에 통쾌해졌기 때문이었다.

5회 말, 실점 없이 이닝을 마친 주혁이 마운드를 내려오기 시작했다.

그리고 그런 그를 이시카와 테츠야는 그가 시야에서 사라질 때까지 바라보고 있었다.

◈

적절한 방법이었다.

제이크 로드리게스의 성격이 급하다는 것과, 장타력이 있는 투수이기에 분명 한 가운데로 들어오는 공이라면 풀 스윙을 할 것이라고 주혁은 예측했다.

그리고 한 가운데에서 아래로 떨어지는 빠른 체인지업을 택한 주혁의 피칭은 그가 만든 그림대로 그려졌다.

같은 공을 상대로 멍청하게 계속 헛스윙을 한 제이크 로드리게스를 결국 삼진으로 잡아낸 것.

게다가 이 승부 이후, 제이크 로드리게스는 바로 다음 이닝에서 홈런을 맞아 교체되고 말았다.

결과적으로는 승리한 것이긴 했으나 한 편으로는 괜히

찝찝했다.

타자 시절에도 가끔 이런 미묘한 신경전이 있긴 했으나 크게 부딪힌 적은 없었다.

게다가 과거, 동료 흑인 타자가 이와 비슷한 일로 앙심이 쌓였을 때 삼진을 잡아낼 때까지 그를 괴롭히다 마침내 삼진을 잡아낸 이후에는 모욕적인 발언을 해서 벤치 클리어링이 일어났던 적도 있었다.

'귀찮게 되었군.'

분명 그는 자신에게 당한 오늘의 수모를 잊지 않을 것이다.

그리고 자신의 화가 풀릴 때까지 도발을 해올 게 분명했다.

어차피 같은 리그 소속도 아니긴 하지만, 세상 일이 어찌 될지는 모르는 법이다.

그러나 주혁은 이런 걱정들을 이내 훌훌 털어 버렸다.

'뭐 계속 이기면 그만이지.'

스스로가 주혁의 실력을 인정하고 물러나게 만드는 것.

쉽진 않겠지만 자신과 같은 수준의 선수라는 판단이 드는 순간, 제이크 로드리게스는 고개를 숙이는 사람이었다.

강자에게 약하고 약자에게 강한 타입.

다만 그 약자가 야구에 있어 자신을 상대로 한 번이라도 삼진을 당한 선수라는 게 문제지만 말이다.

'그나저나 두 경기 모두 실점 없이 마쳤다.'

오늘도 만족스러운 피칭을 하고 마운드를 내려온 주혁은 뿌듯함을 만끽하고 있었다.

과거에는 단 한 번도 선발로 마운드를 올라온 적이 없었는데 다 인생에 있어 처음인 선발 경기에서 비록 시범 경기가 할지라도 기분이 좋은 건 당연한 일이었다.

그러나 주혁은 경기 내용만 만족했을 뿐, 자신의 실력까지 만족한 건 아니었다.

'초반이라 잘 먹히고 있기는 한데….'

공략법이 나오는 순간, 상황은 급변하게 된다.

그 때가 되면 타자들의 타격감도 정상 궤도에 오르게 될 것이고 지금처럼 순조로운 피칭을 이어가진 못할 것이 자명했다.

'아직은 부족해.'

우타자를 기준으로 스트라이크 존 바깥쪽은 컨트롤이 좋았으나 몸쪽은 미숙했다.

게다가 오늘 경기에서 던진 커브로 안타를 두 개나 허용했다는 점으로 미루어 볼 때, 커브의 위력과 숙련도를 높일 필요성이 있었다.

패스트볼과 체인지업은 이제 많은 사람들이 인정할 정도로 좋은 공들이 되긴 했으나 이 두 개를 가지고는 던질 수 있는 패턴이 다른 투수들에 비해 적기 때문에 위험성이 존재했다.

이제 스프링캠프 일정도 얼마 남지 않은 시점에서 주혁은 결코 가만히 있지 않았다.

더 절실하게 노력해야만 한다.

처음에는 선발 투수로 마운드에 서는 게 꿈이었다면, 지금은 다르다.

타자로 명예의 전당에 올랐으니 다시 돌아온 과거에는 투수로서 그 영광을 누리는 것.

꿈이 생기자 몸은 알아서 움직였다.

단순히 실력이라는 탑을 쌓아 올리는 것에만 치중하는 게 아닌, 이 모든 것들이 흔들려서 무너지지 않게 하기 위한 탄탄한 토대를 형성하는 훈련을 시즌이 들어가기 전까지 피땀 흘려 노력하는 주혁이었다.

그리고 그에게 찾아온 시범 경기의 마지막 등판이자 3번째 선발 경기인 보스턴 레드삭스와의 홈경기에서 마운드에 올라온 주혁은….

파앙!

"스트라이크!"

그 노력의 진가를 톡톡히 보여주고 있었다.

◈

스프링캠프가 막을 내렸다.

시범 경기도 끝이 났고, 수많은 선수들로 북적거리던 캠프 안의 클럽하우스도 어느새 적막함에 휩싸여 있었다.

일정의 종료와 함께 탬파베이 레이스의 단장과 코칭스태
프들은 회의를 통해 길었던 스프링캠프에서 살아남은 선수
들 중 메이저리그로 데려갈 선수들을 골랐고 최종적인 40
인 로스터가 확정되었다.

그리고 며칠 후.

앤드류 프리드먼 단장이 공식 석상에서 조 매든 감독과
함께 개막 25인 로스터를 발표했다.

그 명단 중에는 주혁의 이름도 있었다.

◈

주혁의 개막 25인 로스터 승선 소식이 발표되고 나자,
메이저리그 언론들뿐만 아니라 한국의 스포츠 언론들도 앞
다투어 이 소식을 전하기 시작했다.

반응은 정말이지 뜨거웠다.

마이너리그 경험조차 없는 20살짜리 어린 투수가 곧바
로 메이저리그로 직행한다니!

이전부터 앤드류 프리드먼 단장과 조 매든 감독이 줄곧 인
터뷰를 통해 주혁을 즉시전력감으로 평가하고 있다고 말은
했으나 막상 확정이 되고 나자 다들 놀란 듯한 분위기였다.

시범 경기가 시작되기 전, 대다수의 사람들은 탬파베이
레이스가 주혁을 최소 1년이라도 마이너리그로 내려 보내
교육을 시킬 것으로 예상했었다.

좋은 패스트볼을 가지고 있다고는 하지만, 당장 빅 리그에서 뛰기 위한 세밀한 준비들이 부족할 것이라고 생각했기 때문이었다.

그러나 시범 경기에서 7게임에 등판하여 21.1이닝동안 무실점 26K 9피안타 4볼넷 2승 0패를 기록, 탬파베이 레이스 투수들 가운데 가장 눈에 띄는 활약을 펼친 주혁은 이런 예측들을 빗겨나가게 만드는 데 성공했다.

전문가들이 본 대로 주혁의 패스트볼은 충분히 메이저리그에서 통할 법한 위력을 가지고 있었고, 빠른 체인지업은 강속구를 더욱 빛나게 만들어주었다.

게다가 제구력도 준수한 편이었고 실투가 거의 없다는 점은 아주 높은 평가를 받고 있었다.

더욱이 신인답지 않게 경기를 즐기는 듯한 여유로움과 그 안에 자리 잡은 굉장한 집중력은 그가 메이저리그로 직행하는 것에 대한 논란들을 상당 부분 불식시켰다.

다만 여전히 이 어린 투수가 메이저리그에서 잘 적응할 수 있을지에 대한 걱정들이 존재하긴 했다.

체인지업이라는 괜찮은 무기를 가지고 있지만 이 변화구 하나 가지고는 언젠가 위기가 닥쳐올 것이고, 타자들이 주혁의 공에 적응을 하는 순간 지금처럼 위력적인 모습들도 점차 사라질 것이라는 게 일부 전문가들의 주장이었다.

지금이야 타자들이 자신의 공에 대처를 못하고 있으니

자신감 있는 모습을 보여줄 수 있다고 해도 이후 공략을 당하기 시작한다면 이 어린 선수는 분명 멘탈이 흔들려서 무너질 것이라고 그들은 말했다.

탬파베이 레이스의 전문 기자 알렉스 먼트는 자신의 칼럼에 이런 말을 남기기도 했다.

"그는 마이너리그 과정들을 밟아야 한다. 엄청난 재능을 가지고 있는 선수이기에 더욱 철저한 교육이 필요하다. 그래야 진정한 탬파베이 레이스의 에이스로 설 수 있을 것."

그는 칼럼을 통해서 탬파베이 레이스의 현재 상태 또한 아쉬움을 표했는데, 왜 탬파베이 레이스가 주혁을 메이저리그로 바로 데리고 가는지에 대한 설명도 나와 있었다.

"지난 시즌에 비해 전력 이탈이 너무도 많다. 그렇다고 마이너리그 선수들로 이 출혈을 막기에는 한계가 분명히 있다. 우승을 노리는 탬파베이 레이스 입장에서는 한 가지라도 완성된 선수를 메이저리그로 데려가고 싶어 할 것이다. 그리고 그 선수가 바로 윤주혁이다."

이것이 탬파베이 레이스가 주혁을 마이너리그로 내려 보내지 않고 개막 25인 로스터에 포함시킨 결정적인 이유였다.

잦은 부상으로 인한 이탈부터 큰 부상으로 인한 이탈까지.

주전급 선수들이 전력에서 많이 빠져나가버린 지금 상황에선 아직 준비가 덜 된 선수들을 쓸 수가 없었던 탬파베이 레이스였다.

알렉스 먼트는 주혁을 놓고 이렇게 말했다.

"그의 패스트볼은 완성된 공이다. 내가 그의 재능을 매우 높게 평가하는 것이 바로 이것 때문이다. 그래서 더욱 아쉽다. 좀 더 많은 교육을 받는다면 탬파베이 레이스 최고의 선발 투수로 우뚝 설 수 있을 텐데 이 어린 선수가 경험해 보지 못했을 드넓은 그라운드에서 행여 위축될까봐 그게 걱정스러운 점이다."

실제로 마이너리그를 거치지 않고 메이저리그로 직행한 어린 선수들 가운데 곧바로 성공을 거둔 사례는 극히 드문 편이었다.

게다가 이런 선수들이 마이너리그에 가서도 고전하는 경우가 많았는데 그 이유는 다음과 같다.

메이저리그는 거대한 시장이다.

엄청난 액수의 돈들이 오고간다.

집이 매우 부유한 신인 선수가 아니라면, 그들은 벤치에 가만히 앉아만 있어도 손에 쥐어진다.

심지어 로스터에 등록만 되더라도 연봉으로 50만 달러가 입금이 된다.

어디 그 뿐인가.

원정 경기를 위해 이동 수단으로 사용하는 비행기 안에

서는 모든 선수들이 1등석을 탄다. 1등석은 기업의 이사급은 되어야 타고 가는 좌석이다.

좁은 버스를 타고 원정 경기를 뛰는 마이너리그와는 차원이 다른 대우다.

게다가 원정 경기에서는 식비 명목으로 약 90달러를 현장에서 현금으로 지급 받는다.

여기에 요리사가 있는 고급 뷔페도 제공된다는 점은 메이저리그가 천국이나 다름없다는 것을 증명하는 부분이다.

그러나 마이너리그는 다르다.

식빵에 잼이 대부분이며 그나마 트리플 A 소속 선수들 정도는 되어야 스테이크 정도가 제공이 되는 데 요리사가 직접 구워주는 메이저리그의 스테이크와는 질적으로 차이가 난다.

한 번이라도 마이너리그에서 생활을 했던 선수라면 다시 마이너리그로 내려가더라도 문제없이 적응하지만, 호화로운 메이저리그의 대우부터 받게 되는 신인 선수들은 마이너리그 생활에 쉽게 적응을 하지 못하는 경우가 대다수다.

이렇다보니 주혁이 행여 메이저리그에서 시범 경기 때처럼 좋은 활약을 보이지 못해 내려간다면 예상보다 더 오랜 시간동안 마이너리그 생활을 해야 할지도 모른다는 게 전문가들의 생각이었다.

그러나 이런 부분들로 인해 자신을 걱정하는 사람들이

생겨난다는 사실을 듣게 된 주혁은 속으로 콧방귀를 뀌었으니….

'이래 봬도 마이너리그 경력만 4년인데 무슨.'

마이너리그 4년.

메이저리그 16년.

기록에는 없지만, 지금 현역 선수들 가운데 주혁보다 더 많은 경험을 쌓은 선수는 없었다.

즉, 이들의 걱정은 주혁에게 있어 아무런 문제점도 되지 않는다는 것이다.

이미 그들이 예상한 대로 과거에도 메이저리그로 직행했다가 마이너리그로 내려온 이후 달라진 생활에 적응하느라 고생했었고, 수술과 재활 훈련으로 피눈물을 흘려보았던 주혁이다.

결국 이런 걱정들은 사실을 모르는 사람들의 혼잣말 같은 것이었지 해당되는 사례는 거의 없었다.

그저 메이저리그로 직행하게 된 주혁이 지금 생각하고 있는 것은 오직 하나.

'확실하게 자리만 잡자.'

팀의 핵심 선수로 인정만 받고 나면 신인의 타이틀은 그것으로 끝이다.

그리고 언제 찾아올지 모르는 그 기회를 붙잡기 위해서는 늘 하던 대로 탄탄한 준비를 해야 한다.

해답을 아는 주혁에게 애초에 마이너리그에서의 혹독한

교육들은 필요가 없었다. 이미 겪은 것이니까.

지금은 오히려 메이저리그에서 직접 부딪히면서 깨달아 가고 좋은 선수들과 함께 하면서 어깨 너머로 배우는 것이 더 중요했다.

그렇기에 주혁은 단순히 생활의 차이 때문이 아니라 오직 메이저리그에서만 배울 수 있는 값진 경험들을 익히기 위해서라도 살아남고자 했다.

투수든 타자든 크게 다른 것은 없다.

노는 물이 어디냐가 더 중요하다.

물론 놀 줄 알아야 하겠지만, 주혁은 이미 놀아본 사람 아닌가.

투수로서의 경험은 적다.

그러나 타자로서의 경험은 풍부하다.

지피지기면 백전불태라는 말도 있다.

상대를 알고 나를 알면 백 번 싸워도 위태롭지 않다는 뜻이다.

타자의 심리를 어쩌면 누구보다도 잘 아는 주혁에게 새롭게 도전하는 투수의 길은 그의 심장을 두근거리게 만들고 있었다.

이윽고 메이저리그 개막전이 열리는 날.

주장 브라이언 무어가 주혁을 향해 외쳤다.

"Welcome to Major League, Baby!"

탬파베이 레이스의 홈구장, 트로피카나 필드를 등진 채로.

언제 들어도 지겹지가 않다.

경기장을 꽉 들어 채우는 관중들의 함성.

주혁은 순간 가슴 깊숙한 곳에서 끌어 올라오는 울컥거림에 눈을 질끈 감았다.

'내가 진짜 과거로 돌아왔구나.'

은퇴 이후, 종종 선수로 다시 그라운드에 나서는 꿈을 꾸기도 했었던 주혁이었다.

한낱 꿈에 불과했던 그 때의 이유 모를 아쉬움은 지금 비로소 뭉클함으로 바뀌어 메말라 있던 그의 가슴을 적시고 있었다.

타자로서 정점에 섰으나 돌아보면 늘 무언가 공허했었다.

아무리 좋은 커리어를 쌓았어도 100% 만족스럽지는 않았다.

야구 선수로서의 생명이 끝이 나고 한동안 집 안에 틀어박혀 휴식을 취할 때 문득 든 생각이 있었다.

'그 때가 좋았다.'

야구 때문에 웃고, 야구 때문에 울고, 야구 때문에 좌절하고, 야구 때문에 다시 일어서고.

부상을 당해서 그 피눈물을 흘려가며 훈련 했던 것도 그때는 몰랐지만 뒤늦게 보니 이런 고난들이 정말 감사하게 느껴졌었다.

죽을 만큼 힘들었으나 그 때의 경험들이 지금의 자신을 만들었고, 그 어떤 역경들이 덮쳐 와도 꿋꿋이 버텨낼 수가 있었다.

그게 힘이었다.

또 추억이었다.

그라운드를 떠나고 나니, 이곳이 너무도 그리웠다.

다시 돌아가고 싶지는 않지만, 너무도 힘들었던 그 시절을 다시 겪고 싶지는 않지만, 이기적이게도 그라운드에 다시 서고 싶었다.

그러나 그 모든 바램들은 그저 입가에 피식 웃음을 만드는 허무맹랑한 이야기에 불과했었다.

적어도 그 때는 그랬다.

"실감나?"

귓가에 들려오는 브라이언 무어의 목소리.

옛 생각에 젖어 있던 주혁이 현실로 돌아왔다.

그리고 감고 있던 두 눈을 천천히 뜨는 순간.

'하…. 빌어먹을.'

창피하게도, 그 뜨거움이 볼을 타고 흘러내리고 있었다.

◈

뒤에서 자꾸만 킥킥 대는 소리가 들려온다.

짜증나지만, 그렇다고 뭐라 할 수도 없다.

'거기서 왜 울어가지고.'

주혁이 입술을 살짝 깨물었다.

오늘 개막전 경기가 시작되기 전, 그 동안 가슴 속에 쌓인 응어리들이 터져 버리면서 눈물을 흘렸던 게 화근이었다.

그것은 결코 통제 할 수가 없었다.

"헤이, 위퍼!"

눈물을 흘렸다는 사실을 선수단 전원에게 알린 사람이자 지금 이전에는 없던 별명을 만들어준 사람.

탬파베이 레이스 소속 타자이자 주장인 브라이언 무어의 말에 주혁이 이맛살을 찌푸리면서 뒤를 홱 돌아보았다.

위퍼.

Weeper.

'울보 '라는 뜻.

브라이언 무어가 붙여준 별명이었다.

"별명 어때?"

"썩 유쾌하진 않네요."

퉁명스러운 주혁의 대답에 브라이언 무어가 피식 웃었다.

'저 사람은 참 한결같군.'

자유분방하면서도 모든 연령대와 굉장한 친화력을 가진 사람이자 경기에서 만큼은 무서울 정도로 집중력을 보여주는 주장, 브라이언 무어.

팀의 분위기 메이커 역할을 담당하고 있는데다 때로는 냉철한 리더쉽으로 팀의 사기를 끌어올리기도 하는 브라이언 무어는 주장을 맡을 자격이 있는 선수였다.

다만 사소한 장난을 즐겨 하는 편인데, 그런 그의 취미 중 하나는 동료들에게 별명을 붙여주는 것이었다.

'예전에는 이 정도로 나한테 관심을 보이진 않았는데….'

친화력이 대단한 사람인지라 과거에도 사이가 어색하진 않았으나, 함께한 시간이 짧았고 주혁이 타자로 돌아왔을 땐 이미 팀을 떠난 이후였기에 딱히 추억이라고 할 게 별로 없었다.

매번 넓은 락커룸만 쓰다가 작은 락커룸을 쓰게 되어 가뜩이나 불편해 죽겠는데, 옆에서 조용히 미소를 짓고 있는 브라이언 무어가 너무도 거슬렸다.

참다못한 주혁이 입을 열었다.

"그만 웃고 이제 가시죠."

"응? 어딜?"

예상치 못한 반응에 오히려 주혁이 당황했다. 집이 없나?

"집이요."

"아, 집?"

그래. 귀찮게 하지 말고 이제 좀 가라.

그러나 들려온 건 기대와는 완전히 어긋난 대답이었다.

"오늘은 윤의 집에서 잘까 하는데?"

이건 또 무슨 소리일까.

잠시 당황한 주혁이 말을 더듬었다.

"그… 왜 우리 집에서 잔다는 거죠?"

"집이 멀어서. 들어보니 집이 여기 근처라면서?"

젠장. 그건 또 어디서 들은 거야.

현재 주혁의 에이전트 역할을 맡고 있는 제임스 킴이 마련해 준 임시 숙소는 트로피카나 구장과 엎어지면 코 닿을 곳에 있었다.

"가자. 피곤하다. 오늘 결승타를 때려서 그런 건가…."

오늘 개막전 경기에서 5 - 5로 팽팽하던 경기의 종지부를 찍는 적시타를 때려내면서 홈 개막전 승리를 가져온 오늘 경기의 MVP가 바로 브라이언 무어였다.

"집 주인의 의견 따위는 신경도 쓰지 않는 겁니까?"

"흠. 윤은 감성적인 사람이라 내 부탁을 들어줄 거라고 생각했는데. 잘못 짚었나 보군. 알았어. 그냥 집으로 가지, 뭐. 오늘 차도 안 끌고 와서 걸어가야 하는 데 도착하면 해가 떠 있겠네. 에휴."

시작되는 중얼거림.

주혁은 신경도 쓰지 않은 채 락커룸을 나섰다.

'나이도 36살이나 먹었으면서….'

하는 행동을 보면 철없는 유치원생 같았다.

그러나 경기를 할 때만큼은 누구보다도 더 신중한 그였

기에 정신적으로 문제가 있는 것도 아니었다.

인물에 대한 과거를 기억하고 있는 주혁이긴 하지만, 딱히 기억이 없는 브라이언 무어이기에 상대하기가 더 힘들었다.

더군다나 왜 갑자기 자신에게 이렇게 관심을 가지는 것인지 주혁은 전혀 알 수가 없었다.

브라이언 무어를 무시한 채 클럽하우스를 나오려 했으나 그는 주혁의 뒤를 슬그머니 따라오고 있었다.

"집이 어딘데요."

"여기서 멀어. 1시간 거리?"

"택시비 드릴게요."

"왜 이렇게 쌀쌀맞아, 윤. 나 이성애자야. 너 안 잡아먹어."

브라이언 무어의 대답에 주혁이 한숨을 푹 내쉬었다. 내가 지금 그것 때문에 거절하는 게 아니잖습니까.

"하루만 잘게. 하루만."

간절한 눈빛으로 호소하는 브라이언 무어를 보며 결국 주혁이 포기했다.

"침대는 내가 씁니다."

"좋았어! 가자!"

브라이언 무어가 씩 웃으면서 그제야 주혁의 옆에 나란히 걷기 시작했다.

'갑자기 왜 이러지?'

개막전 시작하기 전까지 구장을 소개해 주는 건 좋았다. 스프링캠프 때도 친절하게 챙겨주는 것도 좋았는데 갑자기 오늘 이러는 이유를 주혁은 당최 알 수가 없었다.

그러나 과거에는 인연이 아니었기에 주혁은 좋게 생각하는 마음으로 그를 받아주려고 했다.

10분쯤을 걸어 도착한 임시 숙소는 그다지 큰 편은 아니었다.

15평 남짓한 방 크기에 매트리스 하나, 소형 냉장고와 TV, 식탁과 주방이 있었다.

'침대를 제외하고는 마땅히 누울 데가 없을 거다.'

바닥에서 자야하는 수준.

그러나 브라이언 무어는 불평하지 않고 조용히 매트리스 옆 바닥에 대(大)자로 누웠다.

그가 말했다.

"인테리어가 좋네, 윤."

작지만 참 아기자기하게 잘 꾸며진 곳이긴 했다.

"역시 감성적인 윤과 잘 맞는 공간이구나."

브라이언 무어의 말에 주혁이 고개를 절레절레 저었다. 상대할 힘도 없다, 이젠.

"먼저 씻습니다."

"……"

벌써 자나?

대답이 없었다.

'정말 피곤했나 보네.'

집이 멀었기에 어쩌면 가까운 자신의 집에서 자겠다고 한 것일 수도 있다는 생각에 주혁은 괜히 차갑게 대한 게 미안해졌다.

하지만 민폐는 민폐다.

그러나 개방적인 미국인들에게 있어 하룻밤 묵는 정도는 아무렇지 않게 여기는 경우도 있긴 하다.

화장실로 향한 주혁은 이내 생각들을 정리하고 씻기 시작했다.

그러면서 주혁은 개막 25인 로스터가 발표되자마자 조 매든이 했던 말을 다시금 떠올렸다.

"시작은 불펜 투수지만 언젠가 기회는 올 거다. 네가 보여준 피칭은 나에게 큰 믿음을 주었으니까."

웨이드 데이비스가 부상자 명단에서 돌아왔고, 제프 니만의 공백은 아무래도 자신보다 선발 경험이 더 많은 마르코스 페레이라에게로 돌아갔다.

자연스럽게 불펜 투수로 시즌을 시작하게 되었으나 주혁은 딱히 아쉬워하지는 않았다.

이미 팀에서 자신을 사실상 6선발 자원으로 생각하고 있다는 자체만으로도 충분했다.

다만 아쉽게도 개막전 등판은 없었다.

굉장히 팽팽했던 경기였기에 주혁은 더욱 마운드에 오르고 싶었다.

그러나 끝내 기회는 주어지지 않았다.

하지만 조만간이다.

새롭게 시작하는 인생에서 메이저리그 첫 등판을 하게 되는 것이 말이다.

생각하니 벌써부터 기대가 된다.

양치질까지 마친 주혁이 화장실을 나왔다.

그리고는 매트리스에 눕기 위해 잠시 불을 킨 순간.

"하…."

그 사이에 1인용 매트리스는 브라이언 무어의 것이 되어 있었다.

◈

그토록 기다리던 말이 들려왔다.

투수 코치 애런 루이스가 주혁을 불렀다.

"준비해."

6회 말, 어쩌면 오늘이 메이저리그 첫 등판 날이 될 지도 모른다는 생각을 하면서 주혁이 불펜으로 향했다.

가볍게 공을 주고받다가 서서히 자세를 잡고 본격적인 연습 투구를 하기 시작한 주혁은 오늘의 컨디션을 확인하고 있었다.

파앙!

볼 끝도 좋았고, 몸이 딱딱하게 굳어 있지도 않았다.

이 정도면 몸 상태는 합격 수준이었다.

주혁의 피칭을 보던 애런 루이스도 나름 만족스럽다는 듯 고개를 끄덕거리고 있었다.

이제 마운드에 올라서기만 하면 된다.

주혁은 슬쩍슬쩍 그라운드를 쳐다보면서 경기의 흐름을 파악하기 시작했다.

전광판이 안내하는 오늘 경기의 현재 스코어는 6 - 4.

트로피카나 필드에서 진행되고 있는 볼티모어 오리올스와의 경기에서 홈팀인 탬파베이 레이스가 2점 차 뒤져 있는 상황이었다.

오늘 탬파베이 레이스가 선발로 내세운 투수, 제임스 쉴즈가 시즌 첫 등판에서 4.2이닝 동안 6실점을 허용하며 패배의 위기를 맞았으나 5회와 6회 공격 찬스를 통해 4점까지 쫓아온 탬파베이 레이스였다.

경기가 막바지로 치닫고 있는 만큼, 그 분위기는 더할 나위 없이 뜨거웠다.

따악!

6회 말, 탬파베이 레이스의 8번 타자이자 포수인 존 제이소가 외야로 멀리 타구를 날렸으나 호수비로 아웃되면서 이닝이 끝났다.

이어지는 7회 초.

탬파베이 레이스는 투수를 교체했다.

주혁이 아니었다.

먼저 불펜에서 몸을 풀고 있던 우완투수 그랜트 발포어가 마운드에 올라갔다.

2008시즌, 탬파베이 레이스의 유니폼을 입고 6승 2패 ERA 1.54 67.1이닝 69K 4세이브를 기록하면서 불펜의 핵심으로 떠올랐으나 지난 시즌은 4점대의 방어율로 다소 부진한 모습을 보여줬었다.

그럼에도 불구하고 탬파베이 레이스가 여전히 믿는 불펜 투수임에는 틀림이 없었다.

역전극을 노리는 탬파베이 레이스 입장에선 그랜트 발포어가 점수를 내주지 않고 이닝을 막아주는 게 가장 좋은 그림이었다.

하지만.

따악!

따악!

연속 안타를 허용하면서 노아웃에 2,3루의 위기를 만들고 만 그랜트 발포어.

"Shit!"

4점까지 쫓아오면서 들떠있던 탬파베이 레이스의 분위기는 점차 가라앉기 시작했다.

벌써부터 땀을 흘리면서 초조한 표정으로 포수와 사인을 주고받던 그랜트 발포어가 힘차게 포수 미트로 공을 던졌으나….

퍼억!

손에서 빠진 공은 도리어 타자의 허벅지에 맞고 말았다.

순식간에 무사 만루가 되고 만 상황.

보다 못한 조 매든 감독은 그랜트 발포어를 마운드에 내렸다.

그걸 바라보던 주혁이 떨떠름한 표정을 지었다.

'이거 다음은 난데.'

하필이면 첫 등판이 만루라니.

그것도 아웃카운트가 텅 비어있는 상황에서 말이다.

그러나 달리 생각해보면, 이 만루 위기를 벗어나는 것만큼 인상 깊은 모습을 보여줄 수 있는 기회도 적다.

'좋은 건지 나쁜 건지.'

부담감도 없다고 하면 거짓이겠지만 주혁은 신경 쓰지 않으려고 노력했다.

불펜에서 패스트볼 하나를 힘차게 던지던 그 때, 애런 루이스가 주혁에게 말했다.

"부담 갖지 말고 올라가라. 가서 네가 어떤 녀석인지 우리 홈 팬들을 비롯해서 볼티모어의 선수들과 코칭스태프들한테까지 보여줘라. 자신 있나?"

"물론입니다."

"좋아. 즐기고 와라."

애런 루이스가 이 어린 선수에게 최대한 부담감을 주지 않게 하려고 응원의 말만 하고는 어깨를 토닥여 주었다.

마운드로 천천히 걸어 올라간 주혁이 경기장 중앙에 쌓여진 모래섬 위에 올라가자….

윤! 윤! 윤! 윤!

시범 경기 때와 마찬가지로, 주혁의 성씨가 경기장 가득 울려 퍼지기 시작했다.

슬쩍 관중석을 바라본 주혁은 눈이 마주치는 몇몇 팬들의 마음을 읽었다.

그들은 매우 부담스러운 상황에서 등판한 이 신인 선수의 손에서 펼쳐지는 기적을 바라고 있었다.

단 한 점도 내주지 않고 이닝을 마치는 것.

그런 팬들에게 주혁은 생뚱맞게도 씩 웃어보였다.

생애 첫 등판에서, 그것도 무사 만루에서, 이 어린 신인 선수는 오히려 입가에 웃음을 보이고 있었다.

그런데 뭔가 이상하다.

그들의 바람이 이뤄질 것만 같은 그 순간의 미소는 두 손을 모으고 있던 탬파베이 레이스의 홈팬들에게 희망을 주고 있었다.

이윽고 표정을 싹 굳히고는 로진 백을 내려놓은 채 포수의 사인을 확인한 주혁이 고개를 끄덕였다.

부드러운 와인드업 동작과 함께 곧바로 그의 손에서 뿌려지는 공이 매서운 속도로 포수 미트로 날아가기 시작했다.

파앙!

묵직한 포구음과 함께….

"스트라이크!"

기억에 남을 법한 주혁의 메이저리그 첫 등판이 시작되었다.

◈

조 매든은 보았다.

그 찰나의 웃음을 말이다.

그의 시선은 오로지 주혁에게만 꽂혀 있었다.

사실 지금 이 무사 만루의 위기를 저 어린 선수에게 맡긴다는 자체가 상식적으로 말이 안 되는 일이었다.

누군가의 시선으로는 마치 조 매든이 이 경기를 포기한 것처럼 보일수도 있었다.

그러나 이것은 안타까운 현실이자 옅은 희망이 초래한 상황이었다.

불펜 투수들 가운데 마땅한 자원이 없을뿐더러, 믿었던 그랜트 발포어가 전날의 등판 때문인지 정상 컨디션이 아니었고 팀 내 최고 마무리 투수인 라파엘 소리아노를 지금 마운드에 올릴 수도 없는 노릇이었다.

이런 상황에서 조 매든의 머릿속에 떠오른 선수는 오직 한 명뿐이었다.

신인답지 않게 큰 무대에서도 떨지 않는 강철 멘탈, 자신감 있게 공격적인 승부를 펼쳐도 밀리지 않는 묵직한 강속구와 빠른 체인지업을 갖춘 투수.

바로 지금, 마운드 위에 올라와 연습구를 던지고 있는 주혁이었다.

다만 주혁이 만루 위기에 올릴 법한 유형의 투수는 아니었다.

무사 만루의 상황에선 내야 땅볼을 유도하여 병살타를 만들어 낼 수 있는 공을 던지는 투수가 적합했다.

그리고 병살타를 유도하기에 가장 알맞은 공인 싱커를 던질 줄 아는 불펜 투수는 방금 전 마운드를 내려온 그랜트 발포어 뿐이었다.

그러나 문제는 오늘 이 그랜트 발포어의 싱커가 밋밋하다는 점이었다.

좋지 않은 컨디션을 보이는 선수에게 무사 만루를 맡길 수는 없었다.

행여 싱커를 구사하는 투수라고 할지라도 말이다.

이제 남은 선수는 별로 없다.

차라리 상대 팀에게 낯선 존재이자, 등장만으로도 살짝 긴장감을 형성하게 만드는 투수가 지금으로선 가장 나은 선택이었다.

그런 면에서 주혁은 안성맞춤인 선수였다.

시범 경기에서 21.1이닝 동안 단 한 점도 내주지 않으면서 매 이닝마다 탈삼진 1개 이상은 꼭 뺏어내는 101마일(163km)의 강속구를 던지는 투수.

여기에 수준급 타자들도 혀를 내두르는 완급 조절과 분간이 안 되는 체인지업까지.

주혁을 마운드에 올리는 건 조 매든이 선택할 수 있는 마지막으로 남은 좋은 카드였다.

그런 그는 주혁에게 오직 한 가지만 바라고 있었다.

'자신감만 잃지 마라.'

주혁을 차기 선발로 점 찍어둔 이유이자, 마이너리그가 아닌 메이저리그로 데려온 가장 큰 이유.

그 이유를 지금 주혁은 마운드에서 보여주고 있었다.

부웅!

파앙!

98마일(158km)의 패스트볼에 타자의 배트가 허공을 갈랐다.

현재 타석에 서 있는 선수는 볼티모어 오리올스의 중견수, 애덤 존스였다.

지난 시즌 19개의 홈런포를 쏘아올린 이 선수는 이번 시즌 최소 20개 이상은 때려줄 수 있는 타자로 평가받고 있었다.

게다가 오늘 경기에서 이미 제임스 쉴즈를 상대로 투런 홈런을 때려낸 바 있는 애덤 존스다.

좋은 타격감으로 얼굴에서부터 자신감이 넘쳐흐르는 이 타자를 상대로 주혁은 결코 승부를 피하지 않고 있었다.

그리고 1볼 2스트라이크의 볼 카운트에서도 주혁은 결코 승부를 피하지 않았으니….

파앙!

"스트라이크 아웃!"

100마일(161km)의 몸쪽 스트라이크 존 높은 코스에 공을 집어넣어 루킹 삼진을 만들어 내는 게 아닌가!

장점인 바깥쪽 좋은 제구력으로 1볼 2스트라이크를 볼카운트를 잡더니 타자가 날아오는 공의 코스 가운데 가장 히팅 포인트를 빠르게 잡아야 하는 몸쪽 높은 쪽에 그것도 가장 빠른 100마일(161km)의 공을 던져 삼진으로 잡아내버린 주혁이었다.

보통 배짱이 아니었다.

마치 누상에 주자가 없다고 생각하는 선수처럼, 이 신인 선수는 과감한 승부로 삼진을 잡아버렸다.

오히려 이런 승부를 예상하지 못한 애덤 존스가 패스트볼의 타이밍을 잡지 못한 채 허무하게 벤치로 돌아가고 만 것이었다.

팬들은 환호했고, 주혁은 아무렇지 않게 다음 타자와의 승부를 준비했다.

이어지는 볼티모어 오리올스의 4번 타자, 루크 스캇이 타석에 들어서자 원정 팬들이 홈런을 외치기 시작했다.

지난 시즌 25개의 홈런포를 때려낸 바 있는 루크 스캇은 믿음직스럽지 못한 타율과는 다르게 장타력은 있는 선수였다.

그런 루크 스캇과의 승부에서 주혁과 포수 존 제이소 배터리가 선택한 초구는….

파앙!

좌타자의 바깥쪽 낮은 코스였다.

그러나 스트라이크 존을 빗겨가고 만 공.

아무래도 장타력이 있는 선수이다 보니 낮은 코스로 승부를 보려는 듯 했다.

파앙!

그러나 2구는 도리어 높게 형성되는 95마일(153km)의 패스트볼을 던진 주혁이었다.

타석에 선 루크 스캇은 2구 째 공을 실투로 판단했다.

첫 타자를 삼진으로 돌려 세웠지만 역시 신인 선수이다 보니 적지 않게 긴장하고 있다고 생각했다.

그러나 현실은 아니었다.

루크 스캇은 주혁의 포커페이스에 속고 있었다.

주혁의 머릿속에선 이미 만루의 부담감은 지워져 있었고, 첫 타자를 삼진으로 잡아낸 이후부터는 일말의 걱정도 없어졌다.

다음 공에 대한 사인을 마친 주혁이 침착하게 호흡을 골랐다.

뭔가 느낌이 왔다.

'분명 이 공에 반응을 할 것이고….'

땅볼 타구는 2루수 쪽으로 향해 병살타가 된다.

혼자만의 예언을 남긴 채, 주혁이 와인드업과 함께 공을 던졌다.

　그리고….

　틱!

　그의 예언은 현실이 되었다.

◈

　경기가 시작되기 전, 볼티모어 오리올스의 4번 타자 루크 스캇은 브리핑을 통해 상대 팀 투수들에 대한 정보를 확인했었다.

　그리고 그 중 오늘 불펜으로 올라올 가능성이 높은 주혁의 정보도 들은 그였다.

　분석된 내용이 적긴 하지만, 시범 경기를 통해 나온 그 데이터 안에는 빠른 체인지업에 대한 부분도 있었다.

　시범 경기 시즌에서 타자들이 가장 곤혹을 치른 구종이기도 했기에 7회 초, 무사 만루의 찬스에서 주혁이 마운드에 오르자 타격 코치는 섣불리 배트를 휘두르지 말라고 조언했다.

　특히 처음 상대하는 투수인 만큼, 패스트볼과 체인지업을 분간하기 힘들 정도로 완급 조절에 능하므로 신인 선수라는 생각 자체를 버리고 타석에 들어설 것을 강조했다.

루크 스캇도 이 점을 머릿속에 각인한 채 자신의 타석을 기다렸다.

그리고 허공에 스윙을 하면서 앞선 타자인 애덤 존스와 주혁의 승부를 지켜보았다.

그런데….

파앙!

루킹 삼진을 당하고 만 애덤 존스.

100마일(161km)의 몸쪽 높은 공에 꼼짝도 못한 것이었다.

'보통 루키가 아니군.'

만루 상황에서도 전혀 긴장하지 않고 몸쪽 공을 정확히 찔러 넣는 주혁을 보면서 루크 스캇을 절대 그를 만만하게 평가하지 않고 있었다.

이어서 타석에 선 후 초구 바깥쪽 낮은 공을 체감한 순간, 그 생각은 더욱 명확해졌다.

그저 빠르기만 한 패스트볼이 아니었다.

놀라울 만큼 묵직한 구위를 가지고 있었다.

긴장감을 느끼면서 루크 스캇이 다음 공을 기다렸다.

그러나 2구 째 공은 스트라이크 존보다 높게 형성된 속구가 들어왔다.

분명 초구를 낮게 가져갔던 주혁이었다.

'역시 긴장을 하긴 하네.'

멀리서 볼 때는 전혀 안 그런 것 같았으나 막상 실투라고 여긴 공이 들어오자, 루크 스캇은 배트를 더욱 세게 쥐었다.

물론 그렇다고 얕보는 건 절대 아니었다.

그러나 느낌 상, 실투가 하나 더 나올 것 같았다.

이윽고 주혁의 손에서 뿌려지는 공을 보는 순간….

'한 가운데다!'

타자에게 가장 좋은 먹잇감은 한 가운데에 형성되는 패스트볼이다.

제대로 맞추면 장타는 기본, 홈런까지도 이어지는 공이 한 가운데의 패스트볼이라고 할 수 있다.

다만 노리던 구질이 속구가 아닐 경우에는 타이밍을 잡지 못해 놓치는 경우도 있긴 하지만, 루크 스캇은 애초부터 패스트볼을 노리고 있었기에 당연지사 몸이 반응할 수밖에 없었다.

그러나 너무도 맛있어 보이는 그 미끼에 루크 스캇은 덫이 있다는 생각을 미처 하지 못했다.

공을 쳐냈으나, 들려오는 소리는 맥이 없었다.

틱!

떼굴떼굴 2루수 앞으로 굴러가는 타구.

1루로 힘차게 뛰어 보았으나 결과는 병살타였다.

1사 만루 찬스를 말아 먹은 루크 스캇은 그제야 자신의 성급함을 스스로 탓하기 시작했다.

방금 전 공은 한 가운데로 들어오는 패스트볼이 아니었다.

그보다 아래로 떨어지는 체인지업이었던 것.

주혁의 체인지업이 패스트볼과 같은 투구폼, 같은 릴리스 포인트, 비슷한 구속으로 온다는 걸 그 찰나의 순간에 잊고 만 루크 스캇이었다.

그리고 자신의 병살타로 넘어오던 분위기를 도로 탬파베이 레이스 쪽에 가져다 준 결과는….

따악!

실로 참혹했다.

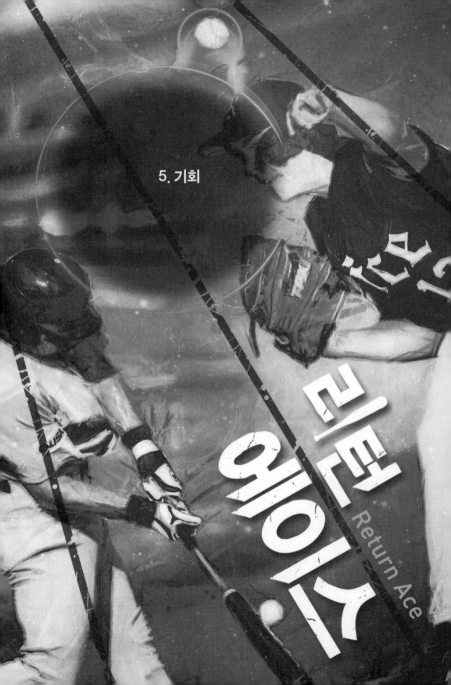

5. 기회

리턴
에이스
Return Ace

5. 기회

　주혁이 한 것이라곤 무사 만루의 위기를 벗어난 것 뿐이었다.

　그러나 그에 대한 보상은 참으로 달콤했다.

　메이저리그 데뷔전 승리.

　그것도 선발이 아닌 불펜으로 말이다.

　주혁이 7회 초, 마운드를 내려오자마자 7회 말에만 총합 6득점이 터졌고 경기는 단숨에 10 – 6으로 바뀌었다.

　1이닝만을 소화한 채 마운드를 다른 투수에게 넘긴 주혁은 이후 1점을 내주면서 10 – 7로 스코어가 바뀌었으나 자신의 승리를 굳게 믿고 있었다.

　그 이유는 9회 초, 이 경기를 끝내기 위해 마운드 위로

올라가는 마무리 투수에 대한 믿음이 깊었기 때문이었으
니…….

파앙!

마무리 투수인 라파엘 소리아노가 뜬공으로 2명의 타자
를 아웃시킨 이후 루킹 삼진으로 마지막 아웃카운트를 잡
아내면서 시즌 2번째 세이브를 수확하는 데 성공했다.

그리고 자연스럽게 오늘 경기의 승리는 주혁의 몫이 되
었다.

경기가 끝나고 나자, 주혁에게 인터뷰 요청이 들어왔다.

분주하게 관계자들이 움직이고 있었고 오늘 역전 홈런을
때려낸 주인공 에반 롱고리아가 인터뷰를 먼저 하고 있었
다.

잠시 지켜보던 그 때.

관계자 한 명이 주혁의 옆으로 다가와 있었다.

주혁이 시선을 그에게로 돌리자, 그가 깜짝 놀라더니 우
물쭈물 거리기 시작했다.

'왜 이러지?'

영문을 모른 채 주혁이 고개를 갸웃거리자 그가 아주 천
천히, 그리고 매우 쉬운 단어와 함께 말을 꺼냈다.

"너의… 말 바꾸는… 사람… 어디?"

그랬다.

이 사람은 주혁이 영어를 할 줄 모른다고 생각하고 있던
것이었다.

그 어설픈 말에 주혁이 피식 웃었다.

"나 영어 할 줄 알아요."

유창한 말에 순간 얼굴이 밝아지는 관계자.

"아, 미안해요. 제가 어제부터 현장에 나와서 잘 몰랐어요. 실례했네요."

"괜찮아요. 그럴 수도 있죠."

주혁이 쿨하게 넘기자, 관계자가 슬쩍 물었다.

"혹시 어릴 때부터 미국에서 살았나요?"

"아뇨. 제 발음 때문에 물어보시는 건가요?"

"네. 제가 들어본 아시아인 발음 중에선 가장 듣기 좋아서요."

"아, 고마워요."

"아시아인은 영어를 못한다는 편견이 있었는데 괜히 부끄러워지네요. 아, 이제 저기로 가시면 됩니다. 그리고 첫 승 축하드려요."

미안한 마음이 여전히 있는지 관계자는 친절하게 안내해 주었다.

주혁이 미소로 화답하고는 천천히 리포터가 서 있는 곳으로 가기 시작했다.

마침 주혁 쪽으로 걸어오던 에반 롱고리아가 씩 웃으면서 말했다.

"첫 승 축하해. 네 활약이 오늘 제일 컸다."

"고마워."

에반 롱고리아가 어깨를 토닥거리더니 이내 락커룸 쪽으로 향했다.

기분 좋게 자리에 도착한 주혁은 슬쩍 리포터가 누구인지를 확인했다.

그런데….

'음?'

주혁은 자신의 옆에 서서 노트를 열심히 보고 있는 리포터가 누구인지 바로 알아냈다.

금발 머리카락에 작은 키, 하얀 피부에 주근깨가 살짝 있는 볼을 가진 이 여성의 이름은 레이첼 데이비스.

과거 리포터 생활만 무려 17년이나 하고 은퇴했던 사람이자….

'모리스의 아내이기도 했지.'

또 옛 생각이 떠오르기 시작한다.

그러나 지금은 인터뷰가 더 우선이다.

주혁은 젖어드는 과거의 기억에서 벗어나 먼저 레이첼에게 말을 걸었다.

"인터뷰 언제 시작하나요?"

이미 다 알고 있으면서도 물을 게 이것밖에 없었다.

"아. 이제 시작하면 돼요. 반가워요, 레이첼 데이비스라고 해요."

"네. 윤주혁입니다."

악수를 하고 나서 카메라맨이 사인을 주자 레이첼은

본업에 충실하기 시작했다.

주혁도 첫 승에 대한 소감과 함께 오랜 인터뷰 경험을 총 동원하여 훌륭한 인터뷰의 표본을 보여주었다.

카메라의 불이 꺼지고, 인터뷰가 끝이 나자 레이첼이 놀 란 듯한 얼굴로 물었다.

"어디서 연습이라도 한 건가요?"

"설마요."

"인터뷰를 아주 잘해서 놀랐어요. 자주 볼 수 있었으면 좋겠네요."

그렇게 될 것 같아요.

몇 년 후면 친구 아내로 말이죠.

입 밖으로 나올 뻔한 말들을 애써 삼키고는 주혁이 웃으 면서 발걸음을 돌렸다.

무사히 인터뷰를 마치고 락커룸으로 오자, 마주치는 동 료들마다 모두들 첫 승을 축하해 주기 시작했다.

그 중에는 주장 브라이언 무어도 있었다.

"첫 승이면 너무 감격스러운 것일 텐데 우리 위퍼가 왜 울지 않는 걸까?"

"1절만 해요."

차가운 주혁의 반응에도 브라이언 무어는 미소를 잃지 않았다.

"오늘 정말 잘했다. 첫 승도 축하하고."

"고마워요."

진지한 그의 말에 주혁도 이번에는 부드럽게 말했으나 그건 잠시였다.

"울었으면 더 감동적이었을 텐데 말이야."

"……."

말을 말자.

주혁이 짐을 정리하고는 락커룸을 나서려 했다.

그러던 참에 어디선가 자신을 부르는 익숙한 목소리가 들려왔다.

"헤이, 윤!"

그는 바로 필립 모리스였다.

"치료 받고 오느라 축하한단 말을 내가 가장 늦게 하게 됐네."

"그리 대단한 것도 아닌데, 뭘."

"에이. 메이저리그 첫 승이 별 거 아닌 일은 아니지. 아무튼 축하해."

"고맙다, 모리스. 손목은 좀 어때?"

오늘 대타로 나섰다가 손목에 공을 맞는 바람에 급히 교체되었던 필립 모리스였다.

주혁의 물음에 필립 모리스가 씩 웃으며 답했다.

"걱정할 거 없어. 살짝 붓긴 했지만."

"다행이네."

"아까는 아파 죽는 줄 알았다니까."

필립 모리스가 장난으로 엄살 피우는 척을 하자 주혁이

어깨를 툭 치면서 피식 웃었다.

그리고는 그의 귓가에 대고 슬쩍 말했다.

"있잖아. 나 네 미래의 아내를 본 것 같아."

"어?"

무슨 소리냐는 식으로 되묻는 필립 모리스.

주혁은 그저 웃기만 할 뿐, 더 이상의 말을 하진 않았다.

'설마 둘이 결혼하는 것까지 바뀔 리가.'

다행히도 이번에는 불길한 예감이 들지 않았다.

◆

첫 등판 이후로도 주혁은 꾸준히 불펜에서 제 몫을 톡톡히 해주었다.

현재까지 21경기가 치러지는 동안 6경기에 등판하여 1승 0패 사사구 없이 7이닝 무실점 9K 4피안타 2홀드 WHIP 0.44를 기록 중인 주혁은 순조로운 출발을 보이고 있었다.

계투진의 가장 큰 핵심 선수로 평가받는 마무리 투수 라파엘 소리아노를 제외하면 가장 돋보이는 활약을 펼치는 불펜 투수는 주혁이었다.

아직까지도 타자들은 주혁의 공에 쉽사리 적응을 하지 못하고 있었고, 공격적인 승부에 다소 당황한 기색들을 보이고 있었다.

그러나 문제가 하나 있었다.

허용한 피안타 4개 모두 2루타라는 점이었다.

게다가 대부분 외야수의 키를 넘기는 장타였다는 게 더 큰 불안 요소였다.

즉, 타이밍만 제대로 맞춰서 공을 정확히 때려낸다면 다른 투수의 공보다도 비거리가 더 많이 나온다는 것.

주혁도 이 사실을 잘 알고 있었다.

이는 감독 조 매든도 마찬가지였다.

하지만 그 어느 누구도 걱정하고 있지는 않았다.

한 인터뷰에서 조 매든은 이런 말을 남겼다.

"그는 타자와의 타이밍 싸움에서 항상 우위를 차지하는 선수다. 대부분 패스트볼과 체인지업을 구분하지 못해 허우적대는 경우가 대다수였다. 이 어린 선수에게 많은 관심이 쏠리는 것은 이해하지만, 한 가지 명심해야 할 것이 있다. 그가 가만히 있을 거라고 생각하지 마라. 엄청난 재능을 가진 선수인 만큼 발전 가능성 또한 무궁무진한 선수다. 타자들이 새로운 공략법을 가져 올 때마다 그는 또 다른 변수를 가져올 것이고, 이런 걱정거리들을 말끔히 씻어줄 것이다. 기대해도 좋다. 나 역시도 기대하고 있으니까 말이다."

이 말을 조 매든은 주혁에게도 비슷하게 직접 전해주었다.

"지금까지 실점을 하지 않아서 혹여 '실점을 하면 어떻게 하지?' 라는 불안감이 있다면, 전부 떨쳐내라. 아무리 완벽한 투수라도 언젠가는 실점하기 마련이다. 기록에 신경 쓰지 말고 매 순간 마다 마운드 위에서 네 공을 던졌는지를 보고 만족해라."

그가 추가적으로 덧붙인 말을 들은 주혁이 고개를 끄덕였다.

"신경 안 씁니다. 실점하고 싶으니 좀 더 마운드에 세워주세요."

"당돌한 녀석."

괜히 머쓱해진 조 매든이 피식 웃었다.

그런 그에게 주혁이 말했다.

"항상 제게 힘을 줘서 감사합니다."

"힘이 되었다면 다행이지. 가도 좋다."

조 매든과 대화를 마친 주혁이 그의 사무실을 나와 클럽하우스 내에 있는 웨이트 트레이닝 짐으로 향했다.

경기가 없는 오늘이지만, 제법 많은 선수들이 이곳에서 개인 운동을 하고 있었다.

그 중에는 반갑지 않은 얼굴도 있었다.

"왔어?"

땀에 젖은 티셔츠를 훌러덩 벗어젖히더니 느끼한 얼굴로 다가오는 남자.

주혁이 질색하며 뒤로 몇 발자국 물러났다.

"브라이언. 다가오지 마요."

"응? 무슨 소리야. 왜 내가 너한테 간다고 생각하는 거지? 착각하지 마. 그저 내가 가는 방향에 네가 서 있을 뿐."

"그럼 비켜드리죠."

브라이언 무어가 가는 길의 반대 방향으로 발걸음을 돌린 주혁이 러닝머신으로 걸어갔다.

그리고는 전원을 키고 천천히 달리기 시작하는데 누군가 옆에 있던 러닝머신 위로 올라왔다.

주혁은 군이 확인하지 않아도 누구인지 바로 알 수 있었다.

"이 정도면 저 따라오는 거 맞지 않나요?"

"아니. 가다가 러닝머신으로 온 것뿐이야. 왜, 내가 싫어?"

"그냥 조용히 운동하죠."

말을 섞으면 섞을수록 진다는 느낌을 주는 브라이언 무어와의 대화다.

여러모로 귀찮은 존재가 아닐수 없다.

그 놈의 주장만 아니었더라도 말이다.

속도를 서서히 내면서 달리는 주혁에게 느긋한 걸음으로 러닝머신을 타던 브라이언 무어가 말을 걸어왔다.

"타격 훈련 소홀히 하고 있지는 않지?"

갑작스러운 질문.

주혁이 말없이 고개를 끄덕였다.

"집중도 훈련에 아주 좋으니까 빼 먹지 마."

"알고 있어요."

스프링캠프에서부터 꾸준히 해 오던 타격 훈련을 정규시즌에 들어와서도 이어서 하고 있는 주혁이었다.

그냥 프리 배팅만 하는 정도였으나, 비슷한 나이대의 타자들보다 훨씬 더 눈에 띄는 타격을 보여주고 있는 그였다.

오죽하면 타격 코치가 주혁을 볼 때마다 타자로 전향해 볼 생각이 없냐고 말할 정도이니 말이다.

그리고 그건 브라이언 무어도 마찬가지였다.

"차라리 네가 내셔널리그에 있었더라면 그 타격감이 줄어 들지는 않을 텐데…."

이미 투수로 꿈을 결정지었다고 누누이 말해 온 주혁인지라 브라이언 무어가 입 아프게 또 그 권유를 하지는 않았다.

주혁도 솔직히 아메리칸리그에서 뛰고 있다는 게 한 편으로는 아쉽긴 했다.

'내셔널리그였다면 타격도 하고 좋긴 했겠지.'

알 수 없는 이유로 과거로 돌아와 이전에 실패했던 투수의 길을 걷고 있지만, 그렇다고 타자에 대한 애정이 식은 것은 아니었다.

다만 선택과 집중이라는 게 있듯이, 주혁은 타자보다 투수에 더 집중하고 있을 뿐이었다.

'언젠가 기회가 된다면 내셔널리그로 가고 싶긴 하다.'

정말 적은 기회에도 불구하고 타자로서 만점짜리 활약을 펼쳤던지라 투타에서 모두 활약하고 싶기도 했다.

문득 머릿속에서 이런 그림도 그려졌다.

9이닝을 모두 책임지고 타석에 서서 자신이 홈런까지 때려내 경기를 승리로 이끄는 만화 같은 한 장면이 말이다.

그야말로 홀로 빛나는 경기.

생각만 해도 심장이 두근거린다.

"윤?"

상상은 여기까지.

초점을 잃은 눈동자로 숨만 헐떡인 채 앞만 보고 달리는 주혁이 걱정스러웠는지 브라이언 무어가 손으로 어깨를 톡톡 건드렸다.

가쁜 숨을 내쉬면서 주혁이 러닝머신을 끄고 내려왔다.

"넌 가끔 보면 혼자만의 세상에 빠져 살 때가 많은 것 같아."

"그냥 이런저런 생각을 하는 것뿐입니다."

"길 가다가도 그러면 바로 그냥 로드킬 당하는 거 알지? 야구 할 때는 안 그래서 참 다행이긴 하다."

"불길한 소리 하지 마세요."

"네가 걱정되어서 그래. 최고 유망주께서 일찍 세상을 하직하시면 되겠나!"

또 시작이네.

흐르는 땀을 닦아내고는 물로 목을 축인 주혁이 덤벨 쪽으로 발걸음을 옮겼다.

브라이언 무어도 더 이상 귀찮게 하지 않고 개인 운동에 집중하기 시작했다.

대략 1시간 정도 추가적인 운동을 한 이후, 웨이트 트레이닝을 마무리 지은 주혁이 락커룸 뒤편에 마련 되어 있는 샤워실 안으로 들어갔다.

시큼한 땀 냄새가 코 끝을 찌른다.

재빨리 미지근한 물로 샤워를 마친 주혁이 옷을 입고 락커룸을 나서려는데 클럽하우스 직원 한 명이 그에게로 다가오더니 말했다.

"미스터 윤. 부탁했던 용품들이에요."

"아, 고마워요."

주혁에게 투수용 글러브를 건넨 사람은 일명 클러비(Clubby)라 부르는 클럽하우스의 직원 중 한 명이었다.

클러비는 내부 시설 관리부터 시작해서 선수들의 잔심부름까지 해주는, 정말이지 없어서는 안 되는 사람들이다.

오죽하면 "클러비가 있기에 메이저리그가 돌아간다."라는 말도 있을 정도이니 말이다.

"찢어진 글러브는 제가 버려드릴게요."

케빈 마이클스라는 이름의 클러비가 주혁의 락커룸 구석에 박혀 있는 글러브를 집어 들었다.

주혁은 미소로 그 친절함에 대한 고마움을 표시했다.

사실 주혁이 글러브를 가져다 달라고 부탁한 이유가 바로 오늘 피칭 훈련을 하다가 글러브가 찢어지고 말았기 때문이었다.

클럽하우스에서 걸어서 대략 30분 거리에 있는 매장임에도 불구하고, 케빈 마이클스는 불평 없이 그 글러브를 주혁에게 가져다 주었다.

그 이유는 바로….

"여기 팁이에요."

이런 잔심부름을 시키고 나면, 관례 상 클러비들에게 수고했다는 의미로 팁을 주기 때문이었다.

이 팁은 선수들마다 액수에 차이가 있는데, 주혁 같은 경우는 과거 타자 시절부터 클러비들에게 수고비 명목으로 자주 팁을 줬는데다 다른 선수보다도 많은 액수를 지불했다.

특히 클러비들과 사이가 돈독해지면 여러모로 도움을 많이 받을 수 있어 좋은 점이 많았다.

그 중에서도 케빈 마이클스는 대부분의 부탁들을 일사천리로 완벽하게 해결해주는 사람이었기에 그 사실을 아는 주혁은 벌써부터 두터운 친분을 만들고자 하고 있었다.

과거 주혁이 그에게 부탁했던 것들 중에는 가령 유명 가수의 콘서트 티켓이나 순식간에 매진되는 인기 뮤지컬 티켓, 자동차 세차, 그 밖에도 한정 수량만 생산하는 고급 유기농 아이스크림 구해오기 등이 있었다.

가끔씩 이걸 어떻게 구해오나 싶을 정도로 케빈 마이클스는 이런 일에 탁월한 사람이었다.

그런 그에게 주혁이 건네준 액수는 300달러.

지갑에서 즉시 100달러짜리 세 장을 클러비의 손에 쥐어주자, 케빈 마이클스의 얼굴에 밝은 빛이 맴돌았다.

"언제든 부탁할 것이 있다면 제게 맡겨주세요."

"그래요."

케빈 마이클스가 주머니에 지폐를 꾸깃꾸깃 접어 넣고는 락커룸을 나섰다.

그의 뒷모습을 잠깐 바라보던 주혁은 그가 시야에서 사라지자 그제야 새 글러브를 왼손에 착용해 보았다.

'잘 길들여 놨네.'

새 것이지만 빡빡한 느낌이 들지 않게 매장 주인이 직접 손질을 해둔 상태였다.

확실히 착용감이 부드럽고 좋았다.

게다가 글러브 밑 부분에는 'YOON'이라는 글자도 수놓여 있었다.

제법 비싸긴 했으나 글러브에 투자하는 돈은 그닥 아깝게 느껴지지 않았다.

다시 피칭 훈련을 하기 위해 실내 불펜으로 향하는데, 클러비 몇 명이 서로 모여 이야기를 나누고 있었다.

그들의 표정을 슬쩍 본 주혁은 뭔가 좋지 않은 일이 있음을 직감했다.

그리고 그 옆을 지나치는 순간, 그들의 대화가 들려 왔다.

"웨이드 요새 좀 이상하더니만. 진즉에 수술하지."

"참… 올해는 왜 이렇게 부상자가 많은 건지."

"DL(부상자 명단)에 있는 주전 멤버들만 몇 명이야, 대체."

"악재가 연속으로 덮치는 구나."

마냥 반가운 이야기는 아니었다.

불운의 연속이다.

아직 시즌의 중반도 가지 않은 시점에서, 주전급 선수 4명이 전력에서 이탈했다.

그것도 전부 부상으로 말이다.

특히 그 중 2명이 선발 투수라는 점은 탬파베이 레이스의 팬들에겐 악몽과도 같았다.

더군다나 제프 니만의 대체자로 선발진에 합류한 마르코스 페레이라가 기대 이하의 경기력을 보이고 있었기에 그 공백이 너무도 크게 느껴지고 있었다.

가뜩이나 선발 투수 제임스 쉴즈도 불안한 상황에서 기대주였던 웨이드 데이비스까지 수술대에 오른 상태인지라 불안함은 2배가 되고 말았다.

그저 투수진에만 구멍이 뚫렸다면 모를까, 타선에서도 2명의 선수가 장기 부상으로 재활 훈련 중이었다.

그리고 그들 대신 마이너리그에서 차출되어 선발로 나선 타자들은 삽질이나 하고 있었으니 조 매든 감독의 주름은 나날이 깊어져 갈 수밖에 없었다.

마이너리그 투수진도 비슷한 상황이었다.

트리플 A 소속 선수들 중, 당장 선발 투수로 올라와서 준수한 활약을 펼칠 만한 가능성이 보이는 선수들은 딱히 없었다.

결국 스프링캠프 때 구상했던 대비책을 꺼낼 차례가 도래했으니….

똑똑.

"들어와."

사무실의 문을 열고 들어온 선수의 얼굴은 너무도 앳되어 보였다.

조 매든이 천천히 입을 열었다.

"소식은 들었지?"

"네."

주혁의 짤막한 대답에 조 매든이 착 가라앉은 목소리로 말했다.

"준비 잘 할 수 있도록."

기대 반 걱정 반이다.

시범 경기에서 보여준 활약은 아주 인상 깊긴 했었다.

그러나 시범 경기는 어디까지나 시범 경기일 뿐.

정규 시즌 경기와는 차원이 다르다.

분명 눈앞의 이 신인 투수, 주혁은 팀 내 최고 유망주이자 메이저리그가 주목하는 투수이긴 했다.

특히 빠르고 묵직한 패스트볼은 메이저리그 최고의 패스트볼 중 하나라고 그는 평가하고 있었다.

문제는, 그를 마이너리그로 내보내지 않고 메이저리그로 데려온 것은 엄연히 불펜 투수로서의 활용 가치를 높게 샀기 때문이지 당장 선발로 기용하려는 의도는 아니었다.

과연 그가 선발 투수로 마운드에 나서도 지금처럼 안정적인 모습을 꾸준하게 보여줄 수 있을지는 의문이 들었다.

당장은 좋은 성적을 보여줄 수도 있다.

하지만 끝까지 갈 거라곤 확신하기가 힘든 게 현실이다.

게다가 만일 선발 투수로 실패할 경우, 자신감도 뚝 떨어질 것이고 자연스레 기량도 떨어질 게 분명했다.

그럼에도 불구하고 조 매든이 생각했을 때 지금으로서그가 내놓을 수 있는 가장 좋은 카드는 주혁뿐이었다.

그러나 과연 이 선택이 주혁의 미래를 보았을 때 현명한 선택인가에 대한 의문으로 조 매든의 머릿속은 복잡해지기 시작했다.

기막힌 완급 조절.

다만 이 장기가 무너진다면 그걸로 끝이다.

주혁의 피칭 스타일 상, 타이밍을 빼앗지 못한다면 너무도 쉽게 공략 당하고 만다.

그리고 그 타이밍을 빼앗기 위한 피칭은 숱한 경험이 필요하다.

그렇기에 이 신인 선수에게 그런 관록의 경기 운영을 기대한다는 자체가 어떻게 본다면 어불성설이나 마찬가지인 셈이다.

하지만 그 불가능을 이뤄낼 것만 같은 말도 안 되는 기대감이 드는 까닭은 왜일까.

잠재력이 엄청나서?

아니면….

"드디어 실점할 수 있는 기회가 왔네요."

주혁이 능청스럽게 씩 웃었다.

왠지 모르게 준비된 자의 여유로움이 물씬 풍기는 듯 하다.

그것도 메이저리그 신인 선수에서 말이다.

"떨리지 않는 가보구나."

"심장이 요동을 치는데 이게 떨림인지 두근거림인지는 모르겠습니다."

"허허."

주혁의 대답에 조 매든이 허탈하게 웃었다. 그래, 지금은 이 녀석을 믿어보는 수밖에.

주혁이 물었다.

"언제 선발로 나섭니까?"

"3일 뒤에 콜로라도 원정 경기가 될 것 같다."

"알겠습니다. 착실히 준비해 놓겠습니다."

"그래. 컨디션 잘 유지하고. 내일부터 애런이 특별 지도를 해줄 거다. 잘 따르기를 바란다."

조 매든의 말에 주혁이 힘차게 고개를 끄덕이고는 발걸음을 돌려 사무실을 나섰다.

그가 나가고 나자, 다시 조 매든의 얼굴에 잿빛이 드리워지기 시작했다.

꼬여버린 일들로 인한 문제들은 여전히 그를 괴롭히고 있었다.

사무실을 나온 주혁이 한숨을 내쉬었다.

"하아."

주혁도 마냥 밝지만은 않았다.

원하던 선발 기회가 뜻하지 않게 일찍 찾아오긴 했다.

그러나 시기가 적절하지 못하다는 게 함정이었다.

연이는 주전 선수들의 부상으로 경기 내용에도 영향을 입자, 팀 사기가 바닥을 치기 시작하고 있었기 때문이었다.

사실 상 실력으로 선발 기회를 얻은 것이 아닌, 어쩔 수 없이 선발 마운드로 자신을 내세우게 되었다는 걸 주혁은 너무도 잘 알고 있었다.

그래서 더 큰 부담이기도 했고, 크게 기쁘지도 않았다.

다만 자신감은 여전했다.

주혁은 여전히 자신의 패스트볼에 대한 강한 믿음이 강했다.

하지만 준비가 아직 부족하다는 점이 문제였다.

남은 방법은 하나 뿐.

'타자로서의 경험을 최대한 살려서 완급 조절하고 체인지업만으로 끝장을 봐야 한다.'

커브는 완성된 구질이 아닌 터라 활용 가치가 낮았다.

결국 2가지 구종만으로 커브가 손에 익을 때까지 버텨야 한다는 것인데 이는 굉장히 힘든 일이었다.

'에라 모르겠다.'

그냥 부딪혀보자.

'일단 해 보고, 결과가 좋지 않으면 그 때 심각하게 고민해보자.'

물론 믿음에 보답하지 못한다면 자리를 금방 내려놓아야 할지도 모른다.

그리고 그 기회는 또 한 번 긴 세월을 거쳐서 올 수도 있다.

어쩌면 지금 이 기회를 놓쳐서는 안 되는 부분이긴 했다.

그렇다고 여기서 마땅한 해결책도 안 나오는 문제로 골머리를 썩힐 필요는 없지 않은가!

생각이 바로 서자 주혁은 성큼성큼 불펜 쪽으로 걸어가기 시작했다.

불안할 땐 공을 던지면 된다.

지금은 그저 묵직한 포구음을 들으면서 더 큰 자신감을 얻어야 할 때다.

"헤이, 로비!"

불펜 포수 로비 타일러를 부른 주혁이 글러브를 끼고 야구공을 손에 쥐었다.

몸과 어깨를 충분히 풀어준 후, 던져도 되겠다고 느껴지는 순간 주혁이 망설임 없이 패스트볼을 던졌다.

파앙!

그렇게 20구 가량을 던지고 난 주혁이 잠시 피칭을 멈추고는 로비 타일러를 불렀다.

그가 포수 마스크를 벗으며 다가오자 주혁이 곧바로 물었다.

"공 어때?"

"좋지."

"이 정도면 타자들이 치지 않을까?"

"흠…. 연봉으로 한 2000만 달러 정도 받는 타자라면 쳐낼 지도?"

로비 타일러가 기를 살려주기 위해 약간 과장해서 말하자, 주혁이 씩 웃더니 말했다.

"다시 공 좀 받아줘."

"알았어."

벗었던 포수 마스크를 쓰고 로비 타일러가 포수석에 앉았다.

침착하게 숨을 한 번 고르더니 주혁이 재차 공을 던지기 시작했다.

그런데….

파앙!

파앙!

파앙!

"……!"

공이 달라졌다.

체감 속도도, 투구폼도 그대로인데 이전보다 공이 더 묵직해진 느낌이었다.

이번에는 10구를 던지고 나서 주혁이 다시 로비 타일러를 불렀다.

그리고는 씩 웃으면서 물었다.

"이번 공은 어때?"

로비 타일러는 경악스럽다는 듯한 표정을 곁들이면서 답했다.

"끝내준다…. 무슨 마법을 부린 거야, 대체?"

그의 질문에 주혁은 말없이 미소만 지을 뿐이었다.

달리 한 건 없었다.

미국 땅을 밟은 이후, 처음으로 전력투구를 했을 뿐이었다.

'어깨가 안 아프니 다행이다.'

많이 던졌다간 어깨와 손목에 심각한 무리를 줄 수도 있다.

그러나 한 가지 확실한 건….

'최대 10구 정도까지는 무리 없이 던질 수 있겠군.'

등판 이후 휴식일까지 고려한다면 충분하다는 판단이 들었다.

이젠 이 공이 필요할 때가 되었다.

주혁이 로비 타일러에게 다시 같은 질문을 던졌다.

"이 정도면 연봉 2000만 달러짜리 타자들이 칠 수 있을까?"

"이거 치는 타자는 단장한테 사기당한 거지. 고작 2000만 달러를 받고 있는 선수이니까."

그 대답에는 진심이 듬뿍 묻어 있었다.

281

◆

　탬파베이 레이스의 투수코치, 애런 루이스는 팔짱을 낀 채로 주혁의 불펜 피칭을 지켜보고 있었다.

　파앙!

　깔끔하고 정교한 투구폼.

　그리고 뿜어져 나오는 강속구의 위력은 여전히 훌륭했다.

　'확실히 신인 티가 안 난단 말이지.'

　생애 첫 메이저리그 선발 등판을 치르게 될 텐데, 떨려 할 법도 하지만 주혁은 너무도 평온해 보였다.

　불펜 피칭이라 그런 것인지는 몰라도 던지는 내내 투구폼의 흐트러짐이 전혀 없었다.

　그렇다 보니 실투도 나오고 있지 않았다.

　하체의 안정감과 완벽한 무게 중심.

　애런 루이스가 보기에는 컨디션에 이상은 전혀 없어 보였다.

　다만 실제로 마운드에 선다면 이야기는 충분히 달라질 수가 있다.

　이미 주혁이 첫 선발 등판을 한다는 소식이 널리 퍼져 있던 터라 이 경기에 대한 사람들의 기대감도 고조되어 있는 상태였다.

　수많은 야구팬들의 이목이 집중되는 경기인 만큼, 그 중

압감이 상당할 텐데도 불구하고 주혁은 딱히 신경을 쓰고 있지 않는 듯 했다.

독특한 녀석이다.

정말이지 신인 같지가 않다.

오늘 이 선발 경기를 어떻게 풀어 가느냐에 따라 판단이 갈리겠지만, 적어도 애런 루이스가 보았을 때는 충분히 무난한 성과를 거두고 내려올 것 같았다.

다만 여기에는 걱정스러운 부분이 하나 있었다.

하필이면 오늘 이 경기가 펼쳐지는 장소가 콜로라도 로키스의 홈구장인 쿠어스 필드라는 점이었다.

일명 '투수들의 무덤'이라고도 불리는 이 쿠어스 필드는 메이저리그의 대표적인 타자 친화적 구장이기도 하다.

해발 1600미터 고지대의 낮은 공기 밀도와 습도 탓에 공기가 희박해져 타자들이 친 공의 비거리가 늘어나게 되고, 이는 홈런이 봇물처럼 쏟아져 나오는 결과를 초래하고 있었다.

이런 까닭에 쿠어스 필드에선 2002년부터 휴미더 (Humidor)에 공을 보관해 사용하고 있는데, 이 휴미더란 기온과 습도를 일정하게 유지시키는 가습장치가 설비된 방이다.

그나마 이 휴미더를 통해 어느 정도 효과를 보고 있다는 평가를 받고 있지만, 쿠어스 필드는 여전히 타자들에게 유리한 구장이었다.

가뜩이나 주혁이 허용한 타구들은 죄다 외야 멀리 뻗는 장타였기에 쿠어스 필드에서 같은 모습을 보여준다면 홈런이 될 가능성이 높아질 수밖에 없었다.

즉, 최대한 낮은 코스로 볼 배합을 가져가면서 되도록 외야쪽으로 날아가는 타구를 허용하지 않아야만 했다.

그러나 주혁이 구사할 수 있는 구종은 패스트볼은 제외한다면 체인지업과 커브뿐인데, 마땅히 땅볼 유도를 할 만한 구질이 없었다.

체인지업으로 땅볼 타구를 유도하는 것도 엄연히 한계가 있기 때문에 어떻게 본다면 주혁의 첫 선발 등판 경기는 매우 불리한 조건 속에서 시작하는 것이나 다름없었다.

주혁도 이 사실을 잘 알고 있었다.

분명 쉽지만은 않을 게 눈에 훤히 보였다.

'왜 매번 첫 경기는 이렇게 혹독한지….'

처음은 좀 쉽게 가는 것도 좋을 것 같은데, 신은 그걸 허락하지 않고 있었다.

물론 예전과는 다르게 어깨도 멀쩡하고 전성기 시절의 타격감을 갖추고 과거로 돌아온 주혁이기에 마냥 불평불만을 할 수는 없긴 했다.

그나마 한 가지 다행스러운 부분이 있었으니….

'나도 홈런을 때리면 그만이지.'

콜로라도 로키스의 홈에서 치러지는 경기인 만큼, 자신도 타자로 타석에 나설 수 있다는 점이었다.

이는 곧 쿠어스 필드의 이점을 자신도 그대로 받는다는 것이었다.

게다가 주혁과 맞붙게 되는 콜로라도 로키스의 선발 투수 하비에르 키겔은 쿠어스 필드에서 4시즌 동안 많은 피 홈런을 허용한 투수였다.

잘만 때려낸다면 오늘 메이저리그 첫 홈런까지도 기록하게 될 수도 있다.

여기에 승리까지 얹어 놓는다면 더할 나위 없이 완벽한 생애 첫 선발 등판 경기가 될 것이다.

상상은 언제나 그렇듯 달콤하다.

이제는 실제 경기에서 더 달콤한 성과를 맛 볼 차례다.

그동안 꾸준히 타격 훈련도 해왔기 때문에 타격감이 아예 죽어 있지는 않았다.

다만 선구안이나 히팅 포인트를 잡는 것에 있어서는 어색함을 느낄 수도 있다.

하지만 상관없다.

선발 투수로 마운드에 올라가는 것이기 때문에, 자신이 잘만 던진다면 타석에 설 기회는 자연스레 늘어날 수밖에 없다.

그리고 계속해서 공을 본다면 타이밍을 잡는 건 시간문제다.

어디까지나 전성기 시절의 타격감이 아직도 잠재되어 있다는 가정 하에 말이다.

최근에는 타격 훈련만 했지 실전 타격은 한 적이 없었기에 확신할 수는 없었다.

'쳐보면 알겠지.'

주혁이 최종적으로 불펜 피칭을 마무리 지은 후, 글러브를 벗어둔 채 물을 한 모금 마셨다.

그리고는 그라운드로 잠시 나가서 콜로라도 로키스 선수들과 악수를 나눈 후, 다시 불펜으로 돌아왔다.

마운드에서는 하비에르 키겔이 올라와서 연습구를 던지고 있었고, 대기 타석에선 탬파베이 레이스의 간판타자이자 좌익수인 1번 타자 칼 크로포드가 준비를 하고 있었다.

하비에르 키겔의 연습구가 끝이 나자 곧바로 칼 크로포드가 타석에 들어섰다.

이윽고 구심이 경기의 시작을 알리는 순간.

파앙!

경기가 시작되었다.

◆

언제나 듣기 좋은 소리들이 있다.

예를 들어 고요한 적막 속에서 들려오는 빗방울 소리나 김치찌개가 보글보글 끓는 소리 같은 것 말이다.

많은 소리들이 있겠지만, 주혁은 특히 이 소리를 정말 좋아했다.

파앙!

"스트라이크 아웃!"

묵직한 포구음.

구심의 굵직한 음성.

허탈한 표정을 지으면서 벤치로 돌아가는 타자.

그리고 다음 타자를 상대하기 위해 로진 백을 집어 드는 투수.

마지막으로 관중석에서 터져 나오는 수많은 목소리들.

그 중에는 야유도, 욕설도, 칭찬도, 기쁨도, 탄식도 섞여 있었다.

눈을 감아도 내가 마운드에 서 있다는 것을 실감나게 해주는 이 소리.

주혁은 이게 너무도 좋았다.

티를 내진 않았지만, 내면 깊숙이 존재하던 그 불안감들은 방금 전 들려온 소리의 웅장함에 더 아래로 파묻혀 느껴지지도 않고 있었다.

온 몸의 신경들은 손끝에 몰려 있었고, 머릿속에는 오로지 타자를 잡아먹겠다는 강한 집념 밖에 없었다.

이곳은 냉철한 약육강식의 세계다.

자신의 값어치를 스스로 높이지 못하는 사람에겐 처절한 외로움과 배고픔을 안겨주는 곳이 바로 메이저리그다.

살아남기 위해서는 나보다 약한 사람에겐 조금의 자비도 베풀어선 안 된다.

약자는 거침없는 승부를, 강자에겐 발톱을 숨긴 채 기회를 엿 보다가 어느 순간이 오면 허를 찌르는 것.

번뜩이는 눈빛으로 주혁이 공을 던지는 순간.

부웅!

파앙!

"스트라이크 아웃!"

그 기분 좋은 소리가 또 한 번 귓가를 간지럽히고 있었다.

◆

패스트볼과 체인지업.

현대 야구에서 이 두 구종의 조합은 선택이 아닌 필수가 되어 가고 있다.

타자와의 수 싸움이 정말 중요해진 요즘, 투수들은 타자들의 타이밍을 빼앗기 위해 온갖 방법들을 총동원하여 경기를 치르고 있었다.

하지만 이런 노력에도 불구하고 타자들의 타격 테크닉과 힘은 약물 시대를 거치면서 더욱 무서워지고 있었고, 투수들은 이런 타자들을 상대하기 위해 색다른 변화구들을 이용하기 시작했다.

그리고 그 중에서도 이 체인지업이라는 변화구는 투수들에게 있어 정말이지 단비와도 같은 구종이었다.

타자의 타이밍을 제대로 무너뜨릴 수 있는 공.

잘만 활용한다면 패스트볼로 착각하게 만들어 타자의 배트를 연신 허공에다 휘두르게 만들 수 있는 굉장한 무기.

그러나 이 체인지업은 크나큰 단점이 하나 있었다.

그것은 바로 패스트볼을 던질 때와는 다르게 투구폼에 차이가 있다거나, 손에서 제대로 뿌려지지 않는다면, 체인지업은 밋밋하고 힘 없는 패스트볼이 되어 버린다는 점이었다.

메이저리그 주전급 타자들은 웬만해선 실투가 된 체인지업 정도는 놓치지 않는 수준들을 갖추고 있기에 매우 조심스러운 구종이기도 했다.

다만 한 가지 확실한 것은, 그 어느 조합보다도 이 구종들의 조합은 가장 위력적이라는 것이다.

그리고 지금.

파앙!

"스트라이크 아웃!"

주혁은 이 두 구종의 활용에 있어 가장 이상적인 정석을 보여주고 있었다.

오늘 경기에서 주혁은 예상과는 다르게 자신의 강속구를 감춘 채 콜로라도 로키스의 타자들을 상대하고 있었다.

5회 말.

현재까지 주혁이 던진 패스트볼의 평균 구속은 대략 94마일(151km) 정도였다.

최고 구속 역시도 97마일(156km)에 불과했다.

시범 경기에서는 매 이닝마다 한번씩은 100마일(161km)에 육박하는 패스트볼을 던졌던 것과 비교했을 때 분명 이는 그닥 좋은 면모는 아니었다.

더군다나 평균 구속이 2마일(3km) 가량 떨어졌다는 것은, 투수의 상태에 이상이 있다는 소리나 다름없었다.

그러나 주혁은 달랐다.

파앙!

여전히 볼 끝은 묵직했고….

부웅!

타자들은 허공에 배트를 휘두르느라 정신이 없었다.

평균 구속이 저하됐음에도 불구하고 이런 피칭이 가능한 이유는 바로….

"저 녀석 정말 루키 맞아?"

"마이너리그도 안 거쳤다던데…."

"아니 어떻게 루키 선수가 저런 완벽한 완급 조절을 할 수 있는 거지?"

그랬다.

주혁은 그저 패스트볼과 체인지업만으로 타자들을 상대하고 있는 게 아니었다.

마치 고무줄처럼 이 두 구종의 구속을 조절하고 있던 것이었다.

83마일(133km)의 체인지업을 던졌다가, 갑자기 90마일

(144km)의 체인지업을 던지기도 했고, 90마일(144km)의 패스트볼을 던진 이후, 95마일(153km)의 패스트볼로 승부를 보고 있었다.

이 뿐만이 아니다.

같은 구속의 패스트볼과 체인지업으로 타자에게 혼동을 주고, 빠른 공에 익숙해진 타자에게는 느린 체인지업으로 타이밍을 완전히 무너뜨리는 주혁이었다.

여기에 어떤 타자가 빠른 공에 강한지, 어떤 타자가 느린 공에 약한지를 전력 분석을 통해 파악하고 그에 맞춰 피칭을 가져가고 있었다.

이건 오로지 주혁의 타고난 감각에서 비롯된 것이었다.

선발 투수로 뛸 때 더 빛이 나는 완급 조절.

시범 경기와는 확연히 다르기 때문에 주혁은 그 때보다도 더 집중한 채로 경기에 임하고 있었다.

예상보다 더 대단한 완급 조절 능력에, 신인이라곤 믿겨지지 않는 능숙한 경기 운영은 그를 바라보는 수많은 시선들을 놀라게 만들고 있었다.

재능.

그리고 타자로서의 풍부한 경험.

따악!

뭐 간혹 이렇게 우연히 안타가 되는 경우가 지금을 포함해서 오늘 2번 있었으나….

'슬슬 속도를 좀 내볼까?'

파앙!

"스트라이크!"

이닝을 거듭할수록 늘어나는 구속에 타자들은 이제 배트에 공을 맞추지도 못하고 있었다.

주자가 1루에서 일부러 투수를 방해하고자 도루를 할 것처럼 행동을 취했으나 주혁은 아예 신경조차 쓰고 있지 않았다.

그리고….

파앙!

"스트라이크 아웃!"

주혁이 99마일(160km)의 패스트볼로 마지막 아웃카운트를 루킹 삼진으로 잡아내면서 이번에도 실점 없이 이닝을 마무리 짓는 데 성공했다.

허무하게 벤치로 돌아가는 1루 주자와 타자.

5이닝 동안 무려 9개의 탈삼진을 뽑아낸 주혁은 그야말로 엄청난 피칭을 선보이고 있었다.

쿠어스 필드를 찾은 원정 팬들은 그런 주혁을 향해 손바닥이 터질 듯이 박수를 보내고 있었다.

속으론 너무도 뿌듯했으나 경기가 아직 끝나지 않았기에 내색하지는 않고 있던 주혁이었다.

글러브를 벗고 목을 축이던 그 때.

"헤이, 윤. 다음 타석이 너 차례야."

홈런을 칠 기회가 다시 찾아왔다.

아무리 재능이 있다고 한들, 거기서 만족하고 손을 놓아 버리면 자연스럽게 퇴화될 수밖에 없다.

타자로 오랜만에 타석에 나서는 주혁에게도 마찬가지였다.

외야 플라이로 물러났던 첫 타석.

그나마 프리 배팅을 꾸준히 했기에 망정이지, 아니었다면 삼진으로 물러날 뻔했었다.

마음 같아서는 이 아까운 타격 재능을 썩히지 않고 타석에 서서 타격을 하고 싶긴 했다.

그러나 벤치에서 자신을 지명타자로 내세울 가능성이 극히 희박했기에 그저 이렇게나마 타석에 설 기회가 왔다는 것 자체만으로도 다행스럽게 느껴지는 주혁이었다.

타석에 선 주혁이 허공에 배트를 한 번 휘두른 후, 자신만의 타격폼을 취했다.

여전히 마운드는 하비에르 키겔이 올라와 있었다.

현재까지 5이닝 동안 3K 2실점 5피안타 3볼넷을 허용한 하비에르 키겔은 4회부터 급격히 구속이 떨어지는 모습을 보이고 있었다.

주혁도 이를 알고 있었다.

'분명히 결정구로는 커브를 쓸 거고, 슬라이더는 스트라이크 존을 벗어나는 유인구로 활용할 가능성이 높다.'

원래 커브를 잘 던지는 투수이기도 하거니와, 특히 오늘은 커브의 각이 상당히 좋은 하비에르 키겔이었다.

'카운트를 잡으러 들어올 텐데….'

과연 어떤 공을 던질지가 의문이었다.

주혁은 이전 타석에서 콜로라도 로키스의 배터리가 좌타자를 상대로 카운트를 잡기 위해 선택한 구종과 코스를 재빨리 떠올렸다.

그러던 그 때, 문득 머릿속을 스치고 지나가는 것이 하나 있었다.

'의외로 몸쪽 높은 공을 초구로 던져서 스트라이크를 잡았었으니까….'

타자가 가장 치기 까다로워하는 코스 두 곳 중 하나다.

다른 하나는 바깥쪽 낮은 코스인데 이는 시야에서 가장 멀게 느껴지기 때문이고, 몸쪽 높은 패스트볼은 투수가 던지는 공 중 가장 빠르게 히팅 포인트를 잡아야 하기 때문에 상대하기 어려운 곳이었다.

그러나 이를 예상한 채 대비를 하고 있다면 이야기는 달라진다.

'내가 바깥쪽 밀어 치는 것에 능하다는 걸 알고 있을 테고, 오늘 이 코스로 재미를 봤으니 가능성은 높다.'

주혁이 배트를 세게 쥐었다.

때마침 하비에르 키겔이 와인드업을 시작했다.

눈 하나 깜빡이지 않고, 주혁이 침착하게 공을 기다렸다.

이윽고 그의 손에서 공이 뿌려지는 순간.

"……!"

0.4초만에 주혁의 배트가 반응했고….

따악!

주혁의 타구가 우익수 키를 넘어 담장 쪽으로 날아가기 시작했다.

모두의 시선이 타구로 쏠렸고, 1루 베이스로 뛰던 주혁도 타구를 바라보고 있었다.

잠시 후, 이 타구의 최종 목적지를 확인한 순간.

'해냈다!'

주혁의 발걸음이 보다 가벼워졌다.

◆

쳤다 하면 홈런이다.

베네수엘라에서부터 시범 경기, 그리고 정규 시즌 경기에 이르기까지.

타석에 선 횟수가 턱 없이 부족함에도 불구하고 주혁은 모두를 놀라게 만들 법한 결과물을 가져오고 있었다.

그것도 투수가 말이다.

내셔널리그 투수라면 그나마 이해가 갈 테지만, 주혁은 아메리칸 리그 소속 팀의 투수다.

즉, 타격을 할 일이 거의 없다는 뜻.

그러나 그 적은 기회에도 불구하고 홈런을 때려내는 주혁의 타격감은 실로 놀랍지 않을 수가 없었다.

게다가 오늘이 메이저리그에서 타자로서는 처음으로 치르는 경기였기에 그 의미는 더 컸다.

데뷔전 홈런은 과거에도 해내지 못했던 기록이었다.

자연스럽게 관중들의 시선들은 모두 베이스를 돌고 있던 주혁에게로 향하고 있었다.

투수로서도 경이로운 완급 조절을 보이더니 이제는 타석에서 홈런으로 경악스러움을 선사하고 있는 이 신인 선수, 주혁에겐 벌써부터 뜨거운 관심이 쏠리고 있었다.

이와 동시에 경기장을 찾은 기자들의 카메라는 쉴 틈 없이 찰칵 소리를 내고 있었다.

◆

홈 베이스를 밟고 벤치로 돌아온 주혁에게 동료들은 냉담한 태도를 보였다.

불과 방금 전까지만 해도 웃으면서 박수를 치던 사람들이 막상 주혁이 다가오자 무심한 듯한 반응을 보이고 있었다.

그러나 주혁은 오히려 씩 웃으면서 허공에 대고 하이파이브를 하기 시작했다.

그가 이런 행동을 보이는 이유는 바로….

철썩!

"축하해, 윤!"

"깜짝 놀랐다, 진짜. 축하한다."

"나를 놀라게 했으니 한 대만 맞자."

선수가 첫 홈런을 기록하면 일부러 모르는 척하는 전통이 있기 때문이었다.

갑작스럽게 달려든 선수들은 주혁의 머리부터 등짝까지 때려대면서 축하를 해주고 있었다.

이후 이런 폭력(?)적인 축하가 끝이 난 이후, 선수들이 일제히 주혁에게 몰려들어 서로 말들을 건네기 시작했다.

"던지고 치고. 아주 혼자 다 해. 신인 맞아?"

"이참에 타자로 전향해보는 건 어때?"

"프리 배팅 때부터 장타력은 알고 있었는데 이 정도일 줄이야!"

"아무튼 기록 하나 썼네? 데뷔전 홈런이라니. 이 중에 데뷔전에서 홈런 때린 선수 있어?"

고요해지는 벤치.

"유일무이하네. 다시 한 번 축하한다."

타자 데뷔전에서의 홈런.

뭐 기록이 남는 건 아니지만, 어쨌든 기분 좋은 일이긴 했다.

때마침 브라이언 무어가 다가오더니 주혁의 머리카락을 살짝 헝클여 놓더니 말했다.

"축하해. 그렇다고 너무 흥분하지는 말고. 아직 마운드 내려온 거 아니니깐. 알지?"

"알고 있어요."

"좋아, 윤. 뭐 눈물은 안 흘려서 아쉽긴 하다. 난 아까 홈 런 넘어가는 거 보고 감격스러워서 눈물샘이 터질 뻔 했는 데 말이지."

좋은 조언을 해주는 가 싶더니만 금세 또 삼천포로 빠지 는 이야기를 늘어놓는 브라이언 무어.

'그럼 그렇지.'

주혁이 고개를 절레절레 흔들고는 글러브를 집어 들었다.

그리고는 아웃카운트 2개가 채워지자, 주혁이 다시금 몸 을 풀기 시작했다.

이윽고 잠시 후.

따악!

잘 맞은 타구가 중견수 글러브 안으로 빨려 들어가면서 이닝이 끝이 나자, 주혁을 비롯해서 선수들이 그라운드로 나설 준비를 마쳤다.

이닝 교체와 함께 그라운드가 말끔히 정리되고 나자 그 제야 선수들이 각자 포지션으로 발걸음을 옮겼다.

그리고 마운드 위로 올라가 로진 백을 집어든 주혁이 잠 시 뒤를 돌아 전광판을 바라보았다.

'3 – 0이라.'

스코어를 확인한 주혁이 로진 백을 바닥에 내려놓고는

공을 쥐었다.

'지금까지 88구를 던졌으니까….'

100구를 넘어서면 교체를 시키겠다고 경기 전 조 매든이 말했던 게 떠올랐다.

즉, 기껏해야 이번 이닝까지가 자신의 몫이 될 것으로 보였다.

3구 삼자 범퇴 같은 일이 벌어지지 않는다면 말이다.

'일단은 두 자릿수 삼진부터 채우자.'

어차피 땅볼 유도를 할 만한 공도 딱히 없고, 비축해둔 힘이 남아도는 상태다.

'슬슬 이 정도 되면 90마일 정도에는 타이밍이 맞아 들어갈 거고.'

이제부터 강속구로 승부를 할 차례.

이곳이 쿠어스 필드라는 점을 감안할 때, 상대 타자가 강속구를 제대로 때려내기만 한다면 홈런이 될 가능성이 높긴 했다.

그러나 주혁은 전혀 걱정하지 않고 있었다.

그 이유는 바로….

파앙!

주혁의 초구를 상대한 타자의 눈동자가 흔들렸다.

지금까지 상대했던 공과는 또 다른 느낌이다.

심지어 98마일(158km)의 구속.

바깥쪽 낮은 코스로 꽉 차게 들어간 이 공은 주심의 스트라이크 콜을 받는 데 성공했다.

초구를 그냥 흘려보낸 타자가 침착하게 이어지는 2구를 기다렸다.

그리고 주혁의 손에서 두 번째 공이 뿌려지는 순간.

부웅!

파앙!

"……!"

바깥쪽 높은 공에 헛스윙을 하고만 타자.

2구의 구속은 99마일(159km).

'전력투구다!'

같은 패스트볼이지만, 확연히 달랐다.

볼 끝이 훨씬 더 위력적이었고 공이 마치 떠오르는 듯한 느낌을 주고 있었다.

메이저리그 평균보다 더 높은 회전수.

평균 이상의 수직 무브먼트.

탬파베이 레이스가 주혁을 예외적으로 개막 로스터에 합류시켜 그를 곧바로 활용한 결정적인 이유.

주혁의 와인드업을 본 타자가 침을 꿀꺽 삼켰다.

곧바로 주혁의 손에서 뿌려지자, 타자가 순간 멈칫거렸다.

무섭게 날아오는 공에 결국 배트를 휘두르지 못했고, 결과는 뻔했다.

파앙!

"스트라이크 아웃!"

삼구 삼진이다.

이전 타석에서도 삼구 삼진을 당했던 그에게는 굴욕스러운 일이나 다름없었다.

그러나 한 가지 확실한 사실은, 방금 전 공은 절대 건드리지 못했을 것이라는 점이었다.

순간적으로 몸쪽 높은 코스로 날아왔던 공.

그리고 그 공의 구속은 101마일(163km)이었다.

전 타석에서 95마일(153km)의 구속을 넘는 공을 상대한 적이 없던 타자 입장에선 이미 방금 전 공에 대한 히팅 포인트와 타이밍은 결코 잡을 수가 없었다.

허무하게 벤치로 돌아가는 타자의 뒷모습을 보면서 주혁이 다시 포심 패스트볼 그립을 쥐었다.

'절대 못 치지. 이미 95마일 대의 구속에 적응된 타자인데.'

지금부터 그가 던질 공의 평균 구속은….

파앙!

"스트라이크!"

100마일(161km)이었다.

◆

주혁의 선발 등판 경기 다음 날, 미국 ABC 스포츠에 대문짝만한 제목이 붙은 기사 하나가 실렸다.

「탬파베이 레이스, 한국의 괴물을 데려오다!」

그리고 그 옆에는 마운드에서 공을 던지고 있는 주혁의 모습이 찍힌 사진도 있었다.

6이닝 무실점 12K 3피안타.

2타석 2타수 1안타 1홈런 1타점.

메이저리그 생애 첫 선발 경기이자, 이와 동시에 생애 처음으로 타석에 선 선수의 기록.

이미 이것 하나만으로도 주목받아 마땅하지만, 수많은 사람들이 더 열광하는 것은 따로 있었다.

말도 안될 만큼 정교하면서도 신비로운 완급 조절 능력.

무려 10마일이나 차이가 나게끔 던지는 것도 모자라, 쿠어스 필드의 마운드에 서서 콜로라도 로키스의 타자들을 상대로 5이닝 동안 전력투구를 하지 않았다는 것은 그야말로 충격적인 일이었다.

특히 마지막 이닝에서 3타자 모두를 삼진으로 돌려세웠던 피칭은 곧바로 메이저리그닷컴 홈페이지 1면에 영상이 게시될 만큼 핫한 장면이었다.

어제 콜로라도 로키스와의 경기에서 주혁이 던진 공의 개수는 총 99구.

이 중에서 패스트볼의 비율은 58%, 체인지업의 비율은 36%, 커브의 비율은 5%였다.

즉, 두 개의 구종만으로 무려 12개의 탈삼진을 뽑아냈다는 것이다.

그것도 신인 선수가 말이다.

게다가 6이닝 동안 단 한 개의 볼넷도 내주지 않았다는 점에서 주혁은 각종 언론들을 비롯하여 전문가들로부터 극찬을 받기 시작했다.

공격적인 피칭.

공에 대한 자신감.

피하지 않는 승부.

여기에 실투를 내주지 않고, 고도의 집중력으로 연신 위력적인 공을 던질 만큼 상당한 침착함까지.

누가 봐도 그는 신인 같지가 않았다.

'뭐 정확히는 신인이라고 하긴 애매하지.'

임시 숙소 안.

주혁이 자신을 향한 각종 찬사를 읽으면서 속으로 생각했다.

이들이 이토록 놀라는 게 당연했다.

'내가 타자였어도 어이가 없게 느껴지긴 하겠다.'

긴 세월동안 타자로서 수많은 타석에 들어섰지만, 지금 자신처럼 20살의 나이에 베테랑 수준의 완급 조절을 하는 선수는 본적이 없었다.

그러나 이 믿겨지지 않는 피칭을 정작 본인이 하고 있으니 스스로 생각해도 자꾸만 헛웃음이 나왔다.

이건 과연 노력일까, 아니면 재능일까?

주혁은 둘 다 아니라고 생각했다.

'애초에 이 모든 게 가능해진 이유가 과거로 돌아오면서 어깨가 안 아프다는 전제를 깔고 있으니까.'

분명 그 때도 완급 조절의 재능이 있었다.

다만 이것의 중요성을 크게 깨닫지 못한 채 자꾸만 빠르고 힘 있는 공만 주구장창 연습해서 망한 것이었을 뿐.

새롭게 사는 지금의 인생은 달랐다.

이 엄청난 재능을 살리기 위해 주혁은 갖은 노력을 다했다.

실전에서도 활용해보기 위해 베네수엘라로 건너가기도 했었고, 스프링캠프에서도 좀 더 자연스러운 완급 조절을 위해 피나는 훈련을 했었다.

이 능력에 많은 시간을 투자하는 것이 당장 변화구를 익히는 것보다도 더욱 효율성이 높을 것이라는 주혁의 판단이었다.

그리고 그 와중에 익혔던 고속 체인지업은 엄청난 노력보다도 타고난 손끝의 감각이 빚어낸 결과물이었다.

하지만 이 모든 게 가능한 이유는 어깨 통증이 이전과는 다르게 말끔히 사라져 있기 때문이었다.

매번 인상을 찌푸리게 만들었던 그 지독한 고통은 끝내 자신을 수술대에 올렸을 만큼 조용하고도 날카로웠다.

그런데 고작 과거로 돌아왔다는 것 하나 때문에 이 고질적인 원인이 사라지다니.

게다가 어제 공을 그렇게 던졌음에도 불구하고 어깨는

마치 휴식을 충분히 취한 듯이 꿈틀대고 있었다.

'이게 진정한 축복이지.'

종교도 없고, 신앙심도 없고, 딱히 선행을 베푼 일도 없고, 그렇다고 나쁜 짓을 한 것도 없다.

그저 평범하게 남들보다 조금 더 야구를 잘했을 뿐이었다.

여전히 이유는 알 수 없다.

다만 한 가지 확실한 것은….

'잘만 관리하면 분명 역사에 또 다른 한 획을 그을 수가 있다.'

그것도 투수로서 말이다.

◆

두 명의 남자가 각자 오른손에 햄버거를 든 채로 벤치에서 이야기를 나누고 있었다.

"저것보세요, 감독님. 어저께 그렇게 신명나게 던져놓고도 에반보다 프리 배팅 비거리가 더 좋지 않습니까."

"오늘 에반의 컨디션이 별로인가보군."

"감독님!"

"시끄러. 햄버거나 먹어."

티격태격 대화를 주고받는 두 사람의 정체는 바로 탬파 베이 레이스의 조 매든 감독과 주장 브라이언 무어였다.

선수들과 소통하면서 자유로운 분위기와 더불어 친근감 있게 다가서는 감독인 조 매든은 이렇게 종종 브라이언 무어와 훈련 시작 전에 무언가를 먹으면서 이야기를 나누곤 했다.

마치 오래된 친구처럼 말이다.

브라이언 무어가 조 매든에게 콜라를 챙겨주면서 슬쩍 말을 건넸다.

"오늘 보스턴 선발이 마쓰자카라던데 좌타자를 투입하는 게 더 낫지 않을까요?"

"알고 있어."

"그런데 크로포드하고 페냐를 제외하곤 쓸 만한 좌타자가 없는 걸로 알고 있습니다만?"

브라이언 무어의 말은 사실이었다.

팀의 1번 타자 칼 크로포드와 중심 타자인 카를로스 페냐를 제외하고는 주전 타자 가운데 좌타자가 없을뿐더러, 후보 타자들 중에서도 괜찮은 타격감을 보이는 좌타자는 없었다.

총체적 난국의 상황.

"그렇다고 이틀 전에 선발로 뛴 녀석을 고작 하루 휴식을 주고 다음 날 타자로 내세울 만큼 몰상식한 감독은 아니다, 나."

"저도 그건 아니라고 생각하긴 하는데 저걸 보세요, 감독님…."

따악!

에반 롱고리아와 나란히 이야기를 섞으면서 번갈아 프리배팅을 즐기는 주혁의 모습에 잠시간 두 사람은 말없이 남은 햄버거를 입에 물 뿐이었다.

대충 치는 데도 에반 롱고리아보다 더 잘 치고 있었다.

누가 보면 주혁이 타자인 줄로 착각할 것처럼 말이다.

브라이언 무어가 햄버거 종이를 꾸깃꾸깃 접더니 확신에 들어찬 목소리로 말했다.

"저 녀석, 체력이 남아돌아요."

이는 조 매든이 보기에도 그래 보였다.

서부 지구인 콜로라도 로키스와의 원정 경기 이후, 보스턴 레드삭스와의 경기를 위해 트로피카나 필드로 돌아오면서 하루 휴식을 가졌던 탬파베이 레이스의 선수들이었다.

이 중에서도 마지막 경기에서 선발로 나선 주혁은 다른 선수들보다도 더 휴식을 취해야 마땅했다.

어쩌면 이번 시즌, 선발 투수진에서 좋은 활약을 선보일 것으로 기대되는 유망주였기에 세심한 관심과 주의가 필요했다.

그렇기에 조 매든은 신인 선수들이 가장 크게 실수하는 것 중 하나인 컨디션 관리 부분에 있어 주혁에게 신신당부를 하고 있었다.

분명히 쉬라고 조언까지 했었고 알겠다면서 공은 잡지 않겠다고 했던 주혁이었다.

다만 그는 공만 잡지 않겠다고 했었다.

그 대신, 주혁은 배트를 쥐고 있었다.

연습을 하려고 그러는 게 아니었다.

동료 타자들이 주혁을 부르고는 홈런 타자의 기운을 받자며 본격적인 훈련에 들어가기 전에 잠시 장난을 치고 있던 것이었다.

그러나 그 장난마저도 주혁은 장타로 만들어내고 있었다.

분명 대충 치는 데도 말이다.

게다가 타격폼도 무척이나 간결했다.

배트 스피드도 빠르고 공을 맞추는 것에 있어 굉장한 재능이 있는 선수였다.

특히 타구에 힘을 싣는 능력은 조 매든이 보기에도 상당히 높은 수준이었다.

간결하면서 빠른데 장타력까지 있다.

'정말 내 머리를 복잡하게 만드는 친구일세.'

조 매든이 한숨을 푹 내쉬고는 햄버거에서 빠져 나간 토마토 슬라이스를 입 안에 털어 넣었다.

그리고는 브라이언 무어를 향해 물었다.

"네 생각은 그렇다는 거냐?"

"그렇습니다. 체력적으로 버틸 지는 의문이지만, 조금 있다가 본인이 하겠다는 의사가 있으면 가볍게라도 시도해보는 것도 괜찮을 듯싶습니다. 그리고…."

잠시 브라이언 무어가 음료수를 한 모금 마신 후, 말을 이었다.

"큰 스윙이나 부담이 되는 스윙은 하지 않더라도, 분명히 안타를 때려낼 수 있을 만큼 좋은 타격 센스를 가진 선수입니다. 브리냑도 부상이라 지명타자에 마땅히 쓸 선수도 없지 않습니까?"

팀에 대한 애정이 큰 브라이언 무어의 말에 조 매든이 천천히 고개를 끄덕였다.

기존의 틀을 깨자.

잘 치는 투수가 지명타자로도 나설 수 있는 일이다.

다만 그런 경우가 극히 드물었을 뿐.

그러나 고작 20살의 선수라는 점이 마음에 걸렸다.

체력적인 관리는 물론이고, 아직 미숙한 부분이 많은 게 분명했다.

게다가 후보 타자들이 벤치에서 있는데 떡하니 투수를 세운다는 것도 어떻게 본다면 눈치 보이는 일이었다.

물론 주혁은 그들에게도 경이로움을 선사할 만큼 뛰어난 타격감을 보여주고 있긴 했지만, 정작 그들에게 절실한 것은 단 한 번의 기회였다.

하지만 팀을 생각하면 주혁의 저런 타격 센스가 오히려 도움이 될 수도 있긴 했다.

많은 타석에 세워 보진 않았지만 타격 훈련도 시켜본 결과, 예상을 뛰어넘는 타격 재능을 보여줬던 주혁이었다.

분명 타석에서도 뭔가 해줄 것 같은 느낌이 물씬 풍겼다.

고민 끝에 조 매든이 주혁을 벤치로 부른 후 슬쩍 물어보았다.

"피로는 좀 어떠냐?"

"오늘 불펜 투수로 마운드에 올라서야 한다면, 이상 없다고 자신 있게 말씀드릴 수 있습니다."

"…그건 아니야."

"아, 그렇군요. 그럼 무슨 일로…?"

"오늘 타석에 설 생각이 있나?"

조 매든의 물음에 주혁이 순간 살짝 당황한 기색을 보였다.

"지명타자로요?"

"그래."

그 제안에 주혁이 머리를 긁적거렸다.

그러다 행여 누가 들을까봐 조 매든의 귓가에 대고 조용히 말했다.

"후보 선수들도 있는데 왜 저를 타석에 세우려 하십니까?"

눈치 보이는 건 딱 질색이다.

뭐 서는 것도 나쁘진 않지만, 괜히 밉보일 일은 벌리지 않는 게 나았다.

"자신 없나?"

조 매든의 물음에 주혁이 고개를 절레절레 흔들었다.

타선의 상태가 영 좋지 않다는 것 정도는 그도 잘 알고 있었다.

솔직히 타자로 타석에 나서고 싶긴 했다.

근래의 타격감은 그의 생각을 조금씩 바꾸고 있었다.

여기에 체력적으로 이상이 없는 터라 딱히 부담될 건 없었다.

'요새 팀 타격보면 좀 답답한 것도 있긴 하고…'

그렇다고 무작정 나설 수는 없다.

명분이 필요하다.

자신이 타석에 나설 만한 납득되는 이유.

잠시 고민하던 그 때, 주혁의 뇌리에 문득 무언가 스치고 지나갔다.

주혁이 다시 작은 목소리로 조 매든에게 말했다.

"분명한 이유가 필요합니다."

"무슨…?"

"후보 선수들 중에 좌타자가 없지 않습니까?"

공교롭게도 그랬다.

원래 후보 타자 중 한 명이 있긴 했으나 손가락 골절로 치료를 받기 위해 잠시 DL(부상자 명단)에 있는 상태였다.

더군다나 마이너리그에서 데려온 선수도 발이 빠른 우타자였다.

아무리 좌타자 기근이라고 해도, 활약이 미비한 선수를 데려올 순 없는 노릇 아닌가.

그렇다보니 팀 내에 좌타자들이 계속해서 사라지고 있는 상황이었다.

조 매든이 씁쓸하다는 듯이 말했다.

"없지."

그 답을 들은 주혁이 그제야 씩 웃으면서 말했다.

"출루는 자신 있습니다. 대신, 좌타자가 없어서 저를 기용한다고 해주십시오."

타자로 나설 명분이 생겼다.

◆

탬파베이 레이스와 보스턴 레드삭스 간의 맞대결을 앞두고, 모두를 놀라게 만들 소식 하나가 공개되었다.

「탬파베이 레이스 소속 투수 윤주혁, 보스턴 레드삭스전 지명타자로 출격……(AP)」

이는 가히 충격적인 보도였다.

타자도 아닌 투수를 타석에 세우다니!

이 뉴스를 접한 사람들은 저마다 각기 다른 반응들을 보였다.

"조 매든이 미쳐도 단단히 미쳤군. 아무리 홈런을 쳤다고 해도 그렇지, 타자로 선 경험이 고작 1게임 밖에 없는 선수를 지명타자로 기용하다니…."

"좌타자가 없어서라잖아. 저번에 보니까 타격도 곧잘 하던데?"

"아무리 그래도 그렇지. 어떻게 투수를 지명타자로 세울 수가 있냐고."

"무슨 생각이 있겠지. 우리보단 더 잘 알거 아냐."

"최근에 부상이 너무 많아서 이런 일도 생기네. 후보 타
자들한테 불화라도 생기면 안될텐데."

"그러게 말이야."

"요새 좌타자 상대로 약한 모습 보이던 마쓰자카니까 조
매든이 말한대로 타당한 이유인 것 같지만 윤이 활약을 못
해준다면 염려하던 일이 벌어질지도 몰라."

후보 선수들을 떡하니 놔두고 투수를 타석에 세우는 자체
만으로도 그들의 미미한 자존심조차 불태워버리는 일이었다.

다만 그 투수가 타격을 정말 잘하는 선수라면 그들이 할
말은 없다.

실력 아니면 경력으로 대우받는 메이저리그에서 둘 중
하나만 갖추고 있으면 후보 선수들은 감히 쉽게 말을 꺼내
지 못한다.

오직 능력 있는 자만이 살아남고 존경받으며, 팬들의 사
랑을 차지하는 것이니까.

그러나 이 상황은 이야기가 다르다.

지명타자로 나서게 된 주혁이 보여준 것은 고작 한 경기
뿐이었다.

주혁이 그 경기에서 홈런을 때려내긴 했지만, 그렇다고 그
한 타석만을 보고 그의 실력을 판가름할 순 없는 부분이었다.

물론 그들도 주혁의 타격 재능이 뛰어나다는 걸 알고는

있었다.

그러나 그게 타자로서 마이너리그에서 인고의 세월 끝에 어렵게 올라온 자신들을 내세우지 않을 정도로 대단하다고 인정하긴 힘들었다.

보여준 게 거의 없기 때문.

이는 논란거리가 될 게 자명했다.

그럼에도 불구하고 조 매든은 초강수를 두었다.

최종적으로 주혁을 9번 타순에 배치 시킨 것.

이 결정의 번복은 없었다.

◆

경기가 시작되기 전, 누군가 주혁에게 배트를 건네주었다.

그는 바로 팀 내 4번 타자 카를로스 페냐였다.

주혁과 띠동갑에 1살이 더 많은 카를로스 페냐는 팀의 핵심 멤버 중 한명이었다.

2007시즌 탬파베이 레이스로 둥지를 옮기자마자 46개의 홈런을, 지난 시즌에선 39개의 홈런을 기록한 바 있는 카를로스 페냐는 대단한 왼손 거포였다.

성격도 좋고 줄곧 하얀 건치를 자랑하듯 보이며 늘 웃음을 짓는 카를로스 페냐이지만 오늘만큼은 표정이 썩 밝아 보이진 않았다.

주혁이 배트를 받자 그가 말했다.

"상당한 논란거리가 될거야. 나 역시도 이런 선택이 그닥 달갑게 느껴지진 않아. 다만 네 재능이 대단하다는 건 잘 알기에 입을 다물고 있는거다."

그의 말에 주혁은 조용히 듣기만 했다.

카를로스 페냐가 말을 이었다.

"이 배트로 네가 어떤 녀석인지를 보여줘. 모두가 납득이 갈 수 있게. 그리고 기울고 있는 우리 팀에 네가 새로운 대안이 될 수 있는 자격이 있다는 것도 증명하길 바래. 지금까지 나를 비롯해서 정말 많은 사람들을 놀래게끔 만들었으니 이번에도 그렇게 될 거라고 믿어."

"고마워요."

"배트는 마음에 들어?"

"음…. 이걸로는 홈런 1개밖에 못치겠는데요?"

"그건 네 능력 부족인 거지. 배트를 탓하다니! 어서 좋다고 말해."

주혁의 농담에 그제야 카를로스 페냐가 피식 웃었다.

주혁은 그의 강요(?)에 미소를 살짝 곁들이면서 말했다.

"보여드리죠. 감독님의 선택이 옳았다는 것을."

"그 자신감 때문에 내가 너를 아낀다."

딱!

카를로스 페냐가 갑자기 이마에 꿀밤을 한 대 치더니 벤치에서 후다닥 도망가 버렸다.

약간의 통증이 찾아왔으나 주혁은 딱히 신경 쓰지 않고

카를로스 페냐가 주고 간 배트를 이리저리 둘러보기 시작했다.

'좋다….'

선수 시절 쓰던 배트와 상단 부분의 색깔이 일치했다.

정열의 붉은색.

타자로 그 수많은 세월을 보낸 까닭인지 배트를 쥐기만 해도 입가에 미소가 그려지는 건 어쩔 수 없는 듯하다.

그래도 지금은 투수가 더 좋았다.

단지 매일 마운드에 서지 못한다는 아쉬움이 있지만 말이다.

'정말이지 나도 그라운드 체질인가 보다.'

매일같이 경기에 서고 싶은 욕심이 생긴다.

야구를 안 하는 날은 이상하게 의욕이 떨어지고 살맛이 안 나지만, 경기에 나서기만 하면 그 모든 게 말끔히 사라지곤 했다.

그건 지금도 마찬가지.

벤치에 앉아 있기만 해도 몸이 근질거려 참을 수가 없을 때도 더러 있었다.

다만 체력 관리 탓에 나서지 않고 참았던 것일뿐.

'근데 참 생각하면 생각할수록 신기한 게 어떻게 피로가 없지?'

선발로 뛰는 건 처음이었기에 과거와 비교하기도 애매했다.

그렇다고 무작정 몸을 혹사시키는 것 또한 멍청한 일이기에 주혁은 그렇게까진 하지 않았다.

어깨 상태와 컨디션을 항상 필수로 생각하고 꾸준히 체력 운동을 하면서 더 오랫동안 선발 투수로 뛰고 싶은 주혁이었다.

'체력이 남아 도니까 이렇게 타석에 설 수 있는 거긴 하지만….'

어차피 타자로서의 기록은 필요가 없다.

딱히 오늘처럼 지명타자로 많이 나서지도 않을 거, 굳이 기록을 세심하게 신경 쓰지 않아도 된다.

단지 주혁이 오늘 타석에 서는 이유는 오직 하나.

'팀을 위한 배팅을 한다.'

목표는 출루다.

여기에 추가적으로 벤치에서 타점을 원한다면 힘을 쓰겠다는 생각으로 주혁이 배트의 먼지를 닦기 시작했다.

그러던 중, 갑자기 재미난 사실 한 가지가 떠올랐다.

'참! 상대가 마쓰자카잖아?'

일본인 선수와 한국인 선수 간의 맞대결.

'옛날의 마쓰자카는 아니지만….'

그래도 일본을 대표하는 투수다.

만약 마쓰자카와의 승부에서 멋진 활약을 선보인다면?

주혁이 슬쩍 입가에 미소를 지었다.

이슈화되기 딱 좋은 장면이 그의 머릿속에서 스르륵

그려지기 시작했다.

이윽고 그림 한 폭이 완성되자 주혁이 흐뭇하게 웃었다.

그림은 걸작이었다.

◈

감회가 새롭다.

정말 오랜만에 타자로 선발 출전을 하게 된 지금.

'이닝의 첫 타자라….'

타석에 들어서기 전, 주혁이 슬쩍 조 매든을 바라보았다.

그리고 그와 눈이 마주친 순간.

씩 웃으며 주혁이 고개를 끄덕였다.

굳이 말을 주고받지 않아도 된다.

사인도 딱히 필요 없다.

그저 조 매든의 눈빛을 읽기만 해도 주혁은 그가 자신에게 어떤 타격을 원하는지를 금방 파악할 수가 있었다.

배트를 집어 들고는 타석으로 성큼성큼 걸어간 후, 타격 박스에 들어선 주혁이 제일 먼저 한 행동은….

"오늘 날씨 참 좋네요. 덥지도 않고. 햇빛도 그렇게 강렬하지는 않고 말이죠."

"……?"

바로 구심에게 말을 거는 일이었다.

살짝 당황한 듯한 기색을 보인 구심은 주혁의 말에 굳이 대꾸를 하진 않았다.

그렇다고 해서 주혁이 머쓱해하지는 않았다.

'대답을 바라고 한 말은 아니니까.'

방금 전에 슬쩍 말을 건 이유는 구심에게 잘 보이기 위해서가 아니었다.

그저 영어를 할 줄 안다는 보여주기 용도였을 뿐이었다.

대체적으로 아시아 선수들은 영어를 잘하지 못하는 경우가 많기에 억울한 판정을 받더라도 구심에게 제대로 어필하기 힘든 경우가 많다.

이런 까닭에 괜히 몸동작을 이용해서 과도하게 어필이라도 하면 퇴장을 받는 일이 부지기수였다.

간혹 구심의 판정이 불합리하다고 생각이 들어도 약간의 제스처만 취할 뿐, 그냥 수긍하고 마는 아시아 선수들도 있었다.

이렇다보니 일부 구심들은 보다 세밀한 판정을 하지 않고 얼렁뚱땅 넘어가려는 모습을 보이기도 했다.

그러나 영어가 능숙하다면 이야기는 달라진다.

말이 통하기 때문에 대화를 할 수가 있고, 오심에 대한 항의도 몸동작 없이 가능해진다.

자신의 실수에 대한 어필을 받아들이지 않을 수는 없기 때문이다.

물론 이 역시도 구심의 심기를 건드리지 않는 선에서 해야 한다.

하나 무엇보다도 가장 중요한 것은 구심과 친해지는 일
이다.

농담도 섞고, 짧아도 입가에 미소를 지을 수 있는 일상
대화들만 나누고 나면 구심들이 대하는 태도 자체가 달라
진다.

공평한 심사를 해야 하는 건 당연한 일이다.

그러나 그들도 사람이다.

때론 실수를 할 수도 있다는 뜻이다.

야구 경기에 있어 구심의 권한은 막강하다.

굳이 그들을 건드릴 필요는 없다.

적이 될 수 없다면 친구로 만들면 된다.

물론 좋은 방법은 아니다.

'그래도 이겨야 하는 게 승부니까.'

변수가 수없이 존재하는 그라운드 안.

조금이라도 더 유리한 고지에 서는 사람이 이득을 보게
되고 이는 승부에 지대한 영향을 미칠 때도 있다.

'특히 투수를 고립시켜야 한다.'

구심, 포수, 타자는 가장 가까운 거리에 있는 반면, 투수
는 그들과 멀리 떨어져 있다.

결국 대화를 나눌 상대도 없이 마운드 위에서 포수의 사
인만을 보고 싸워야 한다.

매 순간마다 포수가 마운드 위로 올라올 수는 없지 않은가.

지금 마운드 위에 서 있는 마쓰자카 다이스케에게 주혁

은 그런 소외감을 주고자 했다.

아직까지도 영어를 잘 못하는 마쓰자카 다이스케다.

그런데 자신보다 새파랗게 어린 타자가 구심하고 다정하게 이야기를 나눈다면?

고립된 느낌을 받을 수밖에 없다.

'뭐 나처럼 아예 신경을 안 쓸 수도 있지만.'

과거, 마쓰자카 다이스케와 상대를 해본 적은 없는 주혁이지만 그의 표정만 보아도 대강 느낌이 왔다.

경기 초반부터 애매한 스트라이크 존 탓에 매 이닝마다 볼넷으로 타자들을 출루시켰던 마쓰자카 다이스케는 지금 구심의 판정에 불만을 가지고 있었고 주혁은 그걸 눈치 채고 있었다.

가뜩이나 이런 상황에서, 타자와 구심이 들리지도 않게 이야기를 나누는 모습을 본다면 기분이 어떻겠는가.

파앙!

"스트라이크!"

마쓰자카가 3구만에 첫 스트라이크를 만들어냈다.

앞선 2개의 공 가운데 초구는 너무 낮았던 패스트볼이었고 2구는 바깥쪽으로 빠지는 서클 체인지업이었다.

그리고 방금 전 패스트볼은 분명 스트라이크 존을 살짝 벗어나는 공이었다.

볼이 되어야 마땅한 데 이 공이 스트라이크 콜을 받고 만 것.

주혁은 이 틈을 놓치지 않고 구심에게 다시 말을 걸었다.

"방금 전 공은 볼인 것 같은데 말이죠."

입가에 미소를 걸어둔채로 부드럽게 말하자 그제야 구심이 짧게 한 마디 했다.

"존에 걸치는 걸로 봤네."

"그런가요?"

"저 친구 볼 끝이 요란해서 판정 내리기가 힘들구만."

"정말 그렇긴 하네요."

구심의 말에 주혁은 더 이상 어필하지 않은 채 고개를 끄덕거렸다.

'역시 성격은 변함이 없군.'

사실 주혁은 오늘 구심을 보는 심판이 어떤 사람인지 잘 알고 있었다.

밥 멜슨이라는 이름의 심판은 성격이 모난 심판들 가운데 유일무이하게 성격이 온순한 사람이었다.

특히 신인 선수들에게 거친 언행을 하거나 일부러 불리한 판정을 줘서 시험에 들게 하려는 일도 하지 않았다.

다만 자신에게 공격적으로 나오는 선수에게는 가장 악질적인 심판의 모습을 보여주곤 했다. 설령 그게 베테랑 선수라도 말이다.

하나 대들지 않는다면, 그는 따스한 어머니와 같은 느낌을 주는 사람이었다.

과거에도 주혁은 밥 멜슨 심판과 부딪힌 적이 없었다.

그의 성격을 잘 알기 때문이었다.

'어쩌면 오늘 밥이 구심인 건 행운일지도.'

구심은 방금 전 주혁의 어필을 받아들인 셈이었다.

그것도 신인 선수인 주혁의 어필을 말이다.

신인 선수가 구심의 판정에 대해 입을 연다는 자체만으로도 대다수의 심판들은 발끈한다.

수십 년의 경력을 가진 그들의 판정을 고작 메이저리그에서 1년도 보내지 않은 신인 선수가 지적질을 하는 것이나 다름없기 때문이다.

그러나 밥 멜슨은 달랐다.

본인 스스로도 애매했던 공이었다는 걸 느꼈기에 신인 선수의 어필에도 발끈하지 않은 것이었다.

이는 극히 드문 사례다.

다른 구심이었다면 시도조차 하지 않았겠지만, 구심이 밥 멜슨이었기에 말이라도 걸어본 주혁이었다.

'무브먼트가 좋긴 하다.'

지금까지 2개의 속구를 지켜본 결과, 확실히 마쓰자카 다이스케의 패스트볼은 그 위력이 상당했다.

스피드는 대략 91마일(146km) 수준으로 매우 빠르다고 보기는 어렵지만, 볼 끝의 움직임이 좋았고 묵직함이 느껴졌다.

'스카우팅 리포트에서 본 대로 속구 위주의 피칭을 하고 있고…….'

2008시즌까지만 해도 다양한 변화구로 승부를 보았던 마쓰자카 다이스케는 그 다음 해에 실망스러운 모습을 보이면서 '2년차 징크스'를 피해가진 못했었다.

그런 그가 지난 해부터 메이저리그에서 살아남기 위해 패스트볼의 위력을 증가시키는 훈련을 한 것이었다.

그리고 이번 시즌, 그러한 달라진 피칭을 시범 경기에서부터 꾸준히 보여온 마쓰자카 다이스케였다.

이미 브리핑을 통해 이런 사실을 알고 있었던 주혁이지만 그렇다고 선불리 배트를 휘두르지는 않았다.

어차피 2볼 1스트라이크다.

아직까지는 유리한 상황.

주혁은 여유 있는 표정을 지으면서 마쓰자카 다이스케의 4구를 기다렸다.

친근감 있게 대화를 나누는 모습을 지켜보던 마쓰자카 다이스케가 던진 공의 방향은….

파앙!

볼이었다.

아니, 사실은 스트라이크였다.

그러나 이번에는 3구째와 비슷한 코스였음에도 불구하고 구심이 스트라이크 콜을 하지 않은 것이었다.

마쓰자카 다이스케는 말없이 한숨을 내쉬었고, 보스턴 레드삭스의 포수는 구심보고 들으라는 식으로 중얼거렸다.

"눈을 뜬거야 감은거야…."

그리고 그 뒤에는 찰지고 맛깔나는 Fuck도 빼먹지 않았다.

이제 주혁은 더 이상 구심에게 말을 걸지 않았다.

마쓰자카 다이스케가 와인드업을 한 이후, 포수의 미트를 향해 공을 던졌다.

좌타자 몸쪽으로 파고드는 날카로운 컷 패스트볼.

하지만 생각했던 것보다 더 몸쪽으로 가고 말았고 주혁의 몸에 맞을 뻔했다.

놀란 가슴을 추스린 채 주혁은 곧바로 배트를 바닥에 내려놓았다.

그리고는 조깅 하듯이 1루 베이스를 밟았다.

'내가 그리던 그림하고는 다르지만⋯.'

팀을 위한 배팅을 하겠다고 마음 먹은 이상, 제구가 흔들리는 투수의 공을 굳이 칠 이유는 없었다.

볼넷으로 얻어낸 이닝의 첫 타자 출루.

주혁이 보호구들을 벗어 1루 코치에게 건네 주고는 슬쩍 마쓰자카 다이스케를 바라보았다.

그의 찌푸려진 이맛살은 좀처럼 펴지지 않고 있었다.

◆

공은 좋았다.

그러나 커맨드가 별로였다.

마쓰자카 다이스케는 구심에게 자신의 제구력이 좋지 않다는 인식을 심어주고 말았고, 이는 불리한 판정으로 이어지고 말았다.

구심과의 대화에서 마쓰자카 다이스케는 한 마디도 제대로 꺼내지 못한 셈이었다.

결국 4회 1아웃 상황인 현재까지 4점을 내주고 만 마쓰자카 다이스케.

보스턴 레드삭스의 불펜에선 이미 2명의 투수가 몸을 풀고 있었다.

바로 교체가 될 수도 있긴 했으나 하필이면 오늘 탬파베이 레이스의 선발 투수인 마르코스 페레이라가 5점을 헌납한 상태였기에 아직까지는 마운드를 지키고 있는 마쓰자카 다이스케였다.

1사 주자는 2루.

여기서 점수가 한 점이라도 더 나온다면 강판은 확정이나 다름없었다.

그리고 이제 타석에 들어서는 선수는 바로 주혁이었다.

"오늘 고생이 많으시네요."

주혁이 타석에 서자마자 또 구심에게 말을 걸었다.

그러나 돌아오는 대답은 차가웠다.

"말 걸지 말고 집중해."

마르코스 페레이라에 이어 마쓰자카 다이스케까지 이닝을 길게 끌고 가자, 살짝 짜증이 나는지 아까와는 다르게 신경질적인 반응을 보이는 구심이었다.

그런 대답에도 주혁은 개의치 않아 하며 타격폼을 취했다.

그리고는 타석에 들어서기 전, 조 매든이 보낸 눈빛을 다시금 회상했다.

'마쓰자카를 끌어내려라.'

2루 주자를 홈으로만 불러들이면 마쓰자카는 무조건 내려온다.

주혁이 이번 타석에서만큼은 웃음기 없는 신중한 표정으로 마쓰자카 다이스케의 공을 기다렸다.

이윽고 잠시 후, 와인드업을 마친 마쓰자카 다이스케의 손에서 초구가 뿌려졌다.

파앙!

"스트라이크!"

빠지는 바깥쪽 코스에서 살짝 몸쪽으로 휘는 컷 패스트볼이 꽤나 예리하게 스트라이크 존 모서리 부근에 꽂혔다.

'아직까지 공에 힘은 있네.'

침착하게, 주혁은 자신이 노리던 구질이 들어오기만을 기다리기 시작했다.

곧바로 마쓰자카 다이스케가 2구를 던졌고….

파앙!

그 공은 높은 패스트볼이었다.

93마일(150km)의 스피드.

마쓰자카 다이스케는 주혁을 상대로도 전력투구를 하고 있었다.

반드시 잡아야 하는 타자인만큼, 확실하게 적은 공 개수로 아웃카운트를 하나 가져가겠다는 생각이었다.

그러나 주혁은 마쓰자카 다이스케의 전력투구를 전혀 두려워하지 않았다.

무브먼트가 좋은 패스트볼을 던지고 있고, 결코 공략하기 쉽지 않다는 것을 잘 알고 있긴 했으나….

슈웅!

마쓰자카 다이스케가 던진 3구를 보는 순간!

따악!

묵직한 타구음이 경기장 한가득 울려 퍼졌다.

〈2권에 계속〉